CHELSEA FINE

Broken

Gefährliche Liebe

Buch

Die Semesterferien stellen Pixie Marshall gleich vor zwei Herausforderungen: Sie braucht Geld, und sie braucht eine Unterkunft. Ein Job in einem kleinen Bed & Breakfast scheint die Lösung ihrer Probleme zu sein. Doch Pixie hat nicht geahnt, dass ihr Zimmernachbar ausgerechnet Levi Andrews sein würde. Der ist extrem heiß – und Pixie hätte ihn am liebsten niemals wiedergesehen. Denn ein Jahr zuvor waren Pixie und Levi dabei, sich ineinander zu verlieben – bis eine schreckliche Nacht alles veränderte …

Autorin

Chelsea Fine lebt mit ihrem Mann und ihren beiden Kindern in Phoenix, USA. Sie verbringt möglichst viel Zeit damit zu schreiben und zu malen, um möglichst wenig ungeliebte Hausarbeit erledigen zu müssen. Dafür liebt sie Superhelden, Kaffee und verrückte Socken.

Außerdem von Chelsea Fine bei Blanvalet lieferbar:

Trouble – Süchtig nach Dir (0014)

CHELSEA FINE

Broken

Gefährliche Liebe

Roman

Aus dem Amerikanischen
von Babette Schröder

blanvalet

Die Originalausgabe erschien 2014 unter dem Titel »Best Kind of Broken«
bei Grand Central Publishing, New York.

MIX
Papier aus verantwortungsvollen Quellen
FSC
www.fsc.org
FSC® C014496

Verlagsgruppe Random House FSC® N001967
Das für dieses Buch verwendete FSC®-zertifizierte Papier
Holmen Book Cream liefert Holmen Paper, Hallstavik, Schweden.

1. Auflage

Dieses Werk wurde vermittelt durch die Literarische Agentur
Thomas Schlück GmbH, 30827 Garbsen
Umschlaggestaltung: © Johannes Wiebel | punchdesign,
unter Verwendung eines Motivs von dreamstime.com
Redaktion: Melike Karamustafa
Herstellung: sam
Satz: Uhl + Massopust, Aalen
Druck und Einband: GGP Media GmbH, Pößneck
Printed in Germany
ISBN: 978-3-7341-0013-0

www.blanvalet.de

Für Suzie, die immer an mich geglaubt hat

Auf alle Enden, die noch kommen werden

1
Pixie

Wenn mein schrecklicher Nachbar wieder das gesamte warme Wasser verbraucht, ersticke ich ihn im Schlaf.

Ich höre, wie die Dusche endlich abgestellt wird, stürme wutschnaubend durchs Zimmer und sammele meine Duschsachen ein. Ich warte nicht höflich, bis er das Badezimmer verlassen hat, oh nein. Ich stehe mit düsterem Blick vor der Badezimmertür – unter der Dampf hervorquillt – und warte.

Warte noch immer.

Als die Tür aufschwingt, taucht aus dem Nebel ein makelloser männlicher Körper auf. Seine nassen dunklen Haare umrahmen ungeordnet sein Gesicht, was sexy wirkt, obwohl er sich vermutlich, kurz bevor er die Tür geöffnet hat, wie ein Hund geschüttelt hat. Und natürlich trägt er nichts als ein Handtuch um die Hüften.

Hilfe!

Ich spähe genervt ins Bad und versperre ihm den Ausgang.

»Eine halbe Stunde duschen, Levi? Was zur Hölle ist in dich gefahren?«

Er verzieht den Mundwinkel zu einem Lächeln. »Ich war schmutzig.«

Na, darauf möchte ich wetten …

»Ich schwöre zu Gott«, sage ich, »wenn ich schon wieder kalt duschen muss …«

»Du solltest nicht zu Gott schwören, Pix.« Er beugt sich

mit seinem Gesicht ganz nah zu mir herunter, der Dampf seiner Haut lässt meine Nase und meine Wangen feucht werden. »Das ist nicht nett.«

Aus dieser Nähe kann ich die winzigen Silberflecken in seinen strahlend blauen Augen sehen und beinahe den Dreitagebart an seinem Kinn spüren. Nicht, dass ich das möchte. Ganz bestimmt nicht.

Ich schürze die Lippen. »Ich will warm duschen.«

»Dann steh früher auf.«

»Ich meine es ernst, Levi.«

»Ich auch.« Sein Blick gleitet kurz zu meinem Mund – nur für den Bruchteil einer Sekunde –, und da ist es. Dieses Kribbeln. Dieses Kribbeln, das es früher nicht zwischen uns gegeben hat.

Er löst den Blick und weicht zurück. Die feuchte Hitze seines Körpers verschwindet mit ihm und irgendein alberner triebhafter Teil in mir protestiert.

»Wenn du mich jetzt entschuldigen würdest.« Er wartet, dass ich aus dem Weg gehe. Was ich nicht tue.

Ich bohre meinen Finger in seine Brust. »Ich habe seit drei Tagen nicht mehr warm geduscht.«

Er packt meine Oberarme, hebt mich vom Boden hoch und befördert mich aus dem Weg, als sei ich leicht wie eine Feder. Dann geht er die zehn Schritte durch den Flur zu seinem Zimmer und verschwindet darin, ohne sich noch einmal umzudrehen.

Idiot!

Leise vor mich hin fluchend, stapfe ich in das kleine Bad und versuche nicht den Minzegeruch zu genießen, der mir in die Nase steigt und sich auf meine Haut legt. *Verdammt!* Levi und seine gut duftende Seife.

Vor zwei Wochen ist mein erstes Semester am College zu Ende gegangen, und da man in Arizona den Sommer über nicht im Wohnheim bleiben darf, musste ich mir eine neue Unterkunft und folglich einen neuen Job suchen. Nun arbeite ich für meine Tante Ellen im Willow Inn, denn einer der Vorzüge – und der Begriff trifft es nur sehr ungenau – bei diesem Job ist, dass Kost und Logis frei sind.

Und mein freies Logis teilt sich Flur und Bad mit der Person, von der ich gehofft hatte, ihr nie mehr in meinem Leben zu begegnen.

Levi Andrews.

Heißer Typ. Handwerker. Lange verloren geglaubter… irgendwas.

Ellen hat, geschickt wie sie ist, vergessen zu erwähnen, dass Levi im Inn wohnt, sodass der Tag, an dem ich eingezogen bin, voller Überraschungen steckte.

Überraschung! Levi wohnt auch hier.

Überraschung! Du schläfst im Zimmer neben ihm.

Überraschung! Du teilst mit ihm Waschbecken, Dusche und *jeden einzelnen Tag* eine Portion unheimliche sexuelle Spannung.

Ellen hat Glück, dass ich sie liebe.

Hätte ich gewusst, dass Levi auch im Inn wohnt und arbeitet, hätte ich die Stelle niemals angenommen und wäre erst recht nicht hier eingezogen. Aber Tante Ellen ist eine gutmütige Hotelbesitzerin und, ehrlich gesagt, waren meine anderen Optionen noch deutlich unattraktiver. Nun bin ich also hier und lebe und arbeite direkt neben einem wandelnden Stück meiner Vergangenheit.

Da wir die einzigen Angestellten sind, die auch im Inn wohnen, sind Levi und ich allein im Ostflügel – eine Ausgangslage, die eigentlich ideal wäre, wäre da nicht dieser riesige rosa Elefant, um den wir bei unseren großartigen Begegnungen stets einen großen Bogen zu machen versuchen.

Erinnerungen kriechen meinen Nacken hinauf, meine

Augen brennen. Ich blinzele rasch die Tränen weg, stelle die Dusche an und suche das Bad mit den Augen nach anderen Dingen ab, auf die ich mich konzentrieren kann.

Kleine blaue Punkte auf der Tapete.

Violette Blumen auf meiner Shampooflasche.

Punkte. Blumen. Shampoo.

Nachdem ich die drohenden Tränen wieder unter Kontrolle habe, halte ich meine Hand in die Dusche und entspanne mich ein wenig, als warmes Wasser meine Finger berührt. Ich streife meinen Schlafanzug ab und trete hoffnungsvoll unter den Strahl, doch als das Wasser gerade auf die rechte Seite meines Nackens trifft, wird es eiskalt.

Mistkerl!

Ich werde ihn heute Nacht ersticken. Ich werde ein dickes, fettes Kopfkissen auf Levis dickes, fettes, stoppeliges Gesicht drücken, und er wird leiden.

Ich unterdrücke einen verzweifelten Aufschrei, drehe das Wasser ab und wickele ein Handtuch um meinen halb nassen Körper. Auf keinen Fall werde ich kalt duschen. Dann bin ich heute eben schmutzig. Ich greife hastig meine Sachen und reiße die Badezimmertür genau in dem Moment auf, als Levi aus seiner Zimmertür in den Flur hinausspäht.

Er hat sein Handtuch gegen tief sitzende Jeans eingetauscht, hat es jedoch noch nicht geschafft, sich ein Hemd überzuwerfen, sodass ich zusehen muss, wie sich seine Brustmuskeln anspannen, als er den Türrahmen umfasst.

Er grinst einfältig. »Schon fertig?«

Ich winke ab, gehe in mein Zimmer und schlage wie ein Viertklässler die Tür hinter mir zu.

Ich schlüpfe in meine Sachen, frisiere meine Haare zu einem nachlässigen Pferdeschwanz und ziehe meine Sneakers mit den Farbflecken an, dann betrachte ich mich im Spiegel. Bäh!

Gut zwanzig Sekunden zerre ich an dem V-Ausschnitt

meines T-Shirts, dann gebe ich auf und entscheide mich stattdessen für eines mit engem Rundhalsausschnitt. Viel besser.

Mein Handy auf der Kommode piept und als ich danach greife, werfe ich einen Becher mit Pinseln um. Die Pinsel rollen von der Kommode auf den Boden, wo sie sich zu haufenweise herumliegenden Kleidungsstücken und zerknitterten Collegebewerbungen gesellen. Ich blicke auf die SMS und runzele die Stirn.

Ich vermisse dich.

Sie stammt von Matt.

Ich vermisse dich auch, schreibe ich zurück. Was stimmt. Zumindest in gewisser Weise.

Es gibt Neuigkeiten, ruf mich an.

Gerade will ich Matt anrufen, als ich Levis Schritte im Flur höre, als er sich erneut auf den Weg ins Bad macht. Er stöpselt etwas ein und das Geräusch seines Elektrorasierers dringt an meine Ohren. Mit einem boshaften Lächeln lege ich das Telefon zurück auf die Kommode.

Levi sollte es inzwischen wirklich besser wissen.

Ich schlendere durch mein Zimmer, stecke jedes elektronische Gerät ein, das ich besitze, und warte, bis er mit dem Rasieren halb fertig ist. Dann schalte ich alle Geräte gleichzeitig ein. Sofort fliegt die Sicherung heraus und das Surren des Rasierers erstirbt.

»Verdammt, Pixie!«

Ach, der süße Ton eines verärgerten Mannes.

Ich setze eine Unschuldsmiene auf, öffne meine Tür und spähe durch den Flur zum Bad. Levi sieht lächerlich aus, wie er in seinen Jeans im Türrahmen steht – noch immer ohne Hemd – und mich mit halbrasiertem Gesicht düster anstarrt.

Er spannt die Kiefermuskeln an. »Ernsthaft?«

Ich mache ein mitfühlendes Gesicht. »Du solltest deinen Rasierer wirklich hin und wieder aufladen.« Ich verlasse mein

Zimmer, gehe den Flur hinunter und singe dabei: »Einen wunderschönen Tag mit halbrasiertem Gesicht!«

Während ich die Treppe hinuntergehe, schlägt die nasse Seite meines Pferdeschwanzes bei jedem Schritt gegen meinen Hals. Erneut muss ich lächeln.

Wenn Levi spielen will, kann er das haben.

2

Levi

Zwölf Tage.

Pixie wohnt erst seit zwölf Tagen hier und schon möchte ich mich mit einem Löffel erstechen. Nicht, weil sie dauernd die Sicherung herausfliegen lässt – obwohl dieser wiederkehrende Streich sicher Grund genug wäre –, sondern weil ich mich Pixie gegenüber nicht normal verhalten kann.

Aber kämpfen? Das kann ich.

Nachdem ich mir ein Hemd angezogen habe, marschiere ich nach unten und durch die Hintertür nach draußen. Das riesige Lavendelfeld hinter dem Inn wogt im Morgenwind. Unzählige violette Blüten verströmen ihren Duft und erinnern mich an Dinge, die lieber vergessen bleiben sollten. Dinge, die ich üblicherweise tief in mir vergrabe. So viel dazu.

Ich mache Ellen Vorwürfe. Wenn sie mir Bescheid gesagt hätte, dass Pixie auch hier einzieht, hätte ich mich besser vorbereiten können.

Eine weitere Brise weht noch mehr Lavendelduft in meine Nase.

Oder vielleicht auch nicht.

Der strahlend blaue Himmel über mir ist wolkenfrei, und als ich an der Längsseite des Gebäudes entlanggehe, wirft die frühe Morgensonne einen langen Schatten hinter mir. Ich blicke blinzelnd an der weißen Verkleidung des Inn nach oben und bemerke, dass eines der Schilder gesprungen ist, was allerdings nichts Neues ist.

Das Willow Inn ist knapp hundert Jahre alt, und an manchen Stellen ist es ebenso baufällig wie malerisch. Es ist ein verwunschenes Haus mit einer weißen Verkleidung und einer umlaufenden Veranda unter einem blauen Schindeldach, das zwischen endlosen Lavendelfeldern und wogenden Weidenbäumen liegt. Die Zimmer sind in zwei Flügeln in der oberen Etage untergebracht, außerdem gibt es einen Hauptteil mit der üblichen Lobby, der Küche und dem Speisesaal.

Der frisch renovierte Westflügel verfügt über sieben Schlafzimmer, alle mit eigenem Bad. Dort wohnen die Gäste.

Der Ostflügel muss noch renoviert werden, weshalb Ellen Pixie und mich dort wohnen lässt. Neben meinen anderen Aufgaben als Hausmeister helfe ich Ellen auch dabei, den alten Ostflügel zu entkernen, damit sie den Teil renovieren und Bäder in die Zimmer einbauen lassen kann.

Ich erreiche den Sicherungskasten am Ende des Hauses und lege den mir nur allzu vertrauten Schalter um, damit der Ostflügel wieder mit Strom versorgt wird.

Zum Glück erfordern das Entkernen und der Umbau, dass der Ostflügel seine eigene Strom- und Wasserversorgung hat, sodass die Gäste nicht von meinem Warmwasserverbrauch oder von Pixies Kurzschlüssen gestört werden. Aber verdammt, wir müssen wirklich einen etwas reiferen Umgang miteinander finden.

Ich drehe um, folge meinem Schatten zurück zur Tür und halte den Atem an, als ich an dem violetten Feld vorbeikomme. Als ich eintrete, sehe ich, dass der Holzfußboden besonders glänzt, was bedeutet, dass Eva, das Mädchen, das für das Putzen im Haupthaus zuständig ist, vermutlich früh gekommen und wieder gegangen ist, bevor irgendjemand sie gesehen hat. Sie putzt am liebsten im Verborgenen und beendet ihre Arbeit, bevor jemand aufwacht. Manchmal beneide ich Eva. Um ihre Einsamkeit. Ihre Unsichtbarkeit.

Im Haus taucht vor mir eine Gestalt auf und mir liegt gleich eine ganze Reihe von Flüchen auf der Zunge.

Daren Ackwood.

Ich hasse diesen Trottel, und er kommt direkt auf mich zu.

»Was ist los, Andrews?« Er hebt kurz das Kinn zum Gruß, so wie wir es früher getan haben. Wir sind auf dieselbe Highschool gegangen, und ich glaube, wir hatten im letzten Jahr einen Kurs zusammen, aber wir sind keine Freunde. Er betrachtet mein halbrasiertes Gesicht. »Was zum Teufel ist mit dir passiert?«

»Pixie«, antworte ich.

Er nickt und blickt sich um. »Ist Sarah da?«

Sarah ist Pixies richtiger Name. Die Einzigen, die sie Pixie nennen, sind Ellen und ich und …

Nur Ellen und ich.

»Warum?« Ich verschränke die Arme und blicke auf die Wasserkiste, die er trägt. »Hat sie Wasser bestellt?«

Daren ist der Laufbursche des Willow Inn, er liefert Lebensmittel und Wäsche und alles, was sonst noch gebraucht wird. Leider taucht er deshalb zweimal die Woche mit seinen geschniegelten Jeans und seinen neun Schichten Rasierwasser hier auf. Und immer ist er auf der Suche nach Pixie.

»Nein, aber man weiß ja nie.« Er hebt anmaßend eine Braue. »Sie könnte durstig sein.«

»Sie ist nicht durstig.«

Er blickt erneut auf meine Gesichtsbehaarung. »Ach, ich glaube, sie *ist* durstig.«

Und ich glaube, Daren braucht einen Schlag ins Genick.

»Morgen, Levi.« Lächelnd kommt Ellen herein und reicht mir meine To-do-Liste für den heutigen Tag. Als sie sich umdreht und den Laufburschen liebenswürdig anlächelt, gleiten die langen Haare über ihre Schulter. »Hey, Daren.«

»Hey, Miss Marshall.«

Während Ellen mit mir über den Feueralarm spricht, beobachte ich, wie Daren ihren Körper mit Blicken misst und an Stellen verharrt, an denen seine Augen nichts zu suchen haben.

Der braucht nicht nur einen Schlag ins Genick.

Ellen Marshall ist eine sehr attraktive Vierzigjährige, die es gewohnt ist, von Männern angestarrt zu werden. Nicht von mir, natürlich. Ellen ist wie Familie für mich und ich respektiere sie, aber so ziemlich jeder andere Kerl, der sie sieht, träumt von ihr, was mich nervt.

»… denn das System ist veraltet«, erklärt Ellen.

»Routineprüfung des Feueralarms«, bestätige ich, wobei ich Daren nicht aus den Augen lasse, der sie noch immer angafft. »Verstanden.«

»Kann ich dir irgendwie helfen?« Ellen lächelt Daren spitz an. »Dein Blick wirkt etwas verloren.«

Er korrigiert seine Blickrichtung. »Äh, nein, Ma'am. Ich habe mich nur gefragt, wo Sarah ist.«

»Sarah arbeitet. Und du auch.« Sie lenkt den Blick aus ihren haselnussbraunen Augen auf die Wasserkiste. »Warum bringst du die nicht in den Speisesaal? Ich glaube, Angelo füllt heute Morgen die Bar auf.«

Er nickt und geht.

Ellen wendet sich wieder mir zu und mustert mein Gesicht. »Hübscher Bart«, stellt sie fest. »Pixie?«

Ich fahre mir mit der Hand über die glatte Seite meines Kinns. »Ja.«

Sie stößt verzweifelt die Luft aus. »Levi …«

»Ich überprüfe den Feueralarm, nachdem ich mich zu Ende rasiert habe«, unterbreche ich sie schnell. Denn ich habe keine Zeit oder auch nicht den Mumm, mich der Unterhaltung zu stellen, die sie mit mir führen will. »Später.« Ich lasse ihr keine Gelegenheit zu antworten, sondern drehe mich schnell um und gehe zur Treppe.

Wieder im Bad, studiere ich mein Spiegelbild und schüttele den Kopf. Pixie hat den Zeitpunkt perfekt abgepasst, das muss ich ihr lassen. Mein Bart ist genau bis zur Hälfte rasiert. Ich sehe aus wie ein Vorher-Nachher-Beispiel aus einer Werbung für Rasierer.

Ich denke an ihren verärgerten Gesichtsausdruck und muss lächeln. Sie war so verzweifelt, als sie dort vor der Badezimmertür stand, mit ihren roten Wangen und ihren vollen Lippen, und mich empört aus ihren grünen Augen angesehen hat.

Warum muss sie nur so verdammt hübsch sein?

Ich schalte den Rasierer ein, lasse die Klingen über mein Kinn gleiten und denke daran, wie sie mich zum ersten Mal mit diesem empörten Blick angesehen hat. Mein Lächeln erstirbt.

Pixie war sechs, ich sieben. Und meine Transformers-Figuren waren weg.

Ich lief in Panik durchs Haus und meinte, mein Lieblingsspielzeug verloren zu haben, bis ich auf Pixie stieß, die im Schneidersitz im Wohnzimmer saß und meine überaus männlichen Transformers neben ihren albernen Puppen aufgebaut hatte.

Ich habe sofort nach meinen Eltern gerufen – »Mom! Pixie hat meine Transformers genommen!« – und mein Spielzeug unverzüglich aus den Klauen des rosa Brechmittels namens Barbie gerettet.

»He!« Pixie versuchte, sie mir wieder zu entreißen. »Das sind die Beschützer. Sie töten die Bösen. Meine Puppen brauchen sie!«

»Deine Puppen sind dumm. Hör auf, meine Sachen zu nehmen. Mom! *Mom!*«

Ein gehetzter Blick sieht mir aus dem Spiegel entgegen, während ich mich langsam zu Ende rasiere.

Ich wünschte, ich hätte damals schon gewusst, wie wichtig Pixie für mich werden würde.

Ich wünschte, ich hätte eine ganze Menge Dinge gewusst.

3
Pixie

Ich betrete die Küche und nehme meine Schürze von der Wand. Sie ist leuchtend gelb, mit roten Kirschen übersät und mit Rüschen eingefasst. Es ist die fröhlichste Schürze der Welt, und vorne drauf steht mein Name mit Filzstift geschrieben. Oh je!

»Guten Morgen!« Mable blickt lächelnd von einer Schüssel Eigelb auf. Ihre dicken grauen Haare hat sie zu einem Knoten hochgesteckt und ihre Pausbacken leuchten wie immer rosig. Sie erinnert mich an eine kecke Mrs. Santa Claus – ohne das rote Kleid mit dem Pelzbesatz und die Brille.

»Guten Morgen.« Ich binde das verrückte gelbe Ding mit den Kirschen in der Taille zusammen, dann gehe ich zur Industriespüle in der Ecke, um mir die Hände zu waschen.

Ich kenne Mable und so ziemlich jeden anderen Angestellten des Inn schon mein ganzes Leben. Fast jeder, den Ellen anstellt, stammt aus unserer Heimatstadt – ein winziger Punkt auf der Landkarte namens Prescott. Es ist eine typische Kleinstadt mit sich abmühenden Geschäftsbesitzern, aufrührerischen Teenagern und Kirchengängern, die für beide beten. Es würde mir nichts ausmachen, diesen Ort nie wiederzusehen.

»Wie hast du geschlafen, Liebes?«, fragt Mable und schlägt das Eigelb mit einer Inbrunst, die mir abgeht. Die Küche und ich sind keine Freunde; wir sind Verbündete in Kriegszeiten. Küchenhilfe war die einzige Stelle, die bei Ellen diesen Sommer noch frei war, und genauso sehr wie ich es hasse zu kochen, hasse ich es, pleite zu sein.

Ich koche allerdings nicht schlecht. Da ich jahrelang für mich und meine Mutter, für die es eine Zumutung bedeutete, mich zu versorgen, das Essen zubereitet habe, weiß ich, wie man eine einigermaßen anständige Mahlzeit herstellt. Wenigstens werde ich jetzt dafür bezahlt, dass ich mich in der Küche abrackere.

»Bis auf Levis wahnsinnig lauten Fernseher?«, antworte ich. »Gut.«

Sie mustert meinen halb nassen Pferdeschwanz. »Kalt geduscht heute Morgen?«

Jeder, der im Gasthaus arbeitet, weiß, wie Levi und ich uns bekämpfen. Nicht nur, weil wir manchmal mit den Türen schlagen und uns anschreien, sondern weil jeder im Inn über *uns* Bescheid weiß.

In den ersten Tagen nach meinem Einzug hat mich das ziemlich gestört. Ich kannte den wahren Grund für das Flüstern der Angestellten hinter vorgehaltener Hand, und dieser wahre Grund schmerzte mich. Doch ich gebe nichts mehr darauf. Wenn Levi und ich ihnen eine Art tragisches Unterhaltungsprogramm liefern, von mir aus.

Ich blicke hinunter auf die Speisenliste für heute Morgen. »Ja. Die Satansbrut hat wieder zugeschlagen.«

Mable lacht, wie immer, wenn ich von Levi spreche, und ihre Pausbacken leuchten. Ich bin mir ziemlich sicher, dass sie ihn trotz ihrer sechzig Jahre lüstern beäugt. Wenn ich Mable nicht so lieb hätte, würde mich das total anekeln.

»Dieser Levi hat etwas Besonderes«, gurrt sie.

»Etwas besonders Selbstsüchtiges vielleicht.«

Sie kippt das Eigelb in eine Pfanne. »Etwas Köstliches.«

Eklig!

Aber wahr.

»Was ist köstlich?« Haley, die kurvige fünfunddreißigjährige Empfangsdame, betritt die Küche durch die Hintertür und späht in eine Schale mit Schokoladenstückchen, von denen sie sich ein paar in den Mund schiebt. Haley tratscht fast genauso viel wie Mable. Und sie ist ein bisschen süchtig nach Schokolade.

Ich beobachte, wie sie noch mehr Schokoladenstückchen hinterherschiebt.

Okay, stark süchtig.

»Levi«, antwortet Mable und wackelt mit den Brauen.

»Mmm. Der ist zum Anbeißen.« Haley steckt sich die schulterlangen schwarzen Haare hinters Ohr und lächelt mich verrucht an. »Den würde ich gerne von Kopf bis Fuß und wieder zurück ablecken.«

Guter Gott! Das ist ja, als würde ich im Hotel »Spitze Weiber« arbeiten.

»Levi ist nicht zum Anbeißen«, widerspreche ich und versuche über Omelettzutaten nachzudenken anstatt darüber, wie sich Levis Bauchmuskeln angespannt haben, als er sich heute Morgen in den Flur gebeugt hat. »Er ist nervig.«

»Mich nervt er nicht. Nervt er dich, Mable?«, fragt Haley.

»Kein bisschen.« Mable lächelt.

Haley greift nach mehr Schokoladenstückchen, und ich schiebe ihre Hand weg. »Weil ihr zwei nicht mit ihm aufgewachsen seid und praktisch eure gesamte Kindheit in seinem Haus verbracht habt.«

Ein unbehagliches Schweigen breitet sich aus.

»Nein«, bestätigt Mable nach einem Moment leise. »Das haben wir nicht.«

Haley räuspert sich und lächelt Mable gezwungen an. »Ist noch etwas Kuchen von gestern Abend übrig?«

Soll Haley die Anspannung ruhig mit einem Dessert lösen.

Ich kümmere mich darum, die Sachen für das Frühstück bereitzustellen, während Mable und Haley über die Hotelgäste tratschen.

Die meisten Gäste des Willow Inn sind Rentner, die wegen der frischen Luft aufs Land kommen und weil es ein ruhiger Rückzugsort ist. Manche von ihnen bleiben Wochen oder Monate und kommen jedes Jahr wieder.

Manche der Gäste, die diesen Sommer hier sind, waren schon häufig da, und da das Willow Inn ein kleines Haus ist, lernen sich viele näher kennen und es geht ziemlich freundschaftlich zu.

Aus Mables Stimme spricht deutliche Dramatik: »… und dann hat Marsha Greenberg Betsy Peterson erklärt, dass sie an ihrem Bridgetisch wegen des Vorfalls mit Mr. Clemons nicht mehr willkommen sei.« Die Zwiebeln in der Hand, blickt sie vom Schneidebrett auf, die Tragweite des Skandals steht ihr deutlich ins Gesicht geschrieben. »Kannst du dir das vorstellen? Vor allem nach dem, was letzten Monat mit Vivian Johnson passiert ist?«, schnattert sie weiter. Haley nickt mitfühlend, während sie sich ein Stück Schokoladenkuchen in den Mund schaufelt.

Man sollte annehmen, dass Senioren, die sich in einem malerischen Inn am Ende der Welt erholen, ruhig und langweilig wären, aber sie benehmen sich wie Teenies. Sie flirten und trinken und schlafen miteinander und es ist einfach nur eklig. Unterhaltsam. Aber eklig.

Haley staunt über Mables Geschichte, die ich nicht weiter verfolgt habe, weil ich mit Arbeiten beschäftigt bin.

»Nein, hat sie *nicht*.« Haley bleibt der Mund offen stehen, sie kann es nicht fassen.

»Ach, Schätzchen, aber natürlich«, sagt Mable mit einem abfälligen Schnauben. »Ich habe dir ja gesagt, dass die Frau eine Plage ist.«

Haley schüttelt den Kopf und nimmt noch einen Bissen. »Eine Plage, aber wirklich.«

Wow. Hoffentlich erinnere ich mich daran, wenn ich älter bin, nie in einem Inn Ferien zu machen. Das Küchenpersonal könnte über meine täglichen Aktivitäten tratschen.

Das altmodische Telefon neben der Tür klingelt mit einem fröhlichen *Kling-a-ling-a-ling*, und ich blicke unweigerlich hinüber. Es ist rot und riesig und scheußlich und sein *Kling-a-ling* ist laut genug, um Tote zu erwecken. Ellen meint, die Wählscheibe und die lange spiralförmige Schnur würden dem Inn mehr Charme verleihen. Ich glaube, Ellen erzählt Mist und hat es einfach noch nicht geschafft, das prähistorische Teil auszutauschen.

Beim zweiten Klingeln wischt sich Mable die Hände an ihrer Schürze ab – in einem zurückhaltenden Hellblau und ohne Früchte und Rüschen – und nimmt das antike Telefon mit einem munteren »Guten Morgen!« ab.

Sie lauscht einen Augenblick in den Hörer, dann verschwindet sie umgehend durch die Schwingtür, die in den Speisesaal führt, und spricht mit gedämpfter Stimme weiter. Immer auf Klatsch aus, bemüht sich Haley, durch die Tür zu lauschen, gibt jedoch schnell auf und wendet sich mir zu.

»Na«, sie verschlingt das letzte Stück Schokoladenkuchen, »ich habe gehört, dass Levi und du die Wochenenden diesen Sommer frei habt. Ihr Glückspilze.«

Wohl kaum …

Ich bin mir ziemlich sicher, dass die gleichzeitige Freizeit Teil von Ellens teuflischem Plan ist. Sie will Levi und mich dazu bringen, ein paar schöne Stunden miteinander zu verbringen. Da hat sie sich aber geschnitten, denn ich werde mich jedes Wochenende aus dem Staub machen. Levi und ich müssen nicht mehr Zeit als nötig miteinander verbringen.

»Glückspilze, ja wirklich«, bestätige ich trocken.

Sie schiebt die Kuchenkrümel auf ihrem Teller zusammen und zerdrückt sie mit der Gabel, bis sie aneinanderkleben. »Hast du dieses Wochenende etwas Schönes vor?«

»Nicht wirklich. Ich mache nur etwas mit Jenna und Matt.«

Sie leckt die Gabel ab. »Wer ist Matt?«

Ich hole ein paar Paprikaschoten aus dem Kühlschrank. »Mein, äh, Freund.«

Ich habe diese seltsame Angewohnheit »äh« zu sagen, bevor ich das Wort »Freund« benutze. Ich kann nicht anders. Es fällt einfach aus meinem Mund.

»Ach, richtig, der *Freund.* Den hatte ich fast vergessen«, sagt Haley. »Bist du dir sicher, dass es ihn wirklich gibt? Du sprichst nie von ihm, und ich habe euch auch noch nie zusammen gesehen.«

»Es gibt ihn.« Ich spüle ein Messer ab und schneide Gemüse. »Es ist nur schwierig, weil er unten bei der Uni wohnt und ich hier draußen.«

Die ASU, die Staatliche Universität von Arizona, befindet sich hundert Meilen südlich von meiner Heimatstadt entfernt und irgendwo genau dazwischen, an einem verlassenen Freeway, steht das Willow Inn. Ja, genau, am Ende der Welt.

Haley leckt erneut die Gabel ab, obwohl sie bereits blitzblank ist. »Weiß Levi von deinem Freund?«

Ich blicke sie an. »Ich kann mir nicht vorstellen, wie er davon nichts mitbekommen haben sollte, so viel wie hier getratscht wird. Und ich kann mir im Übrigen auch nicht vorstellen, warum es ihn interessieren sollte. Er ist wie ein Bruder für mich.« Bei dem Wort zieht sich mein Herz zusammen, und ich versuche, nicht darüber nachzudenken, warum.

»Ein Bruder.« Sie nickt nachdenklich. »Stimmt … stimmt – Mist!« Sie blickt auf die Uhr und lässt ihre blitzblanke Gabel fallen. »Ich muss an die Rezeption. Bis später.«

Sie eilt aus der Küche, als Mable gerade aus dem Speisesaal zurückgetänzelt kommt.

Ich beobachte, wie Mable den Hörer auflegt, ohne mir dabei in die Augen zu sehen. Mein Magen zieht sich zusammen. Sie tritt an die Arbeitsplatte und beginnt, eine Frühstücksquiche zu belegen. Ich schneide weiter Gemüse. Minuten vergehen.

Mable atmet tief ein und sagt ruhig: »Das war deine Mutter am Telefon.«

Ich teile eine Paprika in zwei Hälften. »Meine Mutter soll sich zum Teufel scheren.«

Nach meiner Bemerkung ist die Stimmung gedrückt, also blicke ich auf und versuche Mable aufzuheitern. »He, und wenn sie schon einmal da ist, kann sie den Teufel gleich fragen, ob er Levi zurückhaben möchte.« Ich lächele strahlend, aber die gedrückte Stimmung hält an.

Es gibt einen Grund, weshalb ich mich entschieden habe, nach dem Semesterende nicht nach Hause zurückzugehen. Dieser Grund hat mich vor neunzehn Jahren zur Welt gebracht und es seither jeden Tag bereut.

Mable belegt die Quiche zu Ende und schiebt sie mir zu, damit ich sie fertigstelle. »Sie sagt, dass sie dich in ein paar Wochen besuchen kommt. Sie möchte mit dir zu Abend essen.«

Ich hole Käse aus dem Kühlschrank und murmele: »Na, was für ein Spaß.«

Sie lächelt angespannt, weil sie weiß, wie wenig spaßig Sandra Marshall sein kann. Einer der Nebeneffekte, wenn man aus derselben Kleinstadt stammt.

Erneut schwingt die Tür zum Speisesaal auf. Diesmal kommt Levi mit einem Werkzeugkasten herein.

Die Miene der lüsternen Mable hellt sich auf. »Morgen, Levi!«

»Morgen, Mable.« Er lächelt sie an und wirft mir einen düsteren Blick zu.

Ich bemerke, dass er jetzt glatt rasiert ist, und ein Teil von mir vermisst seinen Dreitagebart – was? Nein. NEIN. Ich vermisse seinen Dreitagebart nicht. Das tun nur Irre.

Ich erwidere seinen düsteren Blick und reibe Schweizer Käse.

»Wo befindet sich hier der Feueralarm?«, fragt er in seinem Geschäftston. Er klingt anders als sein Geh-mir-aus-dem-Weg-Ton oder sein Wenn-du-heißes-Wasser-willst-musst-du-früher-aufstehen-Ton.

Mable deutet auf die Wand, anscheinend überglücklich, behilflich sein zu können, während ich den Blick nach unten richte, als er an mir vorbeigeht. Während ich den Käse auf der Quiche verteile, denke ich unwillkürlich, dass geriebener Schweizer Käse wie weiße Bartstoppeln aussieht.

Ich bin nicht irre!

Nachdem die Quiche fertig ist, wende ich mich dem Gemüse zu, das ich gleich dünsten will, und mein Blick fällt automatisch auf Levi. Er bringt mich aus dem Konzept. Er hat die Arme gehoben und seine Schultern sind ganz breit, und er repariert irgendeinen Mist, und es ist … es ist einfach … nervig.

Und noch etwas ist nervig. Dass sich der verrückte Feueralarm direkt neben dem Herd befindet.

Schnaufend und mit ein paar üblen Worten im Kopf nehme ich meine geschnittene Paprika und zwinge meine Füße, sich zum Herd zu bewegen. Ich werfe das Gemüse in eine Bratpfanne, nehme einen Holzlöffel und ignoriere, dass Levi direkt neben mir steht.

Mein Körper vibriert.

Ich ignoriere auch das.

Ich werfe einen verstohlenen Blick in seine Richtung und

beobachte, wie sich die kräftigen Muskeln in seinem Unterarm anspannen, als er etwas an dem Alarmkasten schraubt. Warum hat er so viele Muskeln in seinem Unterarm? Das kann nicht gesund sein.

Ich richte den Blick auf die Bratpfanne und konzentriere mich auf die Paprika, weil Paprika interessant ist und keinen Rücken in der Größe Alaskas hat oder haufenweise Unterarmmuskeln besitzt.

Die Unterarmmuskeln, an die ich nicht denke, streifen leicht meine Schulter, und das Vibrieren in meinem Körper verstärkt sich und brummt wie eine Hummel auf Crack.

Ich schalte beiläufig die Temperatur am Herd herunter, als sei das der Grund, warum ich plötzlich ein menschlicher Vibrator geworden bin, und konzentriere mich wieder aufs Rühren. Levi schraubt weiter.

Paprika.

Ich denke an Paprika.

Levi berührt mich erneut, nur dass sein Unterarm diesmal meine Brust streift und mein Körper sofort ausflippt, als wäre ich ein liebeshungriger Teenager, und das Vibrieren läuft in meinem Bauch nach unten, und der Herd wird heißer, und mein Atem wird flach, und plötzlich ist Paprika das erotischste Gemüse der Welt.

Willkommen im Hotel »Spitze Weiber«: Zuhause des Bartstoppelkäses und des sinnlichen Gemüses.

Aus dem Augenwinkel sehe ich, wie Levis Adamsapfel hüpft, als er nervös schluckt, was nur eins bedeuten kann: das Streifen meiner Brust war ein Unfall.

Mist!

Wenn er versucht hätte, mit seinem klobigen Unterarm ein Gefühl bei mir auszulösen, hätte ich mit einem abfälligen »du Perverser« kontern können. Aber es war keine Absicht, und irgendwie macht es das noch erotischer, und jetzt summt die verrückte Hummel in meinen unteren Regionen, und meine Hände kribbeln, und warum zum TEUFEL ist der Herd so heiß?

Ich drehe die Temperatur noch etwas weiter herunter und atme tief ein. Ich habe einen Freund. Einen großartigen Freund. Die sexuelle Erregung, die mich in Levis Nähe überkommt, ist also kein Grund für mein Hummelliebendes Höschen, gleich ein solches Theater zu veranstalten. Ich muss mich nur beruhigen.

Levi senkt einen Augenblick den Arm, den Blick noch immer auf den Alarm gerichtet, und dehnt seinen Nacken.

Ach, Nackendehnen. Das universelle Zeichen für Stress. Nun, zumindest bin ich nicht allein mit meiner Erregung. Meiner scharfen, verwirrenden Höschen-sind-so-lästig-Erregung.

Moment, WAS?

Wer hat hier was von Höschen gesagt? Ich denke NICHT an Höschen – oder fehlende Höschen. Schert euch zum Teufel, ihr verdammten Paprika!

Ich schleudere den Holzlöffel zur Seite und gehe zurück zur Arbeitsplatte, wo die Gefahr, von einem Handwerker oder einem gebratenen Gemüse erregt zu werden, deutlich geringer ist.

Ich starre auf die Quiche mit dem Dreitagebart und unterdrücke ein Stöhnen. Was habe ich mir bloß dabei gedacht, unter einem Dach mit Levi zu wohnen? Ich werde diesen Sommer auf keinen Fall überleben.

Verdammt, ich überlebe ja kaum das Frühstück.

4

Levi

Sexuelle Spannung ist wie eine aufdringliche Taube. Gibt man ihr einmal Futter, verfolgt sie einen für immer. Sie stirbt nicht und Pause macht sie auch nie. Sie ist einfach *da*. Und sie ist jedes Mal da, wenn ich in Pixies Nähe bin.

Wie jetzt. In der Küche.

Als ich mit meiner Arbeit fertig bin, achte ich sorgsam darauf, meinen Blick auf alles Mögliche zu richten, nur nicht auf Pixies blonde Haare oder auf die gelbe Schleife ihrer Schürze am Ende ihres Rückens. Aber ich höre sie. Das Schlurfen ihrer fleckigen Sneakers, während sie an der Arbeitsplatte hin- und hereilt, ihr leises und konzentriertes Ein- und Ausatmen.

Ja. Ich muss hier raus.

Ich beende rasch meine Arbeit am Feueralarm und verbringe die nächste Stunde damit, die übrigen Alarmkästen des Inn zu überprüfen, dann gehe ich zu Ellens Büro.

Neben der Lobby, der Küche und dem Speisesaal gibt es unten noch zwei weitere kleine Zimmer. In einem befindet sich die Bibliothek, in der Gäste vor großen Fenstern Schach spielen und so tun, als würden sie Bücher von Ernest Hemingway lesen. Das andere ist Ellens helles, aber unglaublich unordentliches Büro.

Die Holzdielen vor der offen stehenden Bürotür knarren, als ich über die Schwelle trete, sodass Ellen von den Bergen aus Papieren, Haftnotizen und Stiften aufblickt.

»Was gibt's?« Sie lächelt.

»Der Feueralarm scheint zu funktionieren, aber das System ist ziemlich veraltet«, sage ich, ohne ganz in den Raum zu treten, aus Angst, in eine ihrer berühmten Unterhaltungsfallen zu tappen. »Vielleicht solltest du darüber nachdenken, ein ganz neues System einbauen zu lassen.«

Sie nickt und kaut auf einem roten Stift. »Ja, daran habe ich auch schon gedacht. Ich setze es auf meine stetig wachsende Liste mit ›Neuem Mistzeug, das das Inn unbedingt braucht‹. Danke, dass du alles überprüft hast.«

»Kein Problem.« Ich wende mich zum Gehen.

»Deine Post liegt noch an der Rezeption«, sagt sie zu meinem Rücken, und ich bleibe an der Tür stehen. »Sie staubt jetzt schon seit drei Wochen dort ein.«

Ich drehe mich langsam wieder zu ihr um. »Ach, wirklich?«

Sie kneift die Augen zusammen. »Bring mich nicht dazu, sie zu öffnen und laut dem Personal vorzulesen. Denn dann hast du den Salat.«

Ich kratze mir über die Wange, die sich nach dem Rasieren ungewöhnlich nackt anfühlt. »Diesen Satz habe ich noch nie verstanden. Was ist so beängstigend an Salat?«

»Sagt der Kerl, der Angst vor seiner Post hat.«

Ich richte mich auf. »Musst du dich bei jeder Gelegenheit über mich lustig machen?«

»Einer muss es ja tun.« Sie lächelt, aber es wirkt ein wenig traurig. »Hol sie einfach ab, damit ich mir nicht länger Angelos Klagen anhören muss, wie unaufgeräumt die Rezeption aussieht, okay?«

Angelos Drang, stets alles sauber und aufgeräumt zu halten, erstreckt sich auf alle Bereiche des Inn, nicht nur auf seine Bar. Und es ist *seine* Bar, woran er jeden gern erinnert.

»Ich hole sie heute ab«, verspreche ich und ruckele an einem losen Türscharnier, das ich gerade entdeckt habe. »Noch etwas?«

»Nur der Kronleuchter in der Lobby.« Sie grinst.

Ich seufze. Kronleuchter sind schrecklich. Sie sind schwer und klobig und verfügen über mehr Leitungen als jede andere Lampe. Ich habe wirklich keine Ahnung, warum Leute sie noch immer benutzen. Und mit *Leuten* meine ich Ellen.

Ihr Grinsen wird breiter.

»Du brauchst dich gar nicht so zu amüsieren«, sage ich.

»Oh, aber das tue ich«, erwidert sie. »Ich amüsiere mich über deinen Gesichtsausdruck.«

Ellen weiß um meine starke Abneigung gegen ihre Wahl der Beleuchtung. Es ist ihr egal. »Er ist hübsch und unterstreicht den Charme des Hotels«, sagt sie. Es ist nichts Charmantes an einer fünfhundert Pfund schweren, hängenden Laterne.

»Meinetwegen«, erwidere ich und gehe den Flur hinunter. »Ich repariere deinen kostbaren Kronleuchter.«

»Ich liebe dich!«, ruft sie mir hinterher.

Ich schüttele den Kopf, muss aber unwillkürlich lächeln.

Nachdem ich den Hauptstrom abgeschaltet habe, hole ich die einzige Leiter des Inn aus der Werkzeugkammer und stelle sie in der Lobby unter dem Kronleuchter auf. Sie wackelt, als ich nach oben klettere, und ich notiere in Gedanken »neue Leiter« auf Ellens »Neues Mistzeug-Liste«. Diese Leiter ist vermutlich älter als das Alarmsystem.

Unter dem genauen und unangenehm prüfenden Blick von einem der Stammgäste, Earl Whethers, löse ich ein paar Leitungen des Kronleuchters.

Ich bin mir nicht sicher, warum sich pensionierte Männer derart zu mir hingezogen fühlen, wenn ich etwas repariere – vielleicht finden sie Handwerk faszinierend, vielleicht langweilen sie sich ganz fürchterlich –, aber manchmal komme ich mir vor als sei ich das Unterhaltungsprogramm des Willow Inn.

Nehmen wir beispielsweise Earl. Er hat sich doch tatsächlich einen Stuhl in die Lobby gezogen und verfolgt nun aufmerksam jede meiner Bewegungen.

Und im nächsten Akt falle ich von meiner vorsintflutlichen Klettervorrichtung und breche mir beide Beine – ohne Hände, denn die hängen noch am Leuchter, da sie mir bei meinem fantastischen Sturz vom Körper gerissen wurden!

Ich sollte Eintritt verlangen.

Earl kratzt sich seinen weißen Backenbart. »Weißt du, was du da tust, Junge?«

»Ja, Sir.«

Die Haut um seine blassblauen Augen kräuselt sich, als er zu mir hinaufblinzelt. »Du wirkst zu jung, um dich hier um die Instandhaltung zu kümmern. Wie alt bist du?« Er verschränkt die Arme über seinem kurzen, stämmigen Körper, der früher vermutlich einmal sehr muskulös gewesen ist, und lehnt sich zurück. Sein kahler Schädel glänzt ein bisschen im Licht, das durch die Fenster der Lobby hereinfällt.

»Fast einundzwanzig«, sage ich, halte den Kronleuchter nun mit meinem linken Arm und beiße unter seinem Gewicht die Zähne zusammen. Ich finde die Problemleitung und löse sie langsam von den anderen.

»Hast du den Strom abgeschaltet, bevor du da hochgeklettert bist?«

»Ja, Sir.«

»Hast du nach abgenutzten Enden gesucht, bevor du angefangen hast, wie ein Schimpanse an den Leitungen zu zerren?«

Ein Schimpanse?

»Ja, Sir.«

»Hast du …«

»Lass doch den armen Junge in Ruhe, Earl.« Earls Frau Vivian, die zu den aufgeschlosseneren Gästen des Inn gehört, betritt die Lobby. Sie hat ihre kurzen blauschwarzen Haare auf rosa Lockenwickler gedreht und ihre dünnen, geschürzten Lippen mit rosa Lippenstift geschminkt. Sie ist groß und schlank und wirkt sogar noch selbstsicherer, wenn sie Martini trinkt und nuschelt – was häufig vorkommt. »Er kann gut auf deine Ablenkung verzichten.«

»Ich lenke ihn nicht ab, Viv. Ich *helfe* ihm.« Earl deutet auf mich, als sei ich ein Idiot.

»Aha.« Vivian blickt aus ihren dunkelbraunen Augen zu mir nach oben. »Mach du nur deine Arbeit, Schätzchen. Lass dich nicht von meinem aufdringlichen Mann stören.« Sie geht zur Rezeption und beschwert sich bei Haley über die Öffnungszeiten der Bar.

»Aufdringlich. Von wegen!«, brummt Earl.

Vivian und Earl reisen jeden Sommer aus Georgia an und wohnen im Willow Inn. Sie bleiben mindestens vier Wochen und fühlen sich ganz wie zu Hause, deshalb die rosa Lockenwickler.

Sie sind ein seltsames Paar. Vivian ist fast einen Kopf größer als ihr Mann und mindestens hundert Pfund leichter. Nebeneinander sehen sie aus wie eine rosafarbene Giraffe und ein weißbärtiger Affe.

Earl beobachtet, wie ich wanke. »Hast du eine professionelle Ausbildung als Elektriker gemacht, Junge?«

Gütiger Gott!

Ich stabilisiere mich und halte den Blick auf die Leitung gerichtet. »Haben Sie gestern Abend das Spiel gesehen, Earl?«

Er redet von idiotischen Schiedsrichtern und ich habe ein paar Minuten gewonnen, in denen er nicht an allem, was ich tue, herummäkelt.

»Ich sage ja nur«, dringt Vivians südlicher Akzent durch

die Lobby, »dass die Bar vor zwölf Uhr Mittag geöffnet sein sollte.«

»Ja, verstehe. Ich bin mir sicher, dass Ellen ihre Gründe für die Öffnungszeiten hat.« Haley senkt kaum merklich die Stimme. »Wahrscheinlich hat es mit der Sache mit Mr. Clemons vom letzten Jahr zu tun.«

»... heute ist alles anders.« Earls Stimme holt mich zurück zum Kronleuchter

»Was haben Sie gesagt?«, frage ich.

»Ich habe nur an die gute alte Zeit gedacht.«

Die nächsten zehn Minuten achtet Earl nicht auf meine Fähigkeiten als Elektriker, sondern dröhnt mir die Ohren voll, dass die Welt in seiner Jugend viel besser gewesen sei und dass die jungen Leute heute nicht mehr wüssten, was harte Arbeit ist. Das erzählt er mir, während ich auf der ältesten Leiter der Welt balanciere und dabei einen Leuchter halte, der mehr wiegt als ich.

»Was soll ich sagen?«, stoße ich hervor, als ich mit dem Kronleuchter fertig bin. »Wir sind eben eine faule Generation.«

Ich klettere die Leiter hinunter und schalte den Strom wieder ein, dann kehre ich in die Lobby zurück. Earl sitzt noch immer in der ersten Reihe und wartet eifrig darauf, mich mit seinen politischen Ansichten vollquatschen zu können.

Das Thema werde ich ganz sicher nicht anfassen.

Auf dem Weg zum Lichtschalter fällt mein Blick auf einen Flyer, der am Schwarzen Brett neben der Rezeption hängt. Es ist eine Werbung für Prescotts jährliche Feier zum Vierten Juli, eine der wenigen Festivitäten meiner Heimatstadt, die sich sehen lassen kann.

Jeder Einwohner nimmt daran teil und die Stadt spart nicht an Livemusik, Spielen, Essen und Feuerwerk. Dies wird das erste Mal seit meinem neunten Lebensjahr sein – damals hatte ich schreckliche Windpocken –, dass ich nicht daran teilnehme.

Ich betätige den Lichtschalter und der Kronleuchter erstrahlt in all seinem lächerlich komplizierten Glanz.

Der fantastische Levi, meine Damen und Herren, ich trete noch die ganze Woche hier auf!

Als ich mich gerade umdrehe, um zu meiner gefährlichen Leiter zurückzukehren, biegt Pixie um die Ecke und rennt in mich hinein. Brust an Brust, Körper an Körper.

Der Duft von Lavendel umfängt mich, als sie mich überrascht durch ihre langen Wimpern ansieht, und für einen Augenblick werden wir dreizehn Monate zurückversetzt und alles ist okay. Nichts ist kaputt. Nichts ist verloren. Langsam versinken ihre grünen Augen in meinen, sanft und sicher, und es gefällt mir. Es gefällt mir sogar sehr.

Panik durchströmt meine Adern.

Verzweifelt bemüht, jede Hoffnung oder Erinnerung – oder Gott, alles *Gute* –, die ich in ihren Augen lese, zu ignorieren, blicke ich sie genervt an und lasse meine Stimme so scharf wie möglich klingen: »Kann ich dir irgendwie helfen?«

Die Sanftheit weicht einem höhnischen Grinsen. »Nein.«

Sie geht abrupt an mir vorbei, und mein Herz hämmert wie wild. Als ich zur Leiter zurückkehre, springen meine Gedanken unkontrolliert zwischen meinen Erinnerungen hin und her.

In die vierte Klasse, in der Pixie meine ganze Schokomilch ausgetrunken hat, als ich nicht aufgepasst habe. In die Junior High, als sie aus vollem Hals mit dem Radio mitgesungen hat, als ich sie von der Schule nach Hause gefahren habe.

Es kommt mir vor, als wäre das alles eine Ewigkeit her. Es kommt mir vor, als wäre es erst gestern gewesen.

»Mm, mm.« Earl blickt Pixies entschwindender Gestalt nach. »Ich sehe diesem Mädchen zu gerne hinterher.« Er macht ein weiteres anerkennendes Geräusch und ich umklammere die Holme der wackeligen Leiter, die ich gerade zusammenklappe.

»Vorsicht, Earl«, warne ich ihn.

Ich schwöre zu Gott, von all den Pissern, die Ellen und Pixie angaffen, wird sich irgendjemand noch einmal eine fangen.

Ein heiseres Lachen dringt aus seiner Kehle. »Das Mädchen wirkt nicht gerade unkompliziert.«

Ich seufze. Was er nicht sagt.

Nach einigen weiteren Reparaturen mache ich für heute Schluss und gehe zur Rezeption, um meine Post abzuholen. Angelo beugt sich über den Tresen und spricht in seinem starken Jersey-Akzent mit Haley.

»Vivian Johnson hat versucht, vor dem Frühstück einen Martini zu bekommen. Diese Frau verträgt eine ganze Menge Alkohol, das sage ich dir.« Er beugt sich noch dichter zu Haley, als würde er ihr ein großes Geheimnis verraten. »Und ich schwöre zu Gott, sie hinterlässt ihre klebrigen Fingerabdrücke mit Absicht überall auf meinem Bartresen.«

Haley kichert. »Wahrscheinlich will sie ihre klebrigen Fingerabdrücke auf weit mehr als nur auf deinem Tresen hinterlassen.«

»Tja, dann tut es mir leid für sie.« Er zwinkert Haley zu. »Vivian ist nicht mein Typ.«

Ich versuche, keine Miene zu verziehen, als ich hinter die Rezeption trete. Ich bin mir ziemlich sicher, dass Angelo und Haley miteinander schlafen, was verwirrend ist, denn Haley ist süß und quirlig und Angelo ist … na ja, Furcht einflößend.

Er geht auf die fünfzig zu, benimmt sich aber wie ein zorniger Vierzigjähriger. Er hat die Figur einer Bulldogge und sieht mit seinem rasierten Schädel, dem goldenen Eckzahn, dem überdimensional großen Kiefer und den tätowierten Armen auch so aus. Es würde mich nicht wundern, wenn er in Wirklichkeit ein Bandenchef ist und in seinem Kofferraum eine Schaufel und einen riesigen Vorrat an Desinfektionsmitteln lagern würde.

»Wie läuft's, Levi?«, fragt er und wendet den Kopf in meine Richtung.

»Ganz gut.« Ich runzele die Stirn, als ich den beigen Umschlag ganz oben auf dem Poststapel bemerke, den Ellen für mich zur Seite gelegt hat. Es ist kein Zufall, dass ausgerechnet der ganz obenauf liegt.

»Schön, dass du endlich deine Post abholst«, sagt er. »Sie stört das Auge, verstehst du?«

»Oh, ich verstehe«, antworte ich. Sie stört auch meine Augen, während wir sprechen.

Ich gehe mit dem Stapel nach oben in mein Zimmer und werfe den obersten Brief auf meinen Schreibtisch, wo er sich zu fünf anderen beigen Umschlägen gesellt. Alle ungeöffnet. Alle schnüren mir die Brust zu.

Ich würde lieber tausend Kronleuchter reparieren, als mich mit einem von diesen Umschlägen zu befassen.

5

Pixie

»Ich pinkele in dein Bett.« So lautet meine große, Furcht einflößende Drohung.

Levi hat heute Morgen schon wieder das gesamte warme Wasser verbraucht, weshalb ich wütend in sein Zimmer marschiert bin. Ich betrete nie Levis Zimmer. Das ist ein Prinzip von mir.

Unsere Beziehung – wenn man sie überhaupt als solche bezeichnen kann – funktioniert, weil sie einfachen Regeln folgt. Wir sprechen nie über die Vergangenheit. Wir streiten manchmal. Und wir halten uns aus den Angelegenheiten des jeweils anderen heraus.

Aber hier stehe ich, in Levis Zimmer, mitten in seinen Angelegenheiten, und klammere mich an mein Handtuch, während kaltes Wasser aus meinen nassen Haaren auf meinen Rücken tropft. Ich habe jetzt seit vier Tagen nicht mehr warm geduscht. Seit *vier Tagen*. Dieser Unsinn muss aufhören.

»Du wirkst gestresst.« Levi, dessen Jeans so tief auf seinen nackten Hüften sitzt, dass klar ist, er trägt keine Shorts darunter, legt den Kopf schief. »Weißt du, was du brauchst? Eine schöne warme Dusche… Ach, halt.« Er lächelt mich verschmitzt an.

Ich sollte vielleicht gleich jetzt in sein Bett pinkeln.

»Mach dich nur lustig, Levi. Aber, wenn du das nächste Mal draußen bist und ein kaputtes Fenster oder den Feueralarm reparierst, schleiche ich mich in dein Zimmer und pinkele in dein Bett.«

Ich meine es verdammt ernst. Wenn ich morgen nicht warm duschen kann, werde ich meine Drohung wahr machen. Oder zumindest eine Katze finden, die in sein Bett pinkelt. Aber so oder so wird sich Urin in seinem Bett befinden, und ich werde mich deshalb nicht schlecht fühlen.

Das verschmitzte Lächeln verstärkt sich. »Mir fällt etwas Besseres ein, das du in meinem Bett tun könntest, Pix.«

Stille.

Wenn er vorhatte, mich in Verlegenheit zu bringen, indem er mit mir flirtet, ist der Schuss nach hinten losgegangen. Denn in dem Augenblick, in dem diese Worte Levis Mund verlassen, spannt sich sein Körper an, und der Raum zwischen uns steht unter Strom.

Jetzt starren wir uns also gegenseitig auf die Lippen und atmen beide schwerer als nötig, und keiner von uns ist richtig angezogen.

Ich verändere meine Haltung und spüre, wie mein Handtuch ein kleines Stück nach unten rutscht, während ich zugleich meinen Blick von seinem Mund löse und versuche ein Gesicht aufzusetzen, das etwas weniger nach *Komm-und-nimm-mich* und etwas mehr nach *Ach-bist-du-erbärmlich* aussieht. Ich bereite mich auf meinen Rückschlag vor – der brillant und wahnsinnig einfallsreich sein wird, sobald mir etwas eingefallen ist –, als sein Blick auf meine Brust fällt und alle Luft aus dem Raum entweicht.

Er blickt nicht auf mein Dekolleté.

Er blickt auf die erhabene rote Narbe, die oben aus meinem Handtuch hervorlugt. Die Narbe, die diagonal über meinen Oberkörper läuft, von meinem linken Hüftknochen bis zu meiner rechten Brust. Die Narbe, die ich normalerweise unter günstig geschnittenen Hemden oder Kleidern verberge.

Sie ist schrecklich und zackig, aber ich verstecke die Narbe nicht, weil sie hässlich ist. Ich verstecke sie, weil sie mich an Schmerz und Verlust erinnert. Und nun hängt Levis Blick an ihr.

Schmerz. Verlust.

Mein Herz hämmert, und es interessiert mich nicht mehr, dass ich kalt geduscht habe oder dass zwischen uns eine seltsame sexuelle Anziehungskraft herrscht; ebenso wenig wie Levis Unterarmmuskeln oder dass das Badezimmer nach seiner Seife riecht.

Mich interessiert meine Narbe und was sie bedeutet. Sie verletzt mich. Sie verletzt ihn.

Sie ist das Einzige, was wir noch gemeinsam haben, das Einzige, dem wir absolut ausweichen, und jetzt starrt sie uns an; in unauslöschlichem Rot auf meine Haut gezeichnet, hebt sie sich mit jedem meiner Atemzüge.

Der Schrecken in seinen Augen macht mich leer und hilflos, und mir fehlen die Worte. Unfähig etwas zu sagen, drehe ich mich wie betäubt um, gehe durch den Flur zu meinem Zimmer und schlage die Tür hinter mir zu; den Bruchteil einer Sekunde später fängt mein Körper an zu zittern. Ich lehne mich von innen gegen die Tür und versuche tief einzuatmen.

Mir geht es gut.

Mir geht es gut!

Ich höre, wie Levis Tür mit einem heftigen Knall zuschlägt, ich spüre die Vibration an meinem Rücken.

Ihm geht es nicht gut.

Mir geht es nicht gut.

6

Levi

Verdammt.

Ich balle die Hände zu Fäusten, bis meine Arme zittern, ich will etwas schlagen und ich will schreien. Herrgott, wie gerne würde ich schreien.

Verdammt!

Ich raufe mir die Haare. Ich beiße die Zähne zusammen. Ich starre ins Leere.

Ich donnere voller Wucht meine Faust gegen die Wand und genieße das heftige Brennen, das von meinen Knöcheln meinen Arm hinaufschießt. Ich schlage erneut gegen die Wand und diesmal platzt der Putz ab, was mir ein seltsam befriedigendes Gefühl verschafft. Noch ein Schlag, und die Trockenwand gibt nach, es klafft ein Loch, leuchtend rotes Blut läuft an meinen Fingern hinunter. Ich schlage so lange gegen die Wand, bis der Schmerz mich erreicht und meine Faust wehtut und pocht.

Ich trete zurück, wische mir mit der unverletzten Hand über den Mund und betrachte das Ausmaß der Zerstörung. Ein riesiges schwarzes Loch starrt mich an, während ein paar letzte blutverschmierte Stücke Trockenwand auf den Boden rieseln.

Ellen wird wütend sein, dass ich die Wand kaputt gemacht habe. Aber zum Teufel damit.

Ich bin der verdammte Handwerker.

7

Pixie

Ich gehe Levi für den Rest der Woche aus dem Weg und er mir ebenso. Der einzig echte Vorteil an all dem ist, dass es jeden Morgen warmes Wasser im Überfluss gibt. Entweder hat Levi beschlossen, nicht mehr zu duschen, oder er duscht, wenn ich nicht da bin.

Ich sollte froh darüber sein.

Bin ich aber nicht.

Ich blicke in den Badezimmerspiegel und runzele die Stirn, als mir eine blonde Locke ins Gesicht fällt. Ich habe meine Haare nicht geglättet, nachdem ich heute Morgen warm geduscht habe, deshalb sind sie jetzt wieder in ihren natürlichen lockigen Zustand zurückgekehrt. Ich habe meine Haare seit fast einem Jahr nicht mehr so getragen, deshalb fühlt sich die Schwerelosigkeit meiner ungezähmten Locken seltsam an, als ich mit dem Glätteisen darüberfahre, bis der letzte Kringel verschwunden ist.

Mein Handy auf der Ablage piept und ich blicke auf das Display. *Mist!* Eine weitere SMS von Matt. Ich vergesse immer, ihn zurückzurufen.

Sind wir für heute Abend noch verabredet?

Ja!, schreibe ich zurück und füge ein Smiley hinzu. Ich bin wirklich schlecht in diesen Kontaktdingen.

Es ist Samstagabend und ich will Jenna und Matt in Tempe treffen, um mit ihnen eine Kneipentour zu machen.

Ich habe mich die ganze Woche darauf gefreut, aus dem Inn zu verschwinden, aber aus irgendeinem Grund freue ich mich jetzt nicht mehr.

Ich wühle in meinem Schminkbeutel, finde meinen Eyeliner, beuge mich über das Waschbecken und umrande sorgfältig meine Augen. Ich hasse es, mich zu schminken. Ich halte es für Zeitverschwendung und, offen gestanden, für ein bisschen gefährlich. So wie jetzt. Meine Hand müsste sich nur leicht verkrampfen und schon würde ich mir ins Auge stechen und für immer erblinden. Wen zum Teufel schert es, ob meine Augen mit Schwarz oder Grün oder Hühnerkacke umrandet sind? Niemanden.

»Hey«, sagt eine seidige Stimme hinter mir.

Jenna, meine über und über tätowierte Mitbewohnerin aus dem Wohnheim, betritt das Bad. Sie trägt hautenge Hosen und ein schwarzes Shirt, das die karamellfarbene Haut ihres flachen Bauchs zur Geltung bringt. Ihre dunkelbraunen Haare sind geglättet und zu einem langen, seidigen Pferdeschwanz zurückgebunden. Ihre Augen hat sie mit dunkelviolettem Lidschatten umrandet, sie trägt ein Stachelarmband am linken Handgelenk und in jedem ihrer Piercings – einschließlich dem an ihrer Nase und den sieben Löchern in jedem Ohr – steckt ein Diamantknopf oder ein kleiner schwarzer Ring.

Jenna sieht immer wie ein wütender Rockstar aus.

Sie schlüpft aus ihren Schuhen, klettert anmutig wie ein Jaguar auf die Badezimmerablage und lässt sich neben dem Waschbecken im Schneidersitz nieder. »Vermisst du mich?«

Ich lasse den Eyeliner sinken und blicke mich verwirrt um. »Wie kommst du denn hierher?«

»Ja«, erwidert sie. »Deine Antwort bedeutet: *Ja, Jenna, ich vermisse dich wie verrückt und ich wünschte, wir würden noch immer zusammenwohnen.*«

Am Semesterende musste Jenna mit zwei ihrer Cousinen

in eine schicke Wohnung umziehen, während ich auf einem Flur mit eiskaltem Wasser und seltsamer sexueller Energie leben muss. Das ist nicht gerecht.

»Ja, Jenna, du fehlst mir wie verrückt«, wiederhole ich. »Und? Wie kommst du hierher?«

»Die Frau an der Rezeption hat mir gesagt, dass du hier oben bist«, erklärt sie. »Sie hat mir auch gesagt, dass die Dame in Zimmer drei eine Trinkerin und jemand namens Earl ein Fußfetischist ist. Eine ganz schöne Klatschtante.«

»Und was für eine. Das kannst du dir nicht vorstellen.« Ich mache mich wieder daran, meine Augen mit dem spitzen Stift potenzieller Blindheit zu umranden. »Aber warum bist du hier rausgefahren? Ich dachte, wir treffen uns in Tempe.«

Sie zuckt die Schultern. »Ich dachte, ich hole dich ab, damit du nicht fahren musst. Und außerdem wollte ich dein neues Zuhause sehen.« Sie blickt sich im Badezimmer um. »Hier wohnst du jetzt also?«

»Ja. Ich schlafe in der Badewanne.«

»Hübsch.« Sie nickt. »Und wo schläft der Handwerker?«

Ich werfe ihr einen Blick zu. »Bitte sag mir, dass du nicht den ganzen Weg hier herausgefahren bist, um Levi zu begegnen.«

»Ich bin nicht den ganzen Weg hier herausgefahren, um Levi kennenzulernen.«

»Jenna.«

»Ach, komm schon«, entgegnet sie mit Nachdruck. »Er ist dieses mystische Wesen aus deiner Vergangenheit, das du dauernd versteckst. Er ist wie ein Puzzle für mich. Ein Puzzlespiel. Eins, bei dem vier Teile und die Bildanleitung fehlen. Ich muss dieses Puzzle treffen.«

Als Jenna und ich uns letztes Jahr zum ersten Mal begegnet sind, war ich nicht darauf aus, mich mit jemandem anzufreunden, schon gar nicht mit einem verrückten kreolischen

Mädchen, das am ganzen Körper tätowiert ist und einen Koffer voll Voodoo-Puppen besitzt. Doch irgendwie hatte sie es geschafft, in mein Leben einzubrechen – und in meine Vergangenheit – und ein paar sensible Schnipsel zutage zu fördern, so wie meine Geschichte mit Levi.

»Er ist kein Puzzle oder mystisches Wesen und ich verstecke ihn auch nicht«, sage ich. »Wie geht's Jack?«

Sie sieht mich aus goldfarbenen, zusammengekniffenen Augen an. »Sie wechselt das Thema. *Seltsam, sehr seltsam.*«

Ich deute mit dem Eyeliner auf sie. »Sprich nicht wie Alice im Wunderland. Du weißt, dass mich das gruselt.«

Sie nimmt mir den Eyeliner aus der Hand und fügt noch eine weitere Schicht zu ihren Katzenaugen hinzu. »Ich will nicht über Jack sprechen. Ich will über Levi sprechen.«

»Kommt nicht infrage.«

»Warum nicht?«

»Du weißt, warum.«

»Komm schon …«

»Hör auf«, sage ich bestimmter als beabsichtigt.

Sie starrt mich einen Augenblick an, dann gibt sie auf. »Na gut.«

Ich drehe mich um, um meine Rückseite im Spiegel zu überprüfen. Ich habe die ganze Woche in schäbigen Jeans und fleckigen T-Shirts verbracht, deshalb will ich heute Abend auf den Putz hauen. Und für mich heißt das, meinen Hintern nur mit einem knappen Stück Leder zu bedecken. Ich bin außer Kontrolle.

»Ist der Rock zu kurz?« Ich ziehe den Fetzen nach unten, aber mein Hintern ist zu rund, und er rutscht sofort wieder nach oben.

»Nein. Du siehst scharf aus.« Jenna lässt den Eyeliner sinken. »Aber was ist mit diesem omahaften Pullover?«

Sie meint die Strickjacke, die ich übergeworfen habe, um

meine Narbe zu verdecken. Ich schäme mich nicht für meine Narbe – überhaupt nicht –, aber ich will nicht riskieren, mit einem offenherzigen Dekolleté Levi zu begegnen und uns damit noch einmal in die Situation von neulich zu bringen. In meinem Bauch bildet sich ein Knoten und ich schlucke, damit er nicht in meine Kehle hinaufwandert. Ich blicke zu Jenna und zucke die Schultern.

»Mir war kalt.«

Nachdem ich ein paar weitere Male vergeblich an meinem Rock gezupft habe, drehe ich mich wieder um und wühle erneut in meinem Beutel, um ein weiteres schreckliches Schminkutensil zu suchen.

»Also«, sagt Jenna beiläufig, während sie fortfährt, ihre Augen zu umranden. »Wie läuft es mit Matt und dem Sex?«

Oh Mann!

»Gar nicht«, antworte ich.

Sie kräuselt die Nase. »War dein erstes Mal wirklich so übel?«

Meine sexuelle Erfahrung beschränkt sich auf eine einmalige Katastrophe mit einem Typen namens Benji Barker – er hieß wirklich so, kein Witz –, und es war betrunken und schlampig und einfach nur … bäh.

Ich dachte immer, seine Jungfräulichkeit zu verlieren sei ein denkwürdiges Ereignis mit Feuerwerk und Musik und vielleicht einer anschließenden Parade. Aber nein. Es war mehr wie: *Hey, danke für den schrecklich peinlichen Sex. Lass uns nie wieder miteinander sprechen.*

»Nein«, entgegne ich und wühle in den Untiefen meines Schminkbeutels nach der Wimperntusche. »Ich meine, es war höllisch unangenehm, aber es war nicht schlimm. Ich bin mit Matt nur noch nicht dazu gekommen. Oder mit dem Typen vor ihm. Oder dem Typen davor.« Nach der Schule habe ich versucht, mit ein paar Jungs auszugehen, bevor ich Matt begegnet bin, aber keiner von ihnen war wirklich was für mich. Ich zucke erneut die Schultern. »Vielleicht bin ich lesbisch.«

Meine Finger ertasten endlich die Wimperntusche, und ich ziehe sie triumphierend hervor.

»Du bist keine Lesbe«, widerspricht Jenna.

»Könnte doch sein.«

»Auf keinen Fall.« Sie sieht mich an und lässt den Eyeliner in der Luft schweben. »Wenn du lesbisch wärst, würdest du es bei mir probieren, aber das machst du nicht.«

»Na ja, vielleicht bist du nicht mein Typ«, gebe ich zu bedenken, während ich mit den Wimpern klimpere und Schichten schwarzer Tusche auftrage.

Sie verdreht die Augen. »Ach, bitte. Ich bin der Typ von jedem.«

»Pixie!«, ruft jemand auf dem Flur.

Levi.

Ich habe seine Stimme seit drei Tagen nicht gehört, und sofort sind alle meine Sinne alarmiert. Mein Blick zuckt genau in dem Augenblick zum Spiegel, als sein Spiegelbild im Eingang zum Bad erscheint. Bei seinem Anblick hämmert mein Herz.

Er trägt dunkle Jeans und darüber ein Hemd, das sich perfekt an seinen Körper schmiegt. Die zwei obersten Knöpfe sind offen und entblößen die gebräunte Haut an seinem Hals, und plötzlich habe ich Verständnis für alle Vampire. Wer würde davon *nicht* gern einen Bissen nehmen?

WAS?

Woher kommt dieser Gedanke?

»Hey, Pixie, Ellen hat mich gebeten …« Levis Worte verhallen, sein Blick gleitet an meinem Körper hinunter und bleibt an meinem Hintern hängen. In seinen Augen flammt Verlangen auf, woraufhin sich mein Inneres lustvoll zusammenzieht.

Unsere Blicke treffen sich im Spiegel.

Werde ich etwa rot? *Mist!* Ich werde rot.

Er räuspert sich und fängt noch einmal von vorne an. »Ellen hat mich gebeten, dir die hier zu geben. Sie meinte, du hättest deine eigenen verloren? Das hier sind ihre Reserveschlüssel.« Er legt einen Satz Schlüssel vom Inn auf die Ablage neben meiner Hüfte und dabei befindet sich seine Hand so dicht an meinem Bauch, dass seine Körperwärme durch meinen Lederrock sickert.

Ich nicke. Ich schlucke. Ich versuche, nicht ohnmächtig zu werden.

Oder ihn zu beißen.

»Ach, richtig. Danke«, stoße ich atemlos hervor, als hätte ich gerade einen Marathon oder so etwas hinter mir. Ich bin ja so cool.

»Ich bin Jenna«, stellt Jenna sich vor und streckt ihre Hand aus.

Levi und ich lösen blinzelnd unsere Blicke voneinander, und er hebt die Brauen, als habe er Jenna erst in dieser Sekunde bemerkt.

»Oh, hey«, sagt er mit seiner geschmeidigen Telefonstimme. Er hat viele verschiedene Stimmen. »Ich bin Levi.«

»Levi«, wiederholt sie und sieht, als sie ihm die Hand schüttelt, aus wie die Grinsekatze aus Alice im Wunderland. »Freut mich, dich kennenzulernen.«

Ich starre sie an, aber sie ignoriert mich.

»Ja.« Er blickt zu mir. »Freut mich auch.« Er zögert. »Tja, dann bis später.« Er entschwindet abrupt aus dem Badezimmerspiegel.

Ich starre auf den leeren Flur, der sich nun an seiner Stelle dort befindet, und fühle mich plötzlich ebenfalls leer.

»Oh mein Gott.« Jenna wirft laut kichernd den Kopf in den Nacken. »Jetzt verstehe ich alles. Jetzt ergibt alles einen *Sinn.*« Noch mehr Lachen. »Du bist absolut keine Lesbe.«

Ich löse den Blick vom Flur und werfe die Wimperntusche zurück in meinen Beutel.

»Was auch immer.« Ich blicke mein Spiegelbild an und ziehe eine Grimasse. Meine geglätteten Haare wirken ganz und gar falsch.

»*Was auch immer*«, macht sie mich nach und kümmert sich wieder um ihre Augen. »Du hast geschickterweise vergessen zu erwähnen, wie absolut SCHARF der geheimnisvolle Levi ist.«

»Bitte sei still.« Ich nehme meine Haare zu einem Pferdeschwanz zusammen. Noch immer falsch.

»Megascharf. Warum hat er dich Pixie genannt?«

Ich seufze und lasse die Haare wieder nach unten fallen.

»Das ist ein Spitzname, den er mir gegeben hat, als wir Kinder waren. Hör auf, noch mehr Eyeliner aufzutragen. Du siehst aus wie ein wandelnder Hilfeschrei.«

»Nein, das tue ich nicht«, widerspricht sie, legt den Eyeliner dennoch weg und betrachtet prüfend ihr Spiegelbild. »Ich sehe aus wie ein missverstandenes, böses Mädchen, das poetische Bilder vom Tod malt.«

»Genau.«

Ich raffe meine Sachen zusammen und verlasse das Bad, während Jenna wieder in ihre Schuhe schlüpft und mir folgt. In meinem Zimmer wirft sie sich bäuchlings aufs Bett und beugt sich über den Rand, um die drei Bilder zu begutachten, die unter dem Fenster zum Trocknen liegen.

»Wow.« Sie krabbelt vom Bett hinüber zur ersten Leinwand und streicht mit dem Finger über den Rand. »Die sind wunderschön.« Sie berührt ein anderes. »Verdammt deprimierend, aber wunderschön.«

»Die sind nicht deprimierend.« Ich suche in dem Durcheinander in meinem Zimmer nach meiner übergroßen Tasche, bis ich sie eingequetscht zwischen einem ungeöffneten Karton mit Sachen aus dem Wohnheim und einem Stapel veralteter Collegebroschüren finde.

»Alles, was du malst, ist deprimierend. Die Bilder sind alle schwarz und weiß und grau.« Sie blickt auf ein dunkles Gemälde von einem Baum.

»Tja, ich mag nun einmal Kontraste.« Ich stopfe Kleider in meine Tasche. Ich bin mir nicht sicher, was meine Übernachtungspläne angeht, aber ich bin ziemlich zuversichtlich, dass mich nachher niemand zurück zum Inn fahren will.

Jenna lässt sich wieder aufs Bett fallen und sieht zu, wie ich ein Baumwoll-T-Shirt und einen winzigen schwarzen Tanga in die Tasche stecke. »Hast du vor, heute Nacht bei Matt zu übernachten?«

Ich werfe eine Zahnbürste, eine Haarspange und ein Buch hinein. »Vielleicht.«

Matt setzt mich nicht unter Druck. Er ist einer dieser seltenen guten Kerle.

Meine Handflächen werden feucht, als ich nach meinem schwarzen Lieblings-BH suche; ich werfe ihn zusammen mit einem Paar Socken und einer Tube Sonnencreme in die Tasche.

Jenna spielt mit ihrem Armband. »Ihr zwei seid seit ungefähr vier Monaten zusammen, stimmt's?«

»Äh, ja.«

»Wenn du dich mit Matt nicht wohlfühlst, solltest du vielleicht lieber Schluss machen.«

Ich blicke auf. »Wer sagt, dass ich mich mit ihm nicht wohlfühle?«

»Deine Vagina.«

Ich schnaube verächtlich, weil, oh je, es stimmt. Meine Vagina ist superwählerisch und offensichtlich noch immer sauer auf mich wegen dieser Sache mit Benji.

Ich stopfe weiterhin wahllos Gegenstände in meine Tasche,

als würde ich für den Aufenthalt auf einer einsamen Insel und nicht für eine Übernachtung in der Stadt packen. Brauche ich einen Schal? Nein. Quetsche ich einen in meine Tasche, nur für den Fall, dass plötzlich ein Schneesturm aufkommt? Ja.

»Ernsthaft, Sarah.« Jenna setzt sich auf. »Warum triffst du dich noch mit ihm?«

Weil es normal ist, einen Freund zu haben, und ich unbedingt normal sein will.

»Weil er treu und geduldig und nett ist.« Ich höre mich an, als spräche ich von einem Hund. »Matt ist ein toller Typ«, füge ich hinzu. »Ich muss mich nur entspannen und diese Sexsache hinter mich bringen.«

Sie verschränkt die Arme. »Dir ist schon klar, wie albern das klingt, oder?«

Ich zeige mit dem Finger auf sie. »Wirst du wohl aufhören, mir moralisch zu kommen, kleine Miss Viel-Sex.«

»Erstens«, sie hält einen Finger hoch, »ich mag zwar viel Sex gehabt haben, aber ich habe nicht viele Partner gehabt. Zweitens«, sie hebt einen weiteren Finger, »für jeden Typen, mit dem ich geschlafen habe, habe ich mich, ohne zu zögern, sofort entschieden. Und drittens«, drei Finger, »wir sprechen hier nicht von mir. Wir sprechen von dir.«

»Ja, aber ich will nicht mehr von mir sprechen.«

»Sarah will nicht über sich sprechen? Schockierend.« Sie fixiert mich mit ihrem Blick. »Sex ist keine Bedingung für eine Beziehung. Es ist ein Anreiz. Und wenn du es mit Matt nicht willst, dann lass es.«

»Ich will es mit Matt.«

»Bist du dir sicher?«

»Ja.« In gewisser Weise.

»Okay. In dem Fall …« Sie steht auf, greift in die Tasche ihrer Rockstarjeans und zieht eine Handvoll Kondome hervor, die sie in meine Tasche wirft, wo sie zwischen die vielen

Schals, Zelte und Notfallsets für Schlangenbisse rutschen, die ich für den heutigen Kneipenbummel für unerlässlich halte.

Ich habe für eine einsame Insel gepackt, Jenna für einen Porno.

Ich blinzele sie an. »Hast du gerade Kondome in meine Tasche regnen lassen?«

»Darauf kannst du wetten.« Sie lächelt. »Aber ernsthaft, wenn du deine Meinung wegen heute Nacht änderst, können du und dein Omapullover immer noch bei mir aufkreuzen, okay?« Sie setzt sich wieder hin. »Und wie läuft es mit Levi? Habt ihr schon miteinander geredet?«

»Können wir das jetzt bitte lassen?«

»Du willst nie über ihn sprechen. Du bist immer so komisch, wenn es um ihn geht.«

»Ich bin nicht komisch, wenn es um ihn geht.«

»Doch. Superkomisch.«

»Hörst du jetzt bitte auf?«, fahre ich sie an.

»Mit was? Ich will doch nur wissen, ob ihr zwei ...«

»Ich will nicht über Levi sprechen«, zische ich erneut. Wie eine Zicke. Ich habe sie angezickt.

Es herrscht Stille im Zimmer.

Mit einem langsamen Kopfnicken sagt Jenna ruhig: »Okay. Wir werden nicht über Levi sprechen.«

Ich werde von Schuldgefühlen überwältigt und lasse den Kopf hängen. Ich darf nicht so zickig zu Jenna sein, doch es passiert mir immer wieder.

»Tut mir leid.« Ich beiße mir auf die Lippe.

Sie zuckt mit den Schultern und lächelt mich schwach an. »Mach dir deshalb keine Sorgen.« Ohne noch ein Wort darüber zu verlieren, lässt sie das Thema Levi fallen und lenkt die Unterhaltung geschmeidig auf ihre Sommerpläne.

Jenna. Sie ist geduldig. Sie ist eine gute Freundin.

Und manchmal macht mir das eine irre Angst.

8
Levi

Zack wohnt in einer Villa. Anders kann man das riesige Haus nicht bezeichnen, durch das ich mich gerade bewege. Ich habe schon drei Treppen passiert, zwei Flügel und einen Innenpool – und ich bin noch nicht einmal auf der Hälfte des ersten Stockwerks angelangt.

Laute Musik hallt vom Marmorfußboden und der gewölbeartigen Decke wider, während ich mich durch die dichte Menge schlängele. Überall sind Leute. Sie trinken, tanzen und reiten oben ohne auf lebensgroßen Löwenstatuen – eine ganz normale Party bei Zack Arden. Und eine perfekte Ablenkung von all den Dingen, denen ich im Inn scheinbar nicht entkommen kann.

Etwas Pelziges drängt sich an meinem Bein vorbei, ich blicke nach unten und sehe eine Ziege. Eine *Ziege*. Sie tippelt umher, als sei es absolut normal, dass ein Tier vom Land auf einer Hausparty abhängt.

Ich blinzele einen Augenblick, dann dränge ich mich weiter durch die trunkene Menge aus Collegestudenten, bis ich schließlich die Küche von der Größe eines Restaurants erreiche und dort meinen lächerlichen besten Freund vorfinde. Zack steht auf einem Stuhl in der Mitte des großen Raumes, hat die Arme über eine Gruppe versammelter Partygäste erhoben und hält einen roten Plastikbecher in der Hand.

Mit seinen kurzen schwarzen Haaren, seinem Latinoteint

und den Grübchen, die Mädchen anscheinend unwiderstehlich finden, ist Zack ein wahrer Ladykiller – und das weiß er auch. Ich beobachte, wie er einer Brünetten neben sich zuzwinkert und sich dann wieder lächelnd der Menge zuwendet.

»Liebe Leute!«, ruft er. »Es gibt hier jede Menge Bier, aber es gibt nur *einen*«, er hebt dramatisch einen Finger, »Cornhole-Meister!«

Die Menge hebt unter trunkenem Jubel und Gejohle ihre ebenfalls roten Becher. Alle sind heiß darauf, dass der Wettkampf beginnt.

Das ist Zacks Ding, Cornhole.

Cornhole ist eigentlich nichts anderes als völlig überbewertetes Herumwerfen mit Jonglierbällen, bei dem die Spieler mit kleinen Säckchen auf ein Loch in einem Holzbrett zielen. Man füge ein paar Trinkregeln hinzu, und schon hat man einen Partyhit kreiert. Ich bin mir ziemlich sicher, dass Zack seine Karriere als Footballprofi aufgeben würde, wenn er stattdessen den Rest seines Lebens Cornhole-Profi sein dürfte.

Er entdeckt mich auf der anderen Seite des Raumes und hebt das Kinn zum Gruß. Ich nicke, dann bemerke ich, dass er das Gesicht zu einem dämlichen Grinsen verzogen hat.

Oh, verdammt!

»Und als besonderen Augenschmaus«, johlt er über den Lärm hinweg und deutet auf mich, »präsentiere ich euch den Lieblingsquarterback der ASU: Levi Andrews!«

Blicke und rote Becher wenden sich in meine Richtung, und es folgt weiterer Jubel. Ich schaue ihn mit meinem Ich-hasse-dich-Lächeln an, während ein Haufen Leute auf mich zu rennt.

Die nächsten zwanzig Minuten kämpfe ich mit einem Ansturm von Rückenklopfern, sexuellen Einladungen und Fragen, wo zum Teufel ich die letzten sechs Monate gesteckt habe – eine Frage, auf die ich noch immer keine Antwort weiß. Erst dann gelingt es mir, mich von den wohlmeinenden Fremden zu lösen und in den Garten zu flüchten.

Garten ist untertrieben.

Was sich da vor mir ausbreitet, gleicht eher einem Golfplatz mit angeschlossener Badelandschaft. Hinter dem Haus erstrecken sich unendlich weite Wiesen, die von einer Reihe Pools und kleinen Wasserrutschen unterbrochen werden. Ich bin überrascht, dass ich an der Tür keinen Eintritt zahlen und mir ein neonfarbenes Band ums Handgelenk binden musste, um hierherzugelangen.

Der Cornhole-Wettkampf ist bereits in vollem Gange. Auf einer weiten flachen Rasenfläche direkt vor der hinteren Veranda sind jede Menge Bretter aufgebaut. Kunstvolle Laternen beleuchten Spielfeld und Zuschauer, während eine unsichtbare Beschallungsanlage Musik spielt. Ein Typ in einer engen Badehose, mit einem Zylinder auf dem Kopf und einem Plastik-Margarita-Becher um den Hals, baut eine große Anzeigetafel auf der Terrasse auf.

Zacks Stimme hallt über die Wiese. »Und Kirkland verfehlt das Brett komplett. Wie ein schwächliches kleines Mädchen. Trink aus, du Trottel.«

Als ich zur Seite blicke, sehe ich Zack mit einem Megafon vor dem Mund auf einem Holzpodest stehen, von wo aus er das Turnier leitet.

»Jensen!«, schimpft er. »Hör auf, die Säcke an deinen Eiern zu reiben, damit sie dir Glück bringen. Ich habe dich mit den Frauen gesehen, Kumpel. Deine Eier bringen alles andere als Glück.«

Ich bahne mir einen Weg zu ihm und besteige das Podest, als er gerade das Megafon sinken lässt.

»Danke für die tolle Einführung«, sage ich, »du bist ein Mistkerl.«

Zack lächelt und reicht mir ein Bier aus der Kühlbox zu seinen Füßen. Er selbst nimmt sich ebenfalls eins. »Freut mich auch, dich zu sehen, Saftsack. Warum kommst du so spät?«

»Deine miese Wegbeschreibung.« Ich öffne das Bier und trinke einen Schluck. »Habe ich da vorhin eine Ziege gesehen?«

»Ja. Das ist Marvin.«

»Klar.«

»Ich passe für diese scharfe Brünette, die ich Sonntag in der Messe kennengelernt habe, den Sommer über auf ihn auf.«

Ich sehe ihn verwundert an. »Du bist nicht katholisch.«

Er grinst. »Ich weiß.«

Das ist Zacks anderes Ding. Menschen.

Er ist ein chronischer Menschenkennenlerner. In der Kirche, in der Schule, bei Sportereignissen, Hausauktionen und an Tankstellen. Überall, wo er hingeht, lernt Zack jemanden kennen.

»Hast du dort auch den armen Trottel kennengelernt, dem das alles hier gehört?« Ich deute auf das Anwesen und die Villa. »In der Kirche?«

»Nein. *Den* habe ich bei einem Pokerturnier kennengelernt. Er hat beim Black Jack verloren. Deshalb gehört das alles hier bis zum Beginn des Herbstsemesters mir.«

»Dir gehören den ganzen Sommer über eine Villa und eine Ziege?«

»Ja. Mein Leben ist großartig.« Er hebt erneut das Megafon. »Das habe ich gesehen, Angela. Du musst trinken, Herzchen.« Er lässt den Blick über das Feld gleiten und seine Miene verfinstert sich. »Verdammt… nimmt jemand Jensen die Säcke ab!« Pause. »Du bist raus, Mathers! Übertroffen von der Kleinen mit den seltsamen, aber irgendwie erotischen blauen Zopfbändern.« Er wendet sich wieder mir zu und senkt das Megaphon erneut. »Wo hast du in letzter Zeit gesteckt? Ich habe dich seit Wochen zu irgendwelchem Mist eingeladen.«

Ich zucke die Schultern. »Ich hatte zu tun.«

Er trinkt einen Schluck. »Komisch, dass du anscheinend erst zu tun hast, seit deine neue Nachbarin eingezogen ist. Wie geht es unserer kleinen Fee denn eigentlich?«

Sofort sehe ich Pixies Hintern in diesem knappen schwarzen Rock vor mir. »Weiß ich nicht.«

»Schreit sie noch und malt und bricht Herzen?«

»Keine Ahnung.«

»Gott, die hat einen Aufstand gemacht.« Er lacht. »Geht sie noch auf die ASU?«

»Keine Ahnung«, weiche ich aus und trinke noch einen Schluck Bier.

»Aha. Empfindliches Thema.« Er mustert die Schnitte an meinen Fingerknöcheln. »Was ist da passiert?«

Ich blicke auf meine lädierte Hand. »Eine Trockenwand hat mich genervt.«

»Und da hast du ihr mal eben ein paar schwungvolle Haken verpasst?«

»So ungefähr.«

»Alles klar«, antwortet er langsam. »Apropos schwungvoll.« Er wendet seine Aufmerksamkeit wieder dem Wettkampf zu. »Das Training beginnt bald.«

Ich versuche, desinteressiert zu wirken. »Ach ja?«

»Der Trainer sagt, du wärst nicht eingeschrieben.« Er blickt weiter auf das Spiel, während ich Trainer McHugh und seine große Klappe verfluche. »Wie zum Teufel sollen wir ein Superteam zusammenbekommen, wenn unser Quarterback noch nicht einmal aufs College geht?«

Ich reibe mir den Hinterkopf. »Ich bin rausgeflogen, erinnerst du dich?«

»Nein.« Er zieht das Wort in die Länge. »Man hat dir eine akademische Bewährungszeit gegeben. Dekan Maxwell hat gesagt, alles, was du tun müsstest…«

»Ich weiß, was er gesagt hat.«

»Gut.« Er nickt. »Dann tu es, und wir sehen uns beim Training. Und bis dahin sorgen wir dafür, dass du dich entspannst.« Er lächelt einer attraktiven Blondine zu, die gerade vorbeikommt. »Hey, Savannah. Kennst du schon Levi?« Er zieht sie heran und deutet auf mich. »Levi ist unser Quarterback.«

Bei dem Wort »Quarterback« hellt sich die Miene der Blondine auf und sie sieht mich mit begehrlichem Blick an. »Nett, dich kennenzulernen, Levi.«

Zack beugt sich zu mir und raunt: »Gern geschehen, Kumpel«, dann führt er erneut das Megafon an seine Lippen und geht seinen Pflichten als Spielleiter nach. »Ach, komm schon, Jensen…«

Zack geht weg und lässt mich mit der Blondine allein, die bereits grundlos kichernd meinen Arm berührt. Lasst die Ablenkung beginnen!

9

Pixie

Zwei Collegemädchen mit gefälschten Ausweisen gehen in eine Bar…

Was für ein Klischee.

Der Türsteher hat noch nicht einmal die Geburtsdaten auf unseren Ausweisen kontrolliert. Er hat Jennas Hintern geprüft – der meinen im Wettbewerb um mindestens zweimal Wackeln schlägt – und hat uns durchgewinkt.

Es lebe die Macht des Hinterns!

Ich folge den Kirschblütentätowierungen auf Jennas nacktem unterem Rücken, während wir uns an den Halbtrunkenen, den Volltrunkenen und den Hat-irgendjemand-den-Boden-gesehen-ach-nein-da-liege-ich-ja-bereits-drauf-Betrunkenen vorbeischieben.

Ich habe die Strickjacke an der Tür ausgezogen und sie in meine volle Tasche gestopft. Mit meinem Push-up-BH und meinem tief ausgeschnittenen Tanktop sehe ich jetzt absolut verschlagen aus. Normalerweise kleide ich mich nicht so freizügig, aber als ich mich heute Abend angezogen habe, war ich auf Krawall gebürstet.

Jenna und ich drängen uns durch eine Gruppe von Leuten, und meine vorwitzigen Brüste streifen versehentlich einen Fremden. Sein Blick fällt auf mein Dekolleté.

Ich hatte meine Brüste schon lange, bevor sich meine Narbe dazugesellte. Ich kenne also den Unterschied zwischen einem Typen, der meinen Vorbau anstarrt, und einem, der Mitleid mit mir hat. Und dieser Typ starrt *nicht* meinen Vorbau an.

Egal!

Ich gehe weiter und richte meinen Blick auf die Kirschblüten. Sie sind hübsch. Sehr mädchenhaft und zart und gar nicht wie Jenna, doch irgendwie passen sie zu ihr. Würden Kirschblüten mir auch stehen?

»Ihr habt es geschafft.« Matts Miene hellt sich auf, als wir die Bar erreichen. Er und seine Mitbewohner, Ethan und Jack, sind schon da und haben Plätze für uns frei gehalten. Matt zieht mich an sich, gibt mir einen flüchtigen Kuss, lehnt sich dann zurück und pfeift anerkennend. »Nette Aufmachung.« Sein Blick schweift über meine deutlich sichtbare Narbe.

Ich hebe spöttisch eine Braue. »Zu tragisch?«

Er sieht mir in die Augen und lächelt. »Überhaupt nicht. Ich finde, du siehst knallhart aus. Wie ein Pirat oder so etwas.«

»Ein Pirat?«

»Ja. Wie ein attraktiver Captain Hook.«

»Er ist der unattraktivste Pirat von allen.«

»Okay, dann eben wie Jack Sparrow«, sagt er.

Ich runzele die Stirn.

»Captain Morgan?« Er scheint sich deutlich unwohl zu fühlen, als sei er sich nicht sicher, ob es in Ordnung ist, über meine Narbe zu scherzen, und ich empfinde Mitleid mit ihm.

Ich rümpfe die Nase. »Wie wäre es, wenn du aufhörst, mich mit Verbrechern der Sieben Meere und Alkoholmaskottchen zu vergleichen?«

»Hervorragende Idee. Ich bin ein Idiot.« Er lächelt mich an, aber ich sehe rote, nervöse Flecken seinen Hals hinaufkriechen.

»Was machst du da?« Ethan blickt zu Jenna, die sich auf den Barhocker zwischen ihm und Jack quetscht. »Du darfst nicht neben mir sitzen. Du ruinierst meinen Auftritt.«

»Welchen Auftritt?«, fragt sie. »Du bist ein weißer Mann mit einer Goldkette. Du hast keinen Auftritt.«

»Oh, doch. Und du verdirbst ihn. Wie soll ich scharfe Tussen aufgabeln, wenn eine scharfe Tusse direkt neben mir sitzt?«

Jack beugt sich zu ihm. »Vielleicht solltest du damit anfangen, sie nicht mehr *Tussen* zu nennen.«

»Ich störe dich nicht«, sagt Jenna.

»Doch, das tust du«, widerspricht Ethan. »Das machst du jedes Mal. Tausch den Platz mit Jack.«

»Oh mein Gott, du bist so ein Mädchen.« Sie steht auf und wartet, dass Jack den Platz mit ihr tauscht.

»Bäumchen wechsele dich. Na, toll.« Jack rutscht widerwillig hinüber, sodass er neben Ethan sitzt und Jenna neben ihm und ich neben Jenna und Matt neben mir.

»Bist du jetzt glücklich, dass ich mit meinem scharfen Körper nicht mehr dein Sexleben torpediere?« Jenna starrt Ethan wütend an.

Er verneigt sich leicht vor ihr. »Ich und mein Penis danken dir.«

»Gott.« Sie verdreht die Augen und beugt sich zu mir. »Wir brauchen neue Freunde, Sarah. Und zwar sofort.«

»He«, sagt Jack verteidigend. »Was habe ich getan?«

»Du bist Jack«, antwortet Jenna. »Das reicht.«

Jenna und Jack streiten sich jedes Mal, aber so wie sie sich ansehen, wirkt es eher, als würden sie sich am liebsten gegenseitig die Klamotten vom Leib reißen, und das Einzige, was sie davon abhält, ist, dass sie sich in der Öffentlichkeit befinden. Aber ehrlich gesagt wäre ich nicht überrascht, wenn sie auch das bald nicht mehr zurückhalten würde.

»Was wollt ihr zwei trinken?« Die Barfrau – die wie ein Supermodel aussieht – richtet ihre Frage an Jenna und mich, doch ihr Blick wandert zu Matt. Ich kann es ihr nicht verübeln.

Matt sieht gut aus, und zwar auf diese Abercrombie-Art. Er trägt blaue Jeans und Designerhemden, hat perfekt frisierte blonde Haare und ein umwerfendes Lächeln. Er ist phänomenal, wirklich. Und er ist total bescheiden, was ihn nur noch attraktiver macht.

Ich weiß nicht genau, warum er mit mir zusammen ist. Er könnte jemand Besseres haben. Nicht, dass ich schrecklich wäre oder so, er könnte es nur einfach besser treffen.

Als ich Matt zum ersten Mal begegnet bin, hat er mich wochenlang mit seinen sanften braunen Augen und seiner gewandten Art verfolgt. Ich war damals völlig fertig und hatte überhaupt kein Interesse, eine Beziehung mit jemandem anzufangen. Ich hatte ein paar enttäuschende Verabredungen hinter mir und beschlossen, dass Jungs das Letzte waren, was ich gerade in meinem Leben brauchte, aber irgendwie gab Matt mir das Gefühl … normal zu sein. Und bald hatte er mich mit seinem Charme und seiner Freundlichkeit so weit, dass ich einer ersten Verabredung zustimmte, dann einer zweiten und schließlich einer dritten. Bevor ich mich versah, bezeichnete er mich als seine Freundin, und ich verbesserte ihn nicht.

Er gab mir das Gefühl, ungebrochen zu sein, und ich klammerte mich an diese Illusion.

Wir bestellen unsere Getränke und die Supermodel-Barfrau schenkt Matt ein sinnliches Lächeln, bevor sie sich umdreht. Er gibt vor, es nicht zu bemerken und drückt liebevoll mein Knie.

»Und? Wie ist das Leben in der Steppe?«

Mir schießen Bilder von Paprikas durch den Kopf.

»Langweilig«, sage ich. »Wie läuft es mit dem Praktikum bei Edgemont?«

Matt ist Künstler, aber einer von der rationalen Sorte. Jener, die auf Mathematik steht und ständig korrekte Neunzig-Grad-Winkel zeichnet. Sein Praktikum bei Edgemont Design ist das perfekte Sprungbrett für seine künftige Karriere als Architekt.

»Es ist wirklich toll.« Seine Hand gleitet von meinem Knie zu meinem Oberschenkel und treibt einen angenehm warmen Schauer mein Bein hinauf. »Ich knüpfe ein paar gute Kontakte. Hoffentlich behalten sie mich als Teilzeitkraft bis zu meinem Abschluss.«

Die Hoffnung in seinen Augen bringt mich zum Lächeln. »Sie wären verrückt, wenn nicht. Du bist fantastisch.«

Ich meine es ernst. Matt ist wirklich begabt und ich bezweifle nicht, dass er großartige Wolkenkratzer bauen wird und Gebäude und was auch immer er sich vornimmt, weil er einfach der Typ dazu ist. Ein Draufgänger. Ein Überflieger.

Er ist nur zwei Jahre älter als ich, aber er ist ein gutes Jahrzehnt reifer und mir im Leben generell meilenweit voraus.

Er hat eine Liste mit Lebenszielen und einen Zehnjahresplan und wahrscheinlich ein farbiges, interaktives Diagramm, um beides immer auf dem neuesten Stand zu halten.

Und ich? Ich besitze einen gefälschten Ausweis und einen ungefähren Plan für den morgigen Tag. Kein Diagramm.

»Danke, Süße.« Er legt den Arm um meine Schulter und zieht mich dichter an sich. Er riecht immer gut. Sauber.

Die Getränke kommen und ich nippe durch den Strohhalm an meinem Gingerale, während Jenna einen großen Schluck – sie würde niemals nippen – von ihrem Manhattan trinkt. Jenna bestellt Cocktails wie ein alter Mann und kippt sie hinunter wie eine verzweifelte Hausfrau. Ich liebe sie.

Matt dreht sich zu mir um und senkt die Stimme. »Du hast mich die ganze Woche nicht zurückgerufen.«

Ich mache ein entschuldigendes Gesicht. »Tut mir leid. Ich war so beschäftigt. Ist was passiert?«

Er nickt. »Erinnerst du dich an Tyson, meinen Mitbewohner aus dem letzten Semester?«

»Ja«, sage ich und beobachte, wie Jack nach dem Plastikspieß mit Oliven an Jennas Cocktail greift. Sie schlägt seine Hand fort.

»Er arbeitet jetzt an der New Yorker Universität in der Zulassungsstelle«, fährt Matt fort. »Und er meinte, dass er vielleicht deinen Wechselantrag noch einmal durchsehen könnte.«

Ich drehe mich abrupt zu ihm um. »Wirklich?«

Ich habe mich das ganze Jahr um einen Collegewechsel bemüht. Nach Kalifornien. Colorado. New York. Virginia. Ich muss einfach aus Arizona weg, von all den vertrauten Menschen und Orten, vor denen ich mich hier nicht verstecken kann.

Aus New York kam die erste Absage, die anderen folgten kurz darauf. Unbeständige Studentinnen, die im Hauptfach Kunst studieren, scheinen auf der Kandidatenwunschliste der Universitäten nicht gerade hoch im Kurs zu stehen.

Deshalb ist die Aussicht darauf, dass Tyson meinen Antrag noch einmal durchsehen und ich damit vielleicht doch noch die Chance auf einen Wechsel haben könnte, aufregend. Im Großen und Ganzen. Meine Handflächen werden feucht.

Matt nickt. »Ja, aber du hättest ihm bis letzten Donnerstag deinen Einspruch gegen die Ablehnung schicken müssen.«

Mein Herz setzt aus, beginnt jedoch gleich wieder zu schlagen. »Ach, das ist ja ärgerlich. Dann stecke ich jetzt wohl in Arizona fest.«

»So leicht willst du aufgeben?« Er lächelt mich geheimnisvoll an.

»Was?« Ich beobachte ihn genau.

Sein Lächeln wird breiter. »Ich habe Einspruch für dich eingelegt.«

»WAS?«, kreische ich.

Er nickt aufgeregt. »Tyson sagte, ich könnte einen für dich ausfüllen, und da du nicht ans Telefon gegangen bist, habe ich mir erlaubt, es einfach zu tun. Es besteht also noch eine Chance, dass du zum Herbst dorthin wechseln kannst. Wir können zusammen auf die Uni gehen.«

Mir bleibt der Mund offen stehen. »Wow.«

Matt beginnt sein Masterstudium an der NYU im nächsten Semester, was das Lächeln auf seinem Gesicht erklärt. Doch ich bin zugleich erfreut *und* panisch.

»Freust du dich denn nicht?« Sein Lächeln verblasst.

»Doch.« Ich zwinge mich zu lächeln und nicke. »Sehr.«

Der Knoten in meinem Magen wächst.

Jack versucht es ein zweites Mal mit den Oliven, und Jenna schlägt erneut seine Hand weg. »Hände weg von meinen Oliven oder ich verhexe deinen Hintern.«

Obwohl Voodoo eine friedliche Religion ist, die nichts mit dem Verfluchen von Leuten zu tun hat, nutzt Jenna die Ahnungslosigkeit anderer aus und spielt die Voodoo-Karte, wann immer sich die Gelegenheit dazu bietet.

»Ach, bitte. Du wirst meinen Hintern nicht verhexen.« Er versucht es erneut, nur um diesmal noch fester geschlagen zu werden.

»Spiel nur weiter«, sagt sie. »Du wirst schon sehen, ob du beim Aufwachen noch alle deine Gliedmaßen besitzt.« Ihr Blick schweift zu mir. Mit schief gelegtem Kopf mustert sie mein Gesicht. »Alles okay bei dir?«

Ich hebe die Brauen. »Was? Ja. Ja, alles okay.« Ich lächele gezwungen.

Bei mir ist alles okay. Alles völlig okay!

Die Stunden vergehen, bis alle betrunken sind, nur Matt

und ich nicht. Ich habe Matt noch nie betrunken erlebt. Dafür ist er zu verantwortungsbewusst.

Wieder frage ich mich: *Warum ist er mit mir zusammen?*

Wir erwähnen die NYU nicht mehr, und langsam löst sich der Knoten in meinem Bauch, bis ich mich tatsächlich amüsiere.

Als Jenna, Jack und Ethan beschließen, in der Bar nebenan weiterzufeiern, steigen Matt und ich aus. Wir wollen zu ihm fahren und Filme gucken. Auf dem Weg macht Matt einen Witz nach dem anderen, und als wir seine Wohnung erreichen, tut mir vom vielen Lachen der Bauch weh.

Nachdem wir einen Film ausgewählt haben, gehen wir in die Küche und machen Popcorn. Fünf Minuten und vier Hände voll salzigen Popcorns später, küssen wir uns am Kühlschrank, an der Wand, an der Arbeitsplatte, bis wir uns küssend ins Schlafzimmer bewegen. Hier ist es dunkel, nur der orangefarbene Schein der Straßenlaternen, der durch das Fenster hereindringt, spendet etwas Licht.

Wir fallen aufs Bett und aus dem Küssen entwickelt sich mehr, und genau in dem Augenblick beginnt mein Blick – und meine Gedanken – zu wandern.

Warum ist sein Zimmer immer so sauber? Ich meine, ernsthaft. Alles ist aufgeräumt und ordentlich. Sein Schreibtisch ist makellos. Seine Schuhe stehen paarweise aufgereiht im Schrank. Das ist nicht normal.

Und warum ist es so still hier? Er wohnt in einer Wohnung auf dem Campus, verdammt. Seine Nachbarn sollten eine Party feiern und laut Musik hören.

Bevor ich es richtig merke, haben wir uns unserer Oberteile entledigt und seine Hand streicht über meinen Oberkörper, während er sich auf mich setzt, sich zu mir herabbeugt und meinen Hals mit Küssen bedeckt. Ich starre auf seine breiten Schultern und denke nach. Vermutlich sollte ich etwas tun, beispielsweise meine Nägel in seine Schulterblätter graben oder seinen Hintern anfassen oder irgend so etwas.

Keine Ahnung.

Langsam lege ich meine Handflächen symmetrisch und flach auf seinen Rücken und versuche, meine Arme zu entspannen. Warum ist er immer so warm? Und warum zum Teufel saugt er noch immer an meinem Hals?

Er hat eben erst Popcorn gegessen, und jetzt leckt er mit seiner Zunge meinen Hals ab und hinterlässt dort eine Spur Butterbazillen. Und ich schwöre zu Gott, sein Dreitagebart wird meine Haut noch ganz wund reiben.

Die Spur aus Butterbazillen wandert nach unten, während mein Blick zurück zu seinem Schreibtisch gleitet. Dort liegt noch nicht einmal ein Stift am falschen Platz. Rationale Künstler sind seltsam. Sollte ich die Augen schließen? Warum atmet er so schwer?

Konzentrier dich, Pixie. KONZENTRIER DICH!

Seine Hände gleiten über meinen Körper, meiden jedoch meine Narbe. Nie berührt er meine Narbe. Ich bin mir nicht sicher, ob er es nicht tut, weil sie ihn gruselt, oder ob er nur rücksichtsvoll ist. Wahrscheinlich ein bisschen von beidem, was ziemlich bedauerlich ist, weil, na ja, sich meine Brüste dort befinden und ich nicht will, dass mein Freund Angst vor meinen *Brüsten* hat – die im Übrigen makellos sind. Ich mag zwar einen hässlichen Schnitt in dem Tal zwischen den beiden Kleinen haben, aber die Brüste selbst sind tadellos. Dennoch. Matt meidet den Großteil meiner Brust. Wie schade.

Ist das ein Stück Kaugummi da oben an der Decke?

Mein Blick flackert ein wenig, als seine Hand über meinen Schenkel nach oben zwischen meine Beine gleitet. Mein Rock ist hochgerutscht, sodass ich hier nun im Höschen liege und mich an seinem übermäßig warmen Rücken festhalte, während er seine Jeans gegen die Innenseite meiner Beine presst.

Er lenkt seine Popcornzunge zu meinem Mund und küsst mich leidenschaftlich. Ich zwinge mich, die Augen zu schließen, und konzentriere mich darauf, seinen Kuss zu erwidern, während seine Bartstoppeln wie eine feste Bürste über mein Gesicht reiben. Mein Gesicht wird anschließend knallrot sein. Vielleicht kaufe ich ihm einen neuen Rasierer. Aber keinen elektrischen. Auf die ist nicht immer Verlass.

Wer hat eigentlich elektrische Rasierapparate erfunden? Welcher Kerl hat sich eines Tages rasiert und gedacht: *Was dieses flache Messer an meinem Hals braucht, ist eine Batterie! Vielleicht sollte ich einen Rasierer mit einem Kabel erfinden?*

Matt reißt sich von mir los und setzt sich mit einem frustrierten Schnaufen auf die Knie zurück.

»Was ist?« Ich setzte mich auf und bedecke meine Brüste. »Was ist los?«

Ich bemerke, dass seine Haare immer noch perfekt frisiert sind, nicht eine blonde Strähne ist verrutscht. Sollte man nach dem Sex nicht ungeordnete Haare haben – oder nachdem man fast Sex hatte? Das ist vermutlich meine Schuld. *Mist!* Ich muss das nächste Mal daran denken, durch seine Haare zu wuscheln.

Er fährt sich mit der Hand über den Mund. »Vielleicht sollte ich das dich fragen.«

»Äh …« Ich blicke erneut auf den makellosen Schreibtisch.

»Du bist nicht bei der Sache, Sarah.«

»Doch, das bin ich«, erwidere ich schnell. Zu schnell. »Sex. Los geht's.« Ich lasse meine Hüften auf eine ziemlich peinliche und wenig verführerische Art kreisen und klatsche in die Hände, als würde ich eine Auszeit beim Football beenden. *Auf geht's, Team!*

Er schüttelt den Kopf. »Es ist jedes Mal dasselbe. Als ob

deine Gedanken in dem Moment, in dem es heiß wird, woandershin wandern. Es ist okay, wenn du keinen Sex willst. Wirklich. Aber ich kann nicht weiterhin dieses Fast-aber-eben-nicht-richtig-Ding durchziehen, wenn du nicht dabei bist. Dann komme ich mir wie ein Arsch vor. Als würde ich dich drängen oder so.«

»Nein, nein, nein. Du drängst mich nicht, und du bist überhaupt kein Arsch. Es liegt an mir. Ich schwöre, ich kann's besser. Ich werde es besser machen.«

Ich starre auf seine nackte Brust, orangefarbene Schatten fallen auf seine festen Muskeln, und ich versuche, etwas Verruchtes zu empfinden.

Nichts.

Vielleicht bin ich doch lesbisch.

Er seufzt. »Ich will nicht, dass du es besser machst, Sarah. Ich will, dass du es *willst.*«

»Ich will es.«

Stimmt's?

STIMMT'S?

Er blickt einen Augenblick aufs Bett, dann steht er langsam auf und zieht sein Hemd über. »Warum ziehst du dich nicht an, und wir reden später darüber?« Er versucht zu lächeln, aber alles, was ich schaffe, ist zu nicken.

Ich vergrabe mein Gesicht in den Händen und atme tief und lange aus. Warum will ich nicht mit meinem superscharfen und absolut süßen Freund schlafen?

Was ist bloß mit mir los?

10

Levi

Was ist bloß mit mir los?

Sexuell unbefriedigt und sauer auf das gesamte Universum biege ich zum Inn ab und parke im hinteren Teil des Parkplatzes. Alles lief gut mit Savannah – so hieß sie doch, oder? Savannah? Susanna? –, bis sie erwähnte, dass sie im Hauptfach Kunst studiert. Schlagartig war jedes Lustgefühl, das ich mir mit ihr erhofft hatte, verschwunden.

Ich stelle den Motor aus und streiche mir durch die Haare.

Kunst? KUNST? Was zur *Hölle*, Universum?

Herrgott! Das Mädchen hatte einen grünen Farbstreifen in ihrer Armbeuge. Und sie war blond. Und sie roch nach Blumen. Es unterschieden sie nur zwei fleckige Sneakers und ein düsterer Blick aus grünen Augen von Pixie. Also habe ich mich elegant aus ihrer Gesellschaft entfernt und mich auf die Suche nach einer anderen Ablenkung begeben. Doch zu dem Zeitpunkt war jedes Mädchen in der Villa entweder bereits hinüber oder schon vergeben, und wem wollte ich eigentlich etwas vormachen? Keine Ablenkung der Welt würde den brennenden Schmerz in meiner Brust betäuben.

Verfluchte Pixie. Zieht einfach nebenan ein und versaut mir mein Sexleben.

Als ich aus dem Truck steige, hält ein schwarzer Wagen vor dem Inn. Ich blicke auf die Uhr. 3:35 Uhr. Entweder handelt es sich um einen älteren Gast, der früh einchecken will, was schon vorgekommen ist, oder es bedeutet irgendwelchen Ärger.

Ich stehe im Schatten der großen Weide auf dem Parkplatz und beobachte, wie sich die Beifahrertür öffnet und eine Gestalt aussteigt.

Trotz der Dunkelheit und der Entfernung zwischen uns erkenne ich sofort, dass es Pixie ist. Ihre geglätteten Haare fallen ihr über den Rücken und glänzen im Mondlicht, als sie in demselben männervernichtenden Rock Richtung Haus geht, den sie schon früher am Abend getragen hat.

Ärger also.

Ein Kerl, den ich nie zuvor gesehen habe, steigt auf der Fahrerseite aus und ich straffe meine Schultern.

Vielleicht ist er ein Taxifahrer – mit dem hübschesten Taxi der Welt. Vielleicht hat man ihn heute Abend zum Fahrer bestimmt, und Pixie ist ein bisschen beschwipst. Vielleicht ist er ein schwuler Freund, der sie darin berät, was sie tragen soll – Dinge wie diesen verdammten Rock.

Der designierte schwule Taxifahrer beugt sich hinunter und küsst Pixie.

Oder *vielleicht* ist er die Glasur auf dem Kuchen der Verzweiflung, von dem ich schon den ganzen Abend gegessen habe.

Ihnen beim Küssen zuzusehen, verstärkt das Brennen in meiner Brust und geistesabwesend drücke ich eine Hand auf mein Brustbein.

Sie lösen sich voneinander und der Glasurkerl fährt ab, während Pixie im Inn verschwindet. Ich warte einen Augenblick, bevor ich aus der Dunkelheit hervortrete und ihr folge. Als ich ins Haus trete, knarrt die Eingangstür ein wenig. Das Licht ist gedämpft, und es ist keine Menschenseele zu sehen. Leise gehe ich durch die Lobby auf die Treppe zum Ostflügel zu.

Pixie steht am Fuß der Treppe und flucht leise vor sich hin, während sie in der riesigen Tasche wühlt, die über ihrer Schulter hängt. Die Dielen unter meinen Füßen knarren, als ich mich vorwärtsbewege. Sie reißt den Kopf hoch und entspannt sich ein wenig, als sie mich sieht.

»Oh«, sagt sie. »Hey.«

Ich verlangsame meinen Schritt. »Hey.«

Ihre Tasche brummt, sie lässt sie auf die unterste Stufe fallen und versperrt mir erfolgreich den Weg nach oben, während sie den Inhalt durchkämmt.

Ich stecke meine Hände in die Taschen und warte. »Hast du etwas verloren?«

Mit einem tiefen Seufzer gräbt sie weiter. »Ich kann mein Telefon nicht finden, weil ich wie ein Hamster gepackt habe, aber ich weiß, dass es da drin ist, weil es nicht aufhört zu klingeln, und ich bin mir ziemlich sicher, dass das Jenna ist, weil ich sonst niemanden kenne, der mich mitten in der Nacht anruft, und ich weiß nicht, warum sie anruft, aber ich denke, es muss eine Art Notfall sein, was genau passen würde, weil meine Nacht kaum besser hätte laufen können, und *warum* habe ich nur so viele Stifte in meiner Tasche?« Sie hält eine Faustvoll Stifte in die Luft. »WARUM?!«

Ich beiße mir von innen auf die Wangen, um nicht über ihre aufgeregte Miene zu lächeln.

Eine fröhliche Melodie ertönt aus den Tiefen ihrer Tasche und Pixie lässt augenblicklich die Stifte los – die neben sie auf die Stufe fallen und dann in alle Richtungen davonrollen –, reißt alles Mögliche aus ihrer Tasche und wirft es zur Seite.

Ein Shirt.

Einen Schokoriegel.

Einen Zeichenblock.

Einen Schal.

Noch mehr Stifte.

Da der Weg zu meinem Zimmer ohnehin blockiert ist und ich nichts Besseres mit meinen Händen anzustellen weiß, sammele ich die davongerollten Stifte ein.

Beim vierten Klingeln findet Pixie endlich ihr Telefon, nimmt ab und stößt hervor: »Was ist passiert? Ist jemand gestorben?«

»Endlich«, höre ich eine erleichterte Stimme am anderen Ende der Leitung. »Wo bist du? Ich bin in Matts Wohnung, um Tweedle-Dee und Tweedle-Dum abzusetzen …«

»Jenna.«

»Aber du bist nicht hier. Ich dachte, ihr zwei wärt zurück zu seiner Wohnung gefahren.«

Pixie sieht mich an, dann senkt sie den Blick. »Das sind wir, aber dann habe ich Matt gebeten, mich zum Inn zurückzubringen.«

Matt.

Ich halte den Blick auf den Boden gerichtet, während ich die restlichen Stifte einsammele.

»Zum Inn?«, fragt Jenna. »Matt übernachtet bei dir im Inn?«

»Nein. Er hat mich abgesetzt – können wir das später besprechen?«

»Er hat dich abgesetzt?«

»Jenna. Bitte.«

»Gut. Wir reden morgen früh – aah! Das ist widerlich. Ethan, ich schwöre zu Gott, wenn du dich hier übergibst – igitt!« Am anderen Ende ist gedämpfter Tumult zu hören. »Gott! Sarah, tu mir einen Gefallen und sag deinem Freund, dass, wenn wir das nächste Mal zusammen ausgehen, er für seine betrunkenen Mitbewohner zuständig ist.«

Freund.

Pixies und mein Blick treffen sich.

Matt, der Freund.

Pixie gehört mir nicht, hat mir nie gehört, also geht mich Matt, der Freund, nichts an. Dennoch verkrampft sich mein Magen auf unangenehme Weise.

»Ich bin nicht betrunken!«, kreischt eine männliche Stimme im Hintergrund.

»Du hast dich total abgeschossen, Jack!«, kreischt Jenna zurück.

Die männliche Stimme lacht. »Ich bin eine Schnellfeuerwaffe. Jack ist ein Maschinengewehr.«

»Du bist ein Idiot«, ruft Jenna.

»Wir reden also morgen früh?«, fragt Pixie Jenna, die etwas abgelenkt scheint.

»Was? Oh, ja. Morgen früh. Später. Ethan, wehe …«

Pixie legt auf und lässt ihr Telefon in die Tasche fallen. »Tut mir leid. Meine Freunde sind, äh … interessant.«

Ich nicke. »Sie hören sich lustig an.«

»Ja.«

Sie räuspert sich und räumt rasch den Rest ihrer verstreuten Sachen zurück in die Tasche. Ich reiche ihr die eingesammelten Stifte, sie nimmt sie, ohne mir dabei in die Augen zu sehen, wirft sie in ihre Tasche und fährt mit dem Aufräumen fort. Ich helfe ihr, die letzten Dinge aufzuheben.

Wir greifen gleichzeitig nach dem Schal und zufällig berühren sich unsere Finger. Wir zucken beide zurück, als würden wir uns vergiften, wenn wir uns berühren, und plötzlich nehme ich nur noch Pixie wahr. Die Neigung ihres Nackens, den Duft ihres Shampoos, die Form ihrer Lippen, den einen offenen Knopf oben an ihrer Strickjacke.

Sie blickt mich aus ihren grünen Augen an und die seltsame Spannung zwischen uns verwandelt sich augenblicklich in Strom, der die Treppe auf und ab strömt. Sie öffnet die Lippen und zieht mich, als wären ihre Atemzüge magnetisch, dichter in den Dunstkreis ihrer Körperwärme.

Eine Strähne ihrer glatten blonden Haare fällt ihr in die Augen und erinnert mich daran, dass die Dinge jetzt anders sind.

Ich blinzele, unterbreche den Stromkreislauf und ziehe meine Hand zurück.

Sie wendet den Blick ab und schnappt sich den Schal, wobei etwas Kleines aus dem Stoff fällt und über den Boden rutscht.

Ein Kondom.

Für einen Augenblick starren wir es beide nur an.

Das geht mich nichts an. Das geht mich NICHTS an!

Mit geröteten Wangen hebt Pixie beiläufig das Kondom auf und lässt es in ihre Tasche fallen.

Ich räuspere mich und deute nach oben. »Also, ich werde dann mal …«

Sie blickt auf und bemerkt, dass sie mir den Weg versperrt. »Ach, richtig. Tut mir leid.« Sie rutscht zur Seite, um den Weg freizumachen, und weicht meinem Blick ganz und gar aus.

Als ich vorsichtig an ihr vorbei die Treppe hinaufgehe, hämmert mein Puls heftig und heiß in meinem Kopf.

Kuchen? Ja.

Glasur? Ja.

Kirsche oben drauf? Ja.

11

Pixie

Müssen die Vögel heute Morgen so laut zwitschern?

Verspotten sie mich? Ganz bestimmt.

Ich kann es ihnen nicht verübeln. Nach meinem entsetzlichen Zusammenstoß mit Levi gestern Nacht, würde ich mich auch verspotten. Das Kondom? Ich meine, ernsthaft.

Und was zum Teufel ist mit meinem Telefon los, das sich plötzlich so aufführt, als sei es ein Lautsprecher? Levi konnte absolut alles hören, was Jenna letzte Nacht zu mir gesagt hat, und der Ausdruck auf seinem Gesicht, als sie das Wort »Freund« benutzt hat, war einfach … aaah. Er hatte offensichtlich keine Ahnung, dass ich mit jemandem zusammen bin, und die Information schien ihn zu verwirren.

Ich ziehe ein Kopfkissen über mein Gesicht und stoße ein ersticktes Stöhnen aus, während sich weitere Vögel zu der megafröhlichen Party vor meinem Fenster gesellen.

Es sollte keine Rolle spielen. Levi trifft sich mit Leuten. Ich treffe mich mit Leuten. So ist es immer gewesen. Doch aus irgendeinem Grund fühle ich mich nicht wohl in meiner Haut, als sollte ich einen erklärenden Brief schreiben und vielleicht eine Freund-Genehmigungsbescheinigung ausdrucken und von Levi unterschreiben lassen.

Ich, Levi Andrews, erkläre mich ausdrücklich damit einverstanden, dass Pixie Marshall zusammen sein darf, mit wem sie möchte, ohne dass sie sich deshalb irgendwie schuldig fühlen, sich wie eine Verräterin vorkommen oder auf irgendeine andere Weise verwirrt sein müsste. Unterzeichnet, Levi Andrews, der platonische Dritte bei allen Beziehungsversuchen Pixie Marshalls und Wächter über das heiße Wasser im Ostflügel

Mein Telefon klingelt, und ich ignoriere es. Es klingelt weiter.

Ring. Ring. Ring. Ring – Gott!

Ich bleibe unter dem Kopfkissen liegen, während ich nach dem Telefon greife und es mit einem mürrischen »Was?!« an mein Ohr halte.

»Der betrunkene Jack hat mich gefragt, ob ich ein Kind von ihm will«, sagt Jenna.

Ich ziehe das Kopfkissen von meinem Gesicht und blinzele ein paarmal in die Morgensonne, die durchs Fenster hereinscheint. »Was?«

»Ja.« Sie klingt durcheinander. »Er hat gesagt, ich liebe dich, Jenna. Lass uns ein Baby machen und es Taylor nennen.«

»Taylor?«

»Kannst du dir das vorstellen?«

Ich setze mich auf und gähne. »Nun, zumindest hat er dir nicht vorgeschlagen, das Baby Jack Daniels zu nennen.«

»Schön, dass du das lustig findest.«

»Es ist lustig.«

»Nein, das ist es nicht. Jack. Er ist so … so verwirrend, weißt du? Manchmal regt er mich so auf!« Sie seufzt dramatisch. »Aber genug von mir. Es gibt Wichtigeres zu besprechen. Erzähl schon.«

»Was?«, frage ich matt.

»Äh … deine *Nacht*? Was war los bei dir und Matt?«

»Ach, das.« Ich berichte ihr schnell von meinem Nicht-Sex mit Matt. »Ja, ich habe eine Klatsche. Ich habe sexuelles ADHS oder so etwas.«

»Du hast keine Klatsche. Du bist …«

»Prüde? Kalt? Dazu bestimmt, als alte Jungfer zu sterben?«

»Du wartest eben«, sagt sie. »Du wartest einfach. Und daran ist nichts verkehrt.«

»Klar.« Mein Magen knurrt, und ich blicke auf die Uhr. Wenn ich mich beeile, schaffe ich es vielleicht gerade noch zum Ende des Frühstücks nach unten. »Kann ich dich zurückrufen, wenn ich Kaffee getrunken habe? Ich bin noch nicht ganz wach.«

»Ja, du hörst dich schrecklich an.«

»Na, toll. Danke.«

Nachdem ich das Gespräch mit Jenna beendet habe, rolle ich mich aus dem Bett und ziehe einen BH an, dann tappe ich in Socken und Pyjama nach unten. An dem kleinen Küchentisch in der Ecke sitzt Ellen und liest die Zeitung. Denn Ellen bekommt noch eine Zeitung.

»Morgen, Pixie.« Sie kaut auf einem Stück Speck. Da niemand anders in der Nähe ist, vermute ich, dass das Frühstück vorbei ist. *Mist!*

Ich schenke mir einen Becher Kaffee ein. »Morgen.«

»Ich dachte, du würdest das ganze Wochenende bei Jenna bleiben.«

»Tja.« Ich setze mich und schließe die Hände um den warmen Becher. »Die Pläne haben sich geändert, und Matt hat mich nach Hause gebracht.«

Sie sieht mich aufmerksam an. »Ist alles in Ordnung?«

»Ja, alles okay«, bestätige ich und klaue ein Stück Speck von Ellens Teller. »Matt hat Einspruch bei der NYU gegen die Ablehnung meiner Bewerbung eingelegt.«

Ich spüre ihren prüfenden Blick. »Ich wusste gar nicht, dass das überhaupt möglich ist.«

»Ich auch nicht. Aber der gute alte Matt hat das für mich erledigt.« Warum klinge ich deshalb so verbittert?

Sie beißt ein weiteres Stück von ihrem Speck ab. »Wann erfährst du, ob du angenommen bist?«

»Ende des Sommers vielleicht? Wer weiß.«

Ellen reibt mit dem Daumen über den Henkel ihres Kaffeebechers. »Willst du noch nach New York?«

»Vielleicht.« Ich zupfe an der Tischdecke. »Dort gibt es ein großartiges Kunstprogramm. Ich könnte nach New York ziehen, eine berühmte Künstlerin werden und für immer glücklich sein ... Klingt doch toll.«

Sie nickt. »Ach, das erinnert mich an etwas. Die Leinwände, die du bestellt hast, sind in meinem Büro. Ich bringe sie dir später nach oben.« Sie blickt an mir vorbei. »Du bist auch hier?«

Ich drehe mich um, und Levi betritt die Küche.

»Dir auch einen guten Morgen«, sagt er zu Ellen auf dem Weg zum Kühlschrank und nimmt eine Flasche Wasser heraus.

Er sieht mich nicht an, was in Ordnung ist. Mehr als das.

»Ich bin nur ein bisschen enttäuscht, das ist alles«, sagt Ellen mit Blick auf uns beide. »Ihr zwei seid die einzigen Angestellten, die das Wochenende frei haben, und trotzdem seid ihr beide hier. An einem Sonntag.«

Levi zuckt die Schultern.

Ich ebenfalls.

»Ihr seid verrückt«, murmelt Ellen und trinkt einen Schluck Kaffee. »He, habt ihr zwei Lust, zusammen in die Stadt zu fahren und etwas für mich abzuholen?«

»Nein«, antworten wir beide wie aus einem Mund. Unsere panischen Blicke treffen sich quer durch die Küche.

»Wow«, sagt Ellen. »Das heißt dann wohl *Nein.*«

Levi geht durch die Hintertür nach draußen, während ich weiter an der Tischdecke zupfe.

»Na, das war ja überhaupt nicht offensichtlich«, bemerkt

Ellen und mustert mich über ihren Kaffeebecher hinweg. »Du solltest mit ihm sprechen.«

»Worüber?« Mir ist übel, ich kenne die Antwort bereits.

»Das weißt du«, antwortet sie beiläufig, als wäre sie nicht die Mutter aller Tabuthemen.

»Und wie genau soll ich das machen?« Ich nippe an meinem Kaffee.

Ellen blättert die Zeitung um. »Indem du ein Wort an das andere fügst.«

Ich schüttele etwas gereizt und auch etwas geknickt den Kopf. »Wenn Levi darüber sprechen wollte, hätten wir das längst getan.« Mit einem abschließenden Schulterzucken trinke ich meinen Kaffee aus und stehe auf. »Danke, dass ich deinen Speck klauen durfte.«

»Jederzeit.« Sie blickt mir nach, als ich die Küche verlasse.

Ich gehe zurück in mein Zimmer, und als ich wieder dort bin, fällt mein Blick auf die Staffelei in der Ecke. Mein Unwohlsein lässt etwas nach. Ich ziehe eine neue Leinwand auf den Holzständer und hole einen Pinsel hervor.

Die schwarze und die weiße Tube liegen noch vom letzten Mal draußen. Ich weiß nicht genau, wo meine bunten Farben sind. Vielleicht in einem der ungeöffneten Kartons, die ich aus dem Wohnheim mitgebracht habe? Ich weiß es nicht. Es ist mir auch egal. Ich bin nicht wirklich in roter oder grüner oder gelber Stimmung und das schon seit einer ganzen Weile nicht mehr.

Als ich die Arme ausstrecke, fallen mir ein paar blonde Locken in die Augen und ich puste sie schnell weg. Schon wieder habe ich mir nicht die Mühe gemacht, sie zu glätten, nachdem ich gestern Nacht warm geduscht habe – ich musste Matts butterige Spucke von meiner Haut waschen –, sodass sich meine Locken nun in einem wilden Chaos um meinen Kopf zwirbeln.

Den Pinsel zwischen die Zähne geklemmt, raffe ich sie zu einem losen Knoten zusammen und bringe sie damit halbwegs unter Kontrolle.

Durch die Fenster scheint die Sonne herein und wärmt die Holzbohlen unter meinen Füßen, während ich mit den Zehen wackele und auf die leere Leinwand starre.

Ich starre noch immer.

Bis ich schließlich den Pinsel bewege, vergehen gut zwanzig Minuten, und als ich es tue, entsteht ein breiter schwarzer Strich. Dann noch einer. Ich male, bis die Leinwand fast ganz schwarz ist. Dann füge ich Weiß hinzu und verwische es zu Grau. Ich ändere meine Meinung und trage noch mehr Schwarz auf.

Ich weiß noch nicht, was ich malen werde, aber das ist nicht ungewöhnlich. Normalerweise weiß ich nie, wo ich ende, wenn ich zu malen beginne. Das Bild passiert irgendwie, und manchmal ist es noch nicht einmal ein richtiges Bild. Manchmal – in letzter Zeit meistens – ist es nur eine Anordnung von Farben und Pinselstrichen, die sich eher nach etwas *anfühlen*, als dass sie nach etwas *aussehen*.

Ein kurzes Klopfen lenkt meine Aufmerksamkeit auf die Tür.

»Herein«, rufe ich.

Die Tür öffnet sich knarrend, und Ellen tritt mit zwei Leinwänden herein. »Hier.«

»Danke«, sage ich. »Und danke, dass du mir gestern deine Ersatzschlüssel geliehen hast. Meine sind irgendwo in dem Chaos verloren gegangen.« Ich deute auf die Berge aus Wäsche, Büchern und Kartons in meinem Zimmer.

»Kein Problem.« Sie lehnt die Leinwände an die Wand und sieht mir einen Augenblick beim Malen zu. »Warum nimmst du immer Schwarz und Weiß? Was ist aus den wunderschönen farbigen Bildern geworden, die du früher gemalt hast?«

Warum interessiert das bloß alle so sehr?

»Man sollte das nicht überbewerten«, antworte ich. »Es ist nur eine Phase.«

»Alles klar«, erwidert sie mit wissendem Blick. »Na, ich wünsche dir einen schönen Tag.« Sie dreht sich um und verschwindet im Flur.

Ich male weiter und denke daran, wie häufig Ellen mich ermutigt hat, meiner Leidenschaft für die Kunst zu folgen.

Sie hat mir meine ersten Farben gekauft. Meine ersten richtigen Pinsel. Sie hat mir meine ersten Kunststunden bezahlt und hat mein erstes richtiges Gemälde – eine leuchtend orangefarbene Sonne über einem von gelben Blumen umgebenen violetten See – mitten in ihr Wohnzimmer gehängt, als wäre es ein unbezahlbares Kunstwerk. Als wäre es etwas Besonderes.

Ich trete zurück und betrachte die verwischten Grautöne vor mir. Ich stutze. Es ist nicht wirklich das, was ich sehen möchte. Es wirkt irgendwie … verkehrt.

Als ich eine blitzartige Bewegung im Augenwinkel wahrnehme, zuckt mein Blick zum Fenster. Levi rennt hinter dem Lavendelfeld die Steintreppe hinauf und hinunter. Das macht er fast jeden Tag.

Es hat sich bewölkt, und der Himmel ist dunkler als üblich, was einen Sturm erwarten lässt. Mein Herz beginnt zu rasen.

Ich beobachte, wie Levi erneut die Stufen erklimmt. Seine Haare sind ganz zerzaust, als wäre er mit den Händen hindurchgefahren, und er trägt eine kurze Sporthose sowie sein verwaschenes ASU-T-Shirt. Unzählige Male habe ich ihn in diesem T-Shirt Strecken überwinden oder Tribünen hinauflaufen sehen. Sein Vater, Mark, hat es ihm zu seinem sechzehnten Geburtstag geschenkt, und ich schwöre, dass Levi es anschließend zwei Wochen lang nicht mehr ausgezogen hat.

Er war so entschlossen, Football für die Arizona State University zu spielen. Er war so engagiert und voller Tatendrang, so zielstrebig. Er war ein Jugendlicher mit großen Träumen und wenigen Problemen.

Wer ist er jetzt? Wer ist dieser Typ, der die alten Steinstufen hinauf- und hinabläuft?

Früher kannte ich ihn. Jetzt nicht mehr.

Heftige kalte und dunkle Traurigkeit erfasst mich, und plötzlich würde ich am liebsten nach draußen rennen und meine Arme um ihn schlingen. Ich möchte mein Gesicht an seiner Brust vergraben und wie ein kleines verlorenes Mädchen in sein College-T-Shirt weinen.

Ich löse meinen Blick vom Fenster und betrachte erneut mein graues Gemälde.

Ich lege den Pinsel weg. Es kommt mir nicht mehr verkehrt vor.

12

Levi

In gleichmäßigem Rhythmus bewegen sich meine Füße erneut die steile Treppe hinauf. Der Himmel hängt voller Wolken, und die Luft, die ich mit jedem angestrengten Atemzug in meine Lungen pumpe, ist schwül.

Pixie hat einen Freund, und das ist kein Problem für mich.

Nur damit das klar ist: Ich hasse den Kerl. Aber ich habe kein Problem damit, dass Pixie mit jemandem zusammen ist. Das ist gut für sie. Gesund. Zumindest lebt sie ihr Leben weiter, was ich von mir nicht behaupten kann.

Oben auf der Treppe angekommen, beuge ich mich nach vorn, ringe nach Luft und trinke einen großen Schluck Wasser.

Und die Sache mit dem Kondom, na ja, das ist einfach nur gute Planung. Die Vorstellung, dass Pixie mit ihrem Freund Matt Sex haben könnte, stört mich überhaupt nicht – und mit irgendeinem anderen Typen im Übrigen auch nicht.

Meine Knöchel um die Flasche färben sich weiß.

Stört mich kein bisschen.

Ich lockere den Griff, atme ein paarmal tief ein und lasse den Blick über das Gelände schweifen. Das Lavendelfeld führt zu einer Art altem Amphitheater, in dem auf beiden Seiten trichterförmig Sitze und Treppen in den Stein geschlagen sind.

Einst hat man an diesem Ort wahrscheinlich kleine Konzerte oder ähnliches aufgeführt, jetzt ist es überwiegend mit

Löwenzahn und Lavendelschösslingen überwachsener Schutt. Manchmal kommen Gäste her, um Bilder zu machen oder zu lesen. Es verströmt diese gewisse Atmosphäre. Ruhe. Frieden. Während ich um Atem ringe, empfinde ich allerdings weder das eine noch das andere.

Nachdem ich meine Muskeln bis an ihre Grenzen belastet habe und mir der Schweiß über das Gesicht rinnt, verlasse ich das vergessene Theater und klettere zum Feld hinauf.

Der Wind trägt den Geruch von Gewitter zu mir herüber und erinnert mich an einen Tag im letzten Sommer, an dem ich dachte, dass ich alles hätte. Eine Familie. Eine Zukunft. Vielleicht sogar Liebe. Seltsam, wie schnell man Dinge verlieren kann, die man meinte, sicher zu besitzen.

Wieder im Haus dusche ich und tue mein Bestes, das warme Wasser aufzubrauchen. Beim ersten Mal ist es mir unabsichtlich passiert. Es war zwei Tage, nachdem Pixie eingezogen ist – zwei sehr unangenehme, angespannte und traurige Tage. Ich hatte den frühen Morgen damit verbracht, die vordere Veranda des Inn zu streichen. Meine Arme und Hände waren mit weißer Farbe beschmiert, die ich abzuschrubben versuchte, während ich ausgiebig duschte.

Mir war nicht klar, dass ich das ganze heiße Wasser aufgebraucht hatte, bis zwanzig Minuten, nachdem ich geduscht hatte, Pixie im Badezimmer kreischte und anschließend in den Flur stapfte. Sie klopfte an meiner Tür und hielt mir einen Vortrag darüber, wie man sich auf höfliche Weise ein Bad teilt.

Im ersten Moment fühlte ich mich wirklich schlecht, doch dann bemerkte ich, dass ihre Strafpredigt die längste Unterhaltung war, die wir seit Monaten gehabt hatten, und die Dunkelheit in mir lichtete sich ein wenig. Außerdem gefiel es mir, wie sich ihre Wangen röteten, als sie auf mich zeigte, und wie sich ihre Augen zu schmalen Schlitzen verengten, als sie dachte, dass ich ihr nicht zuhörte. Von dem Tag an habe ich dafür gesorgt, dass Pixie kein warmes Wasser zum Duschen mehr bekommt. Nicht sehr erwachsen, aber immer noch besser, als wieder an unserem Schweigen zu ersticken.

Ich beende meine Dusche und trete aus dem Badezimmer in den leeren Flur. Keine Pixie steht vor der Tür und tippt mit finsterem Blick ungeduldig mit dem Fuß auf den Boden. Keine geröteten Wangen. Enttäuschung steigt in mir auf.

»Zweiundvierzig Minuten!«, kreischt Pixie aus ihrer offen stehenden Zimmertür.

Manchmal stoppt sie meine Zeit. Das ist entzückend.

»Du bist ein Arschloch, Levi«, fügt sie hinzu.

Grinsend gehe ich in mein Zimmer, alle Enttäuschung ist verflogen.

An diesem Abend betrete ich das Bad eine Sekunde vor Pixie, beide mit unseren Zahnbürsten in der Hand. Einen Augenblick starre ich sie an.

Sie sieht so aus, wie ich sie in Erinnerung habe: die blonden Haare zu einem losen Knoten zurückgesteckt, aus dem einige Locken hervorlugen, mit farbverschmierter Haut und nackten Füßen. Augenblicklich fühle ich mich in eine Zeit zurückversetzt, als mein Zuhause von Mädchenlachen erfüllt war.

Es ist schwer zu glauben, dass ich dieses Lachen jemals unausstehlich fand.

Sie sieht mich seltsam an, vermutlich, weil ich sie wie ein Idiot anstarre, also verziehe ich meine Lippen zu einem schwachen Lächeln. Ihr seltsamer Blick wandelt sich in etwas anderes – Hoffnung vielleicht? Traurigkeit? –, verschwindet jedoch rasch, als sie angestrengt zurücklächelt. Da stehen wir und lächeln uns wie zwei Trottel künstlich an.

Ich löse zuerst den Blick und trete weiter ins Bad, jedoch nur so weit, dass am Waschbecken genügend Platz für uns beide ist. Wir putzen uns die Zähne und vermeiden mit allen Mitteln, uns anzusehen.

Schrubb, schrubb, schrubb.

Es hat etwas Intimes, sich neben jemand anderem die Zähne zu putzen. Vielleicht, weil Leute, die sich zusammen die Zähne putzen, normalerweise eben zusammen aufgewacht sind oder gleich zusammen ins Bett gehen wollen.

Unsere Blicke begegnen sich im Spiegel und zucken rasch zur Seite.

Sie trägt ein dunkles T-Shirt, das ihr mindestens zwei Nummern zu groß ist, und eine zerschlissene Jogginghose. Wie kann sie noch immer so hübsch aussehen, obwohl sie wie eine Obdachlose angezogen ist?

Schrubb, schrubb, schrubb.

Sie hat die freie Hand flach auf den Waschbeckenrand zwischen uns gelegt. An ihren Fingern und seitlich an ihrem Handgelenk kleben schwarze und weiße Farbkleckse. Ob ihre Fingerspitzen auch so schmutzig sind?

Sie konnte schon immer großartig mit dem Pinsel umgehen. Doch als sie es wirklich beherrschte, warf sie die Pinsel weg und malte wie ein Vorschulkind mit den Händen.

Auf der Highschool hatte sie wilde blonde Locken und schmutzige Finger, sie schmierte Farbe auf Leinwände wie eine Verrückte. Doch wenn sie fertig war, hatte sie ein Meisterwerk geschaffen. Es hat mich jedes Mal umgehauen, wie man aus einem solchen Durcheinander an Farben und Händen etwas so Schönes schaffen kann.

Schrubb, schrubb, schr…

Als Pixie bemerkt, wie ich auf ihre Zahnbürste starre, hält sie inne.

»Waff?«, fragt sie mit der Zahnbürste im Mund.

Ich höre ebenfalls auf zu putzen. »Du bä schmotzich.«

Sie sieht mich verwirrt an »Waff?«

Ich spucke ins Waschbecken und spüle mir den Mund aus. »Du bist schmutzig.«

Sie hebt langsam die Mundwinkel, und ich schwöre zu Gott, dass ihr Lächeln selbst mit Zahnpasta und Sabber das Schönste ist, das ich je gesehen habe.

Sie sagt: »Oh, fröha motet do mi schmotzich.«

»Ich habe keine Ahnung, was du gesagt hast.«

Sie spuckt ebenfalls ins Becken und wäscht sich das Gesicht. »Ich habe gesagt«, sie wendet mir ihre großen grünen Augen zu und legt eine Hand auf ihre Hüfte, »früher mochtest du mich schmutzig.«

Ich betrachte ihr Gesicht und werde sofort von dem warmen Glück umfangen, das allein Pixie ausstrahlen kann. »Ich habe nicht gesagt, dass es mir nicht gefällt.«

Das Bad schrumpft zusammen, bis alles, die Wände und der Duschvorhang und die Zahnpasta im Waschbecken, verschwunden ist und nur noch sie und ich und all die unausgesprochenen Dinge zwischen uns übrig sind.

Ihr Lächeln verblasst, und sie blickt mit der Hoffnung eines kleinen Mädchens und der Angst einer Erwachsenen zu mir auf.

Oh Gott!

Ich möchte sie einfach nur in den Arm nehmen.

Ihre Augen glänzen und die vertraute Panik kehrt zurück.

Ich wende den Blick ab, spüle meine Zahnbürste aus und verlasse hastig das Bad. Ich muss mich von Pixie fernhalten. Zu ihrem Wohl. Und zu meinem.

Wieder in meinem Zimmer richte ich den Blick auf das klaffende Loch in der Wand und starre darauf, bis ich nichts anderes mehr sehe. Ich habe die Wand eingeschlagen. Dieser Schaden gehört nur mir.

Langsam lässt die Panik nach.

13

Pixie

Ich hasse Bowling.

Die Schuhe sind unbequem, die Kugeln sind dick und ich gewinne nie. Aber als Matt gestern angerufen und vorgeschlagen hat, heute Abend in Tempe bowlen zu gehen, wirkte er so begeistert, dass ich ihm meine heftige Abneigung gegen diese Aktivität nicht eingestehen wollte. Und ehrlich gesagt, so wie das letzte Wochenende gelaufen ist, bin ich nur froh, dass er überhaupt noch etwas mit mir unternehmen will. Also gehe ich bowlen.

Ich hänge meine Schürze auf und blicke stirnrunzelnd auf die Uhr. Ich schnappe mir schnell zwei vom Mittagessen übriggebliebene Brownies und laufe die Treppe hinauf. Mir bleibt nur eine Stunde, um mich fertig zu machen. Meine Haare müssen noch geglättet werden, und ich muss mir etwas zum Anziehen für das Bowlen heraussuchen und für alles, was anschließend noch passieren könnte.

Als ich an später denke, rutscht mein Magen ein kleines Stück tiefer.

Werde ich heute Nacht mit Matt schlafen? Werde ich überhaupt *jemals* mit ihm schlafen?

Warum fällt mir das so schwer?

Auf dem obersten Treppenabsatz stehe ich direkt vor Levi, der gerade sein Zimmer verlässt.

Seit dem Zahnbürstenvorfall – ja, so nenne ich ihn – zieht

sich mein Herz immer so traurig zusammen, wenn ich ihn sehe, und in diesem Augenblick tut es das wie verrückt.

»Hey, Levi«, sagt mein hyperaktiver Mund.

Er ist gerade dabei, die Tür zu schließen, hält inne und starrt mich an.

Ja. Es ist seltsam. Normalerweise grüßen wir uns nicht, wenn wir uns im Flur begegnen. Anderswo im Übrigen auch nicht.

»Äh… Hey.« Er schließt die Tür und sieht mich neugierig an.

»Willst du einen?« Wie ein Friedensangebot strecke ich ihm den Teller mit den Brownies entgegen. Vielleicht ist es das ja auch. Vielleicht ist das meine Art zu sagen: *Tut mir leid, dass ich einen Freund habe und Kondome in der Tasche.* Und wenn das nicht *anormal* schreit, weiß ich es auch nicht.

»Kommt drauf an.« Er mustert skeptisch den Teller mit den Brownies. »Hast du die gemacht?«

Auf der Junior High hatte ich diese Backphase, in der ich entschlossen war, die besten Brownies überhaupt zu machen. Jeden Samstag schuftete ich in Levis Küche und fing mit dem Rezept immer wieder von vorne an, und jeden Samstag schmeckten sie wieder wie saure Salzriegel. Ich weiß nicht, wie er es gemacht hat, aber ich weiß – ich *weiß* es einfach –, dass Levi für meine schrecklichen Brownies verantwortlich war. Ich bin mir ziemlich sicher, dass er Zucker und Salz vertauscht hat, aber ich habe nie herausgefunden, wie er sie sauer gemacht hat.

Ich kneife die Augen zusammen. »Nein, ich habe sie nicht selbst gemacht.«

»Dann… gern.« Er nimmt den kleineren der beiden Brownies.

Ich schüttele den Kopf. »Idiot.«

Er zuckt die Schultern. »Es ist nicht meine Schuld, dass du so schreckliche Brownies machst.«

»Es ist *absolut* deine Schuld.«

»Ach ja?«, fragt er mit dem Anflug eines Lächelns. »Beweis es.«

Fast muss ich ebenfalls lächeln, als unser Flurgespräch jäh unterbrochen wird.

»Hi!«

Ich drehe mich um, sehe Matt auf dem Treppenabsatz stehen, und einen Augenblick ergibt nichts im ganzen Universum einen Sinn.

Ich blinzele. »W-was machst du denn hier?«

»Ich hole dich ab.« Matt kommt lächelnd auf mich zu. »Ich wollte dich überraschen, damit du nicht selbst fahren musst.«

Ich blinzele noch immer. »Woher wusstest du, wo du mich findest?«

Und warum zum Teufel will mich ständig jemand *abholen*? Ich kann Auto fahren, verdammt!

Er lacht. »Trau mir ein bisschen was zu. Ich weiß, wo meine Freundin wohnt, und die Frau am Empfang hat mir gesagt, wo ich dich finde.« Er beugt sich vor und küsst mich auf die Wange.

Levi blickt mich aus seinen blauen Augen an und ich merke, dass ich völlig unbegründet wütend auf Haley bin.

Matt starrt mich an. Warum starrt er mich an? Ach ja, richtig.

Ich schlucke und fuchtele wild mit den Armen zwischen den beiden hin und her.

»Levi, das ist Matt mein … äh, mein Freund. Matt, das ist Levi, mein … äh, mein, äh …« *Nachbar? Handwerker? Zahnputzpartner?* »Mein Levi.«

Jemand sollte mich erschießen. Bitte!

Matt sieht mich amüsiert an, dann streckt er Levi die Hand entgegen. »Nett, dich kennenzulernen«, sagt er.

Levi löst langsam den Blick von meinem, sieht Matt in die Augen und als sie sich die Hand schütteln, sieht es aus, als würden zwei Welten aufeinanderprallen.

Was geht hier vor?

Mir ist übel. Das ist falsch. Das ist alles falsch. Matt darf nicht hier sein, nicht im selben Raum mit Levi, nicht im Ostflügel des Inn.

Matt wendet sich zu mir und runzelt die Stirn. »Du siehst anders aus. Hast du etwas mit deinen Haaren gemacht?« Er zupft zärtlich an einer losen Locke.

Levis Augen haben sich wieder auf mich geheftet und durchbohren mich wie Dolche aus Saphir.

»Nein. Das sind nur meine Haare«, antworte ich. Ich laufe auf Autopilot, mein Gehirn steht unter Schock. »Meine echten Haare.«

Was geht hier vor?

»Ah.« Er lächelt erneut. »Es gefällt mir. Bist du fertig?«

»Wofür?«

»Für's Bowlen?«

Levi unterdrückt ein Husten.

»Ach ja!« Ich blicke wieder zu Matt. »Nein. Ich bin noch nicht fertig.«

Ich bin überhaupt noch nicht fertig.

Levi nickt Matt zu. »War nett, dich kennenzulernen.« Er geht an uns vorbei und eilt hastig die Treppe hinunter, ohne sich noch einmal nach mir umzudrehen.

»Hey, alles okay?« Matt steckt die Locke hinter mein Ohr. Ich hasse, dass er das tut. Vielleicht *mag* ich es, wenn meine Haare völlig durcheinander sind. Meine Haare sind nicht sein gottverdammter Schreibtisch.

Oh, mein Gott! Ich raste aus!

Ich zwinge mich zu lächeln. »Alles okay. Ich ziehe mich nur eben um und komme dann runter.«

Ich warte nicht, dass er einwilligt. Ich stürze nur in mein Zimmer, schlage die Tür hinter mir zu und frage mich, warum mir zum Heulen zumute ist.

»Aber ich *will* nicht bowlen!« Das pummelige kleine Mädchen in der Bahn neben Matt und mir stampft mit ihrem Bowlingschuh auf den glänzenden Boden, während sie ihrer Mutter erklärt: »Bowlen ist langweilig und die Kugeln sind total schwer.«

Amen, Schwester!

Ich bin ganz ihrer Ansicht. Die Kugeln sind lächerlich schwer. Vierzehn Pfund? Sehe ich etwa aus wie He-Man?

»Hör auf, so ein Gesicht zu ziehen, Amanda«, weist die Mutter das Mädchen zurecht und setzt sich zu der kleinen Gruppe, mit der sie da sind. »Das sieht hässlich aus.«

»Das interessiert mich nicht.«

»Das sollte es aber«, ermahnt die Mutter sie und spricht lauter, damit man sie auch ja durch die Partymusik hört, die aus den Lautsprechern tönt. »Du bist schon dick. Bei deinem Körper kannst du wirklich nicht noch ein hässliches Gesicht gebrauchen. Willst du nicht, dass die Leute dich mögen?«

Ich starre die Frau schockiert an, während alle in Hörweite etwas unruhig werden und den Blick abwenden. Das kleine Mädchen senkt beschämt den Kopf, hebt stillschweigend ihre Kugel auf und rollt sie über die Bahn. Mit nach unten gerichtetem Blick kehrt sie zu ihrem Platz zurück, und der Nächste nimmt eine Kugel. Das kleine Mädchen betrachtet ihre schmalen Hände.

Ich kenne dieses kleine Mädchen. Ich *war* das kleine Mädchen. Wohlbehütet, aber ungeliebt. Ohne eigene Schuld zurückgewiesen. Meine Mutter war die Königin der grausamen Worte.

Zum ersten Mal wurde mir klar, dass meine Mutter mich

hasst – und ja, ich weiß, das klingt dramatisch, aber die Frau verachtet mich wirklich –, als ich fünf Jahre alt war.

Sie telefonierte mit jemandem – ich weiß nicht, mit wem –, und ich hörte, wie sie sagte: »Ich finde es schrecklich, Mutter zu sein. Sarah ist so ungeschickt und unordentlich, und ich bin mir sicher, sie ist zurückgeblieben. Sie hat vor allem Angst und weint die ganze Zeit, und sie nervt mich zu Tode. Und hübsch ist sie auch nicht, sodass ich mich noch nicht einmal auf eine schöne Teenagertochter freuen kann. Wahrscheinlich wird sie auch noch fett.«

Als ich das hörte, war ich fünf Jahre alt. *Fünf.*

Ich war so erschrocken und verwirrt über die Worte meiner Mutter, dass ich die abgrundtiefe Boshaftigkeit, die in ihnen steckte, noch nicht einmal ganz erfassen konnte. Ich ging ins Zimmer, in dem sie telefonierte, und starrte sie mit großen Augen fragend an.

Sie verdrehte die Augen und sagte zu ihrem Gesprächspartner: »Und jetzt belauscht sie mich auch noch, die kleine Zicke. Gott, Mutter zu sein ist eine Strafe.«

Es war vollkommen surreal, von der Person gehasst zu werden, die ich am meisten auf der Welt liebte. Und das waren nur die ersten von vielen verletzenden Worten, die über die Lippen dieser Frau kamen. Sie hat mich nicht körperlich misshandelt – zumindest nicht häufig –, aber manchmal können Worte mehr Schaden anrichten als körperliche Verletzungen.

Deshalb habe ich, als ich Levis Familie kennenlernte und seine Mutter Linda mich wie ihr eigenes Kind liebte und mich mit liebevollen und freundlichen Worten überschüttete, so viele Tage und Nächte wie möglich im gemütlichen Haus der Andrews verbracht. Linda und Mark Andrews haben immer versucht, mich vor meiner armseligen Mutter zu beschützen und mir zu geben, was sie mir nicht gab. Liebe und eine Familie und Mitgefühl und all die anderen Dinge, nach denen ich mich so verzweifelt sehnte.

Als ich an all das Glück, an die Herzlichkeit denke, zieht sich mein Herz zusammen.

Gott! Ich vermisse sie.

»Treffer!«

Ich blinzele zu Matt, der die Arme in einer Siegerpose nach oben gerissen hat und auf die Bahn blickt. Breit grinsend wirbelt er herum. »Hast du das gesehen?«

Ich lächele und klatsche und tue so, als hätte ich alles gesehen. »Toll!«

»Du bist dran«, sagt er.

Na, wunderbar.

Ich stehe widerwillig auf und hebe die fünfzig Pfund schwere Kugel mit einem übertriebenen Stöhnen aus dem Spender. Ich trete an die glänzende Bahn – ich rutsche ein wenig auf dem polierten Boden, sodass ich taumele wie ein kleines Reh – und werfe die Kugel halbherzig in Richtung der weißen Kegel.

Es fallen zwei um. Sensationell.

Ich hole meine Kugel für die zweite Runde und schaffe diesmal drei Kegel.

»Gut gemacht, Süße!«, lobt Matt. »Das war bislang dein bester Wurf.«

Ich lächele, wir tauschen die Plätze, und er macht sich für seine Runde bereit.

Ich hasse dieses Spiel.

Als ich mich setze, blicke ich zur Nachbarbahn. Die Mutter fummelt mit einer Haarspange in den Haaren des kleinen Mädchens herum – Amanda. Meine Mutter hat meine Haare immer gehasst. Die Locken haben sie verrückt gemacht. *Ein schreckliches Rattennest*, hat sie immer gesagt.

Als ich in der siebten Klasse war, war das Rattennest bis

zur Hälfte über meinen Rücken gewachsen und ich liebte meine Haare wie verrückt. Sie waren wild und schwer zu bändigen, aber sie waren mein Markenzeichen, meine Identität. Pixie mit den langen blonden Locken. Pixie mit den fröhlichen Haaren. Sie gaben mir das Gefühl, mädchenhaft und hübsch zu ein.

Meine Mutter wollte immer, dass ich sie zurückstecke oder sie irgendwie zusammendrehe, damit sie einigermaßen anständig aussahen, doch meine ungehörigen Kringel zu zähmen, war so schwierig, dass ich nur selten gehorchte.

An einem Wochenende weigerte ich mich, die Haare zurückzustecken, und meine Mutter bekam einen unglaublichen Wutanfall, aber das war mir egal. Es waren meine Haare, und ich würde sie offen tragen. Nichts konnte mich daran hindern.

Nur eine Schere.

Sandra Marshall packte eine Handvoll meiner stolzen Locken und schnitt sie kurzerhand ab. Schockiert sah ich, wie die vordere linke Seite meiner Identität als trauriger Haufen goldener Kringel auf den Boden fiel. Dann weinte ich.

Ich konnte den Schaden nur korrigieren, indem ich den Rest meiner Haare ebenso kurz schnitt.

»Vielleicht lernst du endlich, anständig für deine Haare zu sorgen, wenn du einmal wie ein hässlicher Junge herumgelaufen bist«, sagte sie.

Ich war dreizehn und ich dachte, ich sähe wie ein Junge aus. Ich war dreizehn und glaubte, ich sei hässlich.

Jenes Wochenende habe ich bei Levi verbracht und seiner Mutter vorgeweint, wie die Kinder in der Schule mich verspotten würden und kein Junge mich jemals haben wollen würde. Linda tat ihr Bestes, meine Haare so weiblich wie möglich zu frisieren, aber das war ein vergebliches Unterfangen.

Montagmorgen kam, und ich weinte den ganzen Weg zur

Schule. Junior High ist die Hölle für Mädchen, vor allem in einer Kleinstadt. So trat ich mit schamvoll gesenktem Kopf durch den Eingang und stellte mich auf endloses Getuschel und Hänseleien ein.

Doch sie blieben aus.

Anscheinend waren alle in der Schule viel zu sehr mit den Haaren eines gewissen Achtklässlers beschäftigt, um sich um meine zu scheren. Ich lief durch die Flure, folgte dem Kichern und suchte mit großen Augen die Ursache, die alle ablenkte und amüsierte.

Levi.

Seine Haare waren damals länger, er hatte sie leuchtend violett gefärbt und sie wie Stacheln nach oben frisiert. Dass der Star-Footballer der Schule sich die Haare in einer albernen Farbe färbte, war zwar nicht gerade weltbewegend, aber es war immerhin aufregend genug, um die Aufmerksamkeit von mir abzulenken.

Levi und ich sprachen an jenem Tag nicht miteinander, aber als wir einmal im Flur aneinander vorbeikamen, lächelte er mir verschmitzt zu, und da begriff ich.

Ich war ihm völlig verfallen.

Kegel krachen auf den Boden und der Lärm hallt in meinen Ohren wider, während Matt vor Freude in die Luft springt, weil er acht Kegel auf einmal umgeworfen hat.

Ich blicke zu Amanda hinüber, die den Kopf noch immer gesenkt hält, als sie und ihre Gruppe das Spiel beenden und die Bowlingbahn verlassen.

Ich hoffe, dass es eine Familie Andrews in ihrem Leben gibt oder zumindest einen Levi.

Vor allem einen Levi.

»Erde an Sarah.« Matt wedelt mit der Hand vor meinem Gesicht.

Ich blicke zu ihm auf. »Bin ich wieder dran?«

»Ja. Schnapp sie dir, Tiger.«

Grrr.

Matt und ich bowlen noch etwas länger und wir haben eine tolle Zeit – und mit »wir« meine ich Matt –, bis er dem Abend auf einmal eine beschissene, alles entscheidende Wendung gibt.

»Sag mal«, meint er, nachdem er seinen fünften Strike gelandet hat. »Was machst du eigentlich am Wochenende vom Vierten Juli?«

Ich stehe von meinem Plastiksitz auf und gehe zum Kugelspender. »Ich habe noch nicht wirklich darüber nachgedacht. Warum?«

Er setzt sich nicht wieder hin, sondern beobachtet stattdessen, wie ich die fünfundsechzig Pfund schwere Kugel nehme und meine Finger in die dunklen Löcher mit den abgestorbenen Hautzellen anderer Leute stecke.

Habe ich schon erwähnt, dass ich dieses Spiel hasse?

»Ich habe mir überlegt, das Wochenende nach Hause nach San Diego zu fliegen. Und ich möchte, dass du mitkommst und meine Familie kennenlernst.«

Ich blicke auf. »Wow. Das kommt schnell.«

Er lacht. »Nicht wirklich. Wir sind schon eine Weile zusammen und ich glaube es wird Zeit, dich vorzustellen. Ich habe meinen Eltern alles über dich erzählt. Sie können es kaum erwarten, dich endlich kennenzulernen.«

Er hat seinen Eltern von mir erzählt?

Meine Mutter weiß noch nicht einmal, dass Matt existiert. Verdammt, *Ellen* weiß es ja kaum. Hätte ich meine Familienmitglieder auf ein Treffen mit Matt vorbereiten sollen? *Mist!* In diesen Beziehungsdingen bin ich wirklich nicht gut.

Ich schlucke. »Ich weiß nicht …«

Bin ich bereit, seine Familie kennenzulernen? Bin ich bereit, ein Wochenende mit ihm zu verreisen? Bedeutet ein

Wochenende zu verreisen nicht Sex? Meine Finger beginnen in den Kugellöchern zu schwitzen.

»Nun komm schon.« Er lächelt. »Ich möchte wirklich, dass du meine Familie kennenlernst.«

Ich kräusele die Nase. »Aber … warum?«

»Weil du mir wichtig bist.« Er lächelt noch immer, senkt jedoch die Stimme. »Und weil ich dich liebe.«

Fast lasse ich die achtzig Pfund schwere Kugel fallen und gaffe ihn an. Das L-Wort haben wir noch nie benutzt.

Scheußliche Partymusik und das laute Echo der fallenden Kegel füllen die Stille zwischen uns, während er auf meine Antwort wartet.

Bis zu diesem Moment war ich mir nicht sicher, ob Matt und ich eine Zukunft haben würden oder nicht. Aber als ich hier, in diesen albernen rutschigen Schuhen, stehe und meine Finger in diesen verschwitzten Löchern einer neunzig Pfund schweren, schrecklichen Kugel stecken, bin ich mir absolut sicher.

14

Levi

Es ist spät, und als ich die Hintertür verschließe, herrscht in der Küche dämmeriges Licht. Gerade will ich in Richtung Ostflügel gehen, da schwingt die Tür zum Speisesaal auf und eine wütende Pixie saust an mir vorbei und rammt auf dem Weg zum Spülbecken meine Schulter.

»Hoppla.« Ich drehe mich um. »Welche Laus ist dir denn über die Leber gelaufen?«

»Matt«, antwortet sie mit zusammengebissenen Zähnen, während sie sich die Hände wäscht. Sie holt hektisch etwas Gemüse aus dem Kühlschrank, nimmt ein Messer und schneidet eifrig Pilze klein.

»Matt?« Sofort sind all meine Wachhundinstinkte geweckt. »Warum? Was hat er getan?«

Ich bringe ihn um. Wenn er ihr wehgetan hat, bringe ich ihn um.

»Er hat mir gesagt, dass er mich liebt!« Sie streckt die Arme aus, und das scharfe Messer in ihrer Hand glänzt im Dämmerlicht der Küche.

Ich hebe eine Braue und warte, denn das kann ja nicht der Grund für den niedergeschlagenen Ausdruck auf ihrem Gesicht sein. Doch sie fügt nichts weiter hinzu.

Ich zögere. »Und …?«

»*Und*«, sie lacht freudlos und schnippelt weiter Pilze, »gerade habe ich gedacht, dass ich Fortschritte mache und dass sich mein Leben wieder normalisiert, oder dass ich endlich mit jemand anders als mit dem betrunkenen Benji Sex haben werde, oder dass ich aus dieser tieftraurigen Stimmung herauskomme, in der ich mich ständig befinde, und da sagt Matt mir, dass er mich liebt, und macht alles kaputt!« Sie schneidet aggressiver.

Pixie hat noch nie mit jemand anders als mit Benji geschlafen? Diese Information freut mich ungemein.

»Ich meine, wer macht denn so etwas?«, fährt sie fort. »Wer sagt jemandem, von dem er überhaupt nichts weiß, dass er ihn liebt? Weiß er von der kleinen Schildkröte, die ich hatte, als ich neun Jahre alt war? Nein.« *Schnipp, schnipp, schnipp.* »Weiß er, dass meine Mutter die Inkarnation des Bösen ist? Nein.« *Schnipp, schnipp, schnipp.* »Zur Hölle, bis vor fünf Stunden wusste er noch nicht einmal, dass meine Haare von Natur aus gelockt sind! Er weiß nichts von mir. Und trotzdem will er, dass ich mit ihm zu seinen Eltern fliege, weil er mich *liebt*? Nein. Ganz sicher nicht!« *Schnipp, schnipp, schnipp.*

Pixie war erst ein Mal mit einem Typen zusammen. Warum bin ich darüber so glücklich?

»Und weißt du was?« Sie fuchtelt mit dem Messer in meine Richtung. »Ich bin *nicht* Captain Hook. Wenn überhaupt, dann bin ich TinkerBell.« Sie wendet sich wieder ihrer wilden Hackerei zu. »TinkerBell!«

TinkerBell?

Mist! Langsam muss ich aufpassen.

»Er ist verrückt«, sagt sie. *Schnipp, schnipp, schnipp.* »Mir ist also gar nichts anderes übrig geblieben, als mit ihm Schluss zu machen.«

Ich blinzele sie an. »Er hat dir gesagt, dass er dich liebt, und du hast mit ihm Schluss gemacht?«

»Ja«, bestätigt sie knapp.

»Warum?«

»Weil Matt mich nicht liebt. Weil alles Mist ist. Er. Ich. Alles. Mist.«

»Woher weißt du, dass er dich nicht liebt?«

»Darum eben.«

»Warum?«

Sie fuchtelt wieder mit den Armen und schreit: »Weil man über Liebe nicht laut sprechen muss!« Ihr Gesicht rötet sich vor Leidenschaft. »Man *weiß* es einfach. Darüber schweigt man. Liebe ist bescheiden und still und beständig.« Sie fährt fort, die Pilze zu malträtieren, spricht jedoch etwas leiser weiter: »Ich meine, man kann nicht einfach *sagen*, dass man jemanden liebt, und dann wird es wahr. So funktioniert das nicht. Wahre Liebe muss man sich nicht erklären oder beichten. Wahre Liebe … *ist* eben einfach. Verstehst du?«

Meine Kehle schnürt sich zusammen, *weil* ich es weiß. Gott, ich weiß es so genau, dass es mich schmerzt, sie anzusehen.

»Nun ja.« Sie schluckt. »Matt liebt mich nicht, und ich liebe ihn nicht, und jetzt stehe ich wieder am Anfang, was bedeutet, dass ich genau im Nirgendwo stehe. Und ich habe es einfach so«, *schnipp*, »verdammt«, *schnipp*, »satt, nirgendwo zu sein. Und niemand versteht das. Niemand!«

Ich betrachte sie einen Augenblick und wünschte, ich könnte den Schmerz aus ihren großen grünen Augen vertreiben, während sie wie wild die letzten Pilze zerhackt. Sie sieht aus, wie ich mich die meiste Zeit fühle. Verletzt. Gefangen. Verzweifelt.

»Ich verstehe«, sage ich ruhig.

Sie hört auf zu schneiden und blickt auf.

Ich presse die Lippen aufeinander. »Ich weiß alles darüber, nirgendwo zu sein.«

Unsere Blicke begegnen sich im Dämmerlicht, treffen in

einem Wirrwarr aus Gefühlen aufeinander, die zu schmerzhaft sind, um sich ihnen zu stellen.

Wir sind junge Erwachsene, aber wir sind so hilflos wie Kinder. Wenn meine Eltern hier wären, wüssten sie, was zu tun ist. Wie man Pixie heilen könnte. Wie man mich reparieren könnte. Sie wussten immer, was zu tun war. Aber dass wir uns selbst heil aus dieser Sache herausbringen, scheint unmöglich.

»Das weiß ich.« Ihre Stimme ist kaum mehr als ein Flüstern, treibt durch die Luft und gleitet über meine Haut. Sie blickt mich sehnsüchtig an, und verdammt, wenn das nicht alles ist, wonach ich mich auf dieser Welt sehne.

Mein Blick fällt auf ihren Mund, ihren Hals, ihre Hände. Alle meine Instinkte schreien danach, sie zu berühren. Den Abstand zwischen uns zu schließen und ihre kleine Gestalt schützend in meine Arme zu schließen. Sie vor all den bösen Dingen zu beschützen; vor all den bedrückenden Dingen. Vor all den Dingen, die mich ausmachen.

Keiner von uns rührt sich, während langsam und stetig die Realität hereinsickert und der Augenblick in der dämmerigen Küche verpufft. Traurigkeit hängt im Raum, als gäbe es etwas sehr Lebendiges, aber Todkrankes zwischen Pixies gebrochenem Herzen und meinem. Und wir wissen nicht, wie wir es heilen können.

Sie räuspert sich und wäscht sich die Hände. Ich überprüfe noch einmal die Tür, um sicherzugehen, dass sie verschlossen ist. Dann gehen wir getrennter Wege.

15

Pixie

Zwei Tage später leide ich noch immer nicht an gebrochenem Herzen.

Ich habe noch nie zuvor mit jemandem Schluss gemacht, sodass ich das Konzept vielleicht nicht ganz verstehe, aber ich bin mir ziemlich sicher, dass ich jetzt traurig sein oder mich einsam fühlen müsste.

Aber ich spüre nichts davon.

Seit ich nach dem Bowling vor Levi zusammengebrochen bin – habe ich wirklich ausgeplaudert, dass ich seit Benji mit niemand anderem geschlafen habe? Aaah – bin ich frustriert! Und natürlich schäme ich mich unendlich.

Gott, ich kann nicht glauben, dass ich neulich Abend derart die Nerven verloren habe. Einen Augenblick habe ich vergessen, dass sich die Dinge zwischen uns geändert haben, und habe Levi alles erzählt – so wie früher. Er hat gut daran getan, sich seither von mir fernzuhalten, und wahrscheinlich ist es das Beste für mich. Wer weiß, was ich beim nächsten Mal ausquatsche. Dass ich große Lust hätte, ihn in den Hals zu beißen? Dass ich von seinen Unterarmmuskeln besessen bin? Ich brauche dringend einen Maulkorb.

Darüber denke ich nach, als ich die unterste Stufe der Treppe im Ostflügel erreiche, und ich muss überaus beschämt und angewidert aussehen, denn Daren hält mich auf dem Weg zur Küche auf und fragt mich: »Hey, alles okay?«

Ich weiß, dass Levi nicht viel von ihm hält, aber Daren ist kein schlechter Kerl. Er ist einfach ein typischer Mann. Er ist einer von diesen kaputten Männern, der in jeder Frau den Wunsch weckt, ihn zu heilen; wachsam, großspurig, sich verzweifelt nach Anerkennung sehnend, aber emotional verschlossen. Typisch eben.

»Mir geht's gut«, antworte ich und gehe an ihm vorbei. Er folgt mir.

»Hi, Daren.« Mable, die gerade Pfannkuchen wendet, blickt auf, als wir die Küche betreten, und lächelt ihn an. Es sieht anders aus als ihr Lächeln für Levi.

»Hi, Mable.« Er wendet sich wieder an mich. »Die Feier zum Vierten Juli steht vor der Tür.«

Ich binde meine Schürze um. »Und?«

»Gehst du hin?«

»Nein.«

»Komm schon. Es ist eine Tradition.« Er schenkt mir ein Lächeln und ich erinnere mich wieder daran, weshalb jedes Mädchen auf der Highschool hinter ihm her war. Alle außer mir, versteht sich. »Alle werden da sein und alle werden dich vermissen.«

Mit »alle« meint er die Leute, mit denen wir aufgewachsen sind. Und mit »allen, die mich vermissen« meint er, dass die Leute neugierig sind, ob ich aufgehört habe, wie ein Eremit zu leben. Was meine Heimatstadt angeht, lebe ich in letzter Zeit, als sei ich ans Bett gefesselt. Meine Freunde in Prescott sind einige Monate recht entspannt mit meiner sozialen Abstinenz umgegangen, doch irgendwann hatte ihre Geduld ein Ende und die meisten von ihnen riefen nicht mehr an und luden mich nicht mehr ein. Daren allerdings nicht.

»Das wird lustig«, sagt er. »Du kannst deinen Freund mitbringen. Wie heißt er noch mal?«

»Matt.«

»Bring Matt mit.«

»Wir haben Schluss gemacht.«

»Oh.« Er zögert. »Okay, dann bring eine Freundin mit. Oder noch besser, geh mit mir hin.« Er grinst erneut.

Ich schüttele den Kopf. »Mir ist dieses Jahr nicht nach feiern zumute.«

»Sarah«, sagt er ernst, hört auf zu lächeln und legt eine Hand auf meine Wange. »Du kannst nicht ewig traurig sein.«

Leck mich! Und ob ich das kann.

Ich löse mich vorsichtig von seiner Hand. »Ich bin nicht ewig traurig, es ist noch nicht einmal ein Jahr her.«

»Ich weiß«, gibt er leise zu. »Aber es könnte dir guttun, Leute zu treffen. Freunde.« Er sieht mir prüfend in die Augen. »Denk einfach darüber nach.«

»Ich werde darüber nachdenken«, erkläre ich, in erster Linie, um ihn loszuwerden. Ich muss nicht darüber nachdenken – ich will nicht darüber nachdenken.

»Großartig.« Sein Blick zuckt zu etwas hinter mir und funkelt. »Wir reden später weiter, okay?« Er geht an mir vorbei, jedoch nicht, ohne mich flüchtig auf die Lippen zu küssen.

Was zum …?

Ich drehe mich um, um ihm meine Meinung zu sagen – ich bin schließlich keine Küssbude –, doch mir bleiben die Worte im Hals stecken, als ich Levi an der Hintertür entdecke, der uns wütend anstarrt und vermutlich so aussehen will, als wollte er sagen: *Ist mir doch egal*, aber mehr aussieht wie: *Ich reiße Daren mit bloßen Händen in Stücke.*

Daren zwinkert mir verschwörerisch zu, während er in Richtung Speisesaal davongeht, und ich nehme mir vor, ihn später zur Rede zu stellen.

Ich verhalte mich möglichst lässig, bis Daren gegangen ist, streiche meine Schürze glatt und klemme eine lose Haarsträhne hinter mein Ohr, dann blicke ich zu Levi und warte auf den Sturm.

Er starrt mich an.

Ich starre zurück.

Mable starrt auf die Pfannkuchen.

Zur Hölle! Mit Stürmen kann ich umgehen. Aber mit diesem verdammten Schweigen weiß ich nichts anzufangen.

Er starrt mich weiter an.

»Was?«, schnappe ich.

»Sei keine Hure«, sagt er kühl.

Mable blickt erschrocken zu Levi, der Pfannenwender hängt in der Luft, und ihr Mund steht offen.

»*Wie* bitte?« Ich sehe rot, und plötzlich weiß ich genau, wo sich jedes einzelne Messer in der Küche befindet.

Ich weiß, dass Levi Daren nicht leiden kann, aber warum sollte er – wie kann er – ich kann noch nicht einmal …

»Das musst du gerade sagen«, höhne ich. »Ich glaube kaum, dass ausgerechnet *du* das Recht hast, Herumhuren zu verurteilen. Und außerdem ist das *mein* Leben.«

Er zuckt die Schultern. »Gut, dann sei eben eine Hure. Aber du kannst jemand Besseres haben als Daren.«

Ich nicke langsam, Wut und Schmerz füllen meine Lungen. »Jemanden wie dich?«

Mit scharfem Blick mustert er mich von oben bis unten. Es ist kein unanständiger Blick, mehr als wollte er sich in Erinnerung rufen, wer ich genau für ihn bin. Eine Erinnerung, die mir mehr als jedes Wort das Herz bricht.

Schließlich kommt er wieder bei meinem Gesicht an und sagt mit leiser Stimme. »Ich ganz bestimmt nicht.«

Und dann geht er. Der Bastard geht einfach.

Ich möchte ihm hinterherlaufen und schreien und kreischen und fluchen, aber ein Teil von mir weiß, dass ich seine Wut und seine Zurückweisung verdiene. Und dieser Teil hält mich zurück und brennt in meinen Augen wegen all der Dinge, die ich nicht zurücknehmen kann.

Dinge wie Charity.

16

Levi

Wenn ich sage, dass ich mich selbst anwidere, als ich die Küche verlasse, beschreibt das nicht annähernd, was ich empfinde.

Ich möchte Abstand von Pixie halten, ja. Aber sie beschimpfen? Dass sie so verletzt aussieht? Will ich das?

Mein Magen krampft sich zusammen, aber jetzt kann ich es nicht mehr rückgängig machen.

Und warum war ich überhaupt so aufgebracht? Es ist doch nur der verdammte Daren Ackwood. Ist es so weit mit mir gekommen, dass ich zu Darth Vader werde, sobald Pixie mit einem anderen Typen spricht? Sie gehört mir nicht. Wenn es für sie okay ist, dass Daren sie küsst, dann ist es in Ordnung.

Ich knacke mit den Knöcheln.

Wem will ich etwas vormachen? Daren ist ein Idiot, und ich will nicht, dass er sie anfasst. Basta.

Aber verdammt, gerade in der Küche habe ich es übertrieben. Pixie sah so wütend und verwirrt aus und … so traurig.

Mist!

Wie konnte ich nur so mit ihr sprechen? Als wäre sie alles andere als unglaublich? Als wohnte sie wieder unter Sandra Marshalls Dach und müsste sich erneut verachtende Worte anhören? Wie konnte ich sie genauso behandeln wie die Frau, deren Verletzungen an Pixie ich einst unbedingt heilen wollte?

Ich raufe mir die Haare, mein Herz schlägt mir bis zum Hals. Dann haste ich blindlings zur Werkzeugkammer im Westflügel und raffe alles zusammen, um das Loch in meinem Zimmer zu reparieren. Es steht zwar nicht auf meiner To-do-Liste, aber ich muss die Wand ohnehin reparieren. Ich muss irgendeinen Fehler wiedergutmachen.

Jemand gibt mir eine Kopfnuss. »Du hast Pixie als Hure bezeichnet? *Im Ernst?*«

Ich reibe mir den Hinterkopf, drehe mich um und stehe einer aufgebrachten Ellen gegenüber.

»Woher weißt du …«

»Mable«, antwortet Ellen. Sie ist aschfahl, und jetzt hasse ich mich noch mehr.

Ich seufze beschämt. »Ich habe sie nicht als Hure bezeichnet. Ich habe gesagt, sie solle keine Hure *sein*, was etwas anderes ist.« Und zum Teufel, das hätte ich nicht sagen sollen, das war falsch.

»Du dummer Junge.« Ellen verpasst mir eine weitere Kopfnuss.

»Autsch.« Ich bin mir nicht sicher, ob ich den Schlag oder ihre Worte meine.

Sie beugt sich vor. »Ich weiß, dass du Schweres durchgemacht hast, Levi. Ich weiß, dass die Vergangenheit dich umbringt. Aber du wirst deinen Schmerz nicht los, indem du Pixie zurückstößt.«

Sie hält mich mit ihrem Blick gefangen. Sie sieht mich ernst und voller Sorge an. Und für einen Moment sehe ich in ihren Augen meine Mutter. Die mehr für mich will. Die an mich glaubt.

Erneut schlägt mein Herz bis zum Hals.

»Ich will den Schmerz gar nicht loswerden«, behaupte ich voller Ernst.

Ellen betrachtet mich einen Augenblick, in ihrem Blick

ringen Härte und Mitgefühl miteinander. »Doch, das willst du«, widerspricht sie, »und Pixie ebenfalls.«

Sie geht, und ich wünschte, ich könnte das ganze letzte Jahr meines Lebens ungeschehen machen.

Ich gehe mit allem, was ich aus der Kammer brauche, hinauf in mein Zimmer. Sobald ich die Tür öffne, gafft mich das Loch in der Wand an, und auf einmal möchte ich es noch größer machen. Wie verrückt darauf einschlagen. Mir vielleicht ein paar Knochen brechen, bluten.

Ich verbringe die nächsten fünfundvierzig Minuten damit, die kaputte Trockenwand zu flicken, den Rest des Tages beschäftige ich mich mit weiteren Reparaturen. Losen Scharnieren, durchgebrannten Glühbirnen, geplatzten Rohren, einfach allem, womit ich meine Hände beschäftigen und meinen Kopf zum Schweigen bringen kann.

Als es nichts mehr zu reparieren gibt, ziehe ich mich um, gehe nach draußen und laufe die alte Steintreppe hinauf. Erklimme die Stufen, die ins Nirgendwo führen. Trautes Heim, Glück allein.

17

Pixie

»Ich würde dir ja Tequila anbieten, um deine miese Laune zu heben, aber da du nicht trinkst, kriegst du das Zweitbeste.« Jenna hält mir einen Becher Erdbeereis und einen Löffel hin. »Hau rein.«

Nach meiner Begegnung mit Levi heute Morgen habe ich den Großteil des Tages versucht, nicht zu weinen, während ich mit unschuldigen Töpfen und Pfannen geklappert und meinen Frust am Spargel für das Abendessen ausgelassen habe. Mable hat kein Wort gesagt, aber sie hat den ganzen Tag ein wachsames Auge auf mich gehabt.

Einmal ist Ellen in die Küche gekommen. Sie hat beobachtet, wie ich voller Rachegefühle Gemüse geschnitten und die Fettuccine umgerührt habe, als müssten sie bestraft werden. Sie hat mir über die Schultern gestreichelt, dann ist sie gegangen. Es war eine schlichte Geste, die mich jedoch getröstet hat.

Ich habe den Rest des Tages überstanden, ohne noch mehr Essen zu misshandeln, dann bin ich zu Jenna gerast. Ich musste ganz dringend aus dem Ostflügel fliehen.

Ich nehme ihr das Eis ab. »Ich bin nicht mieser Laune.«

»Doch, das bist du, und es ist absolut verständlich.«

»Ist es das?«, frage ich und schiebe mir einen Löffel Erdbeereis in den Mund.

Sie nickt. »Trennungen nerven.«

Ach ja. Die Trennung. Die hatte ich schon fast vergessen.

Wir lassen uns auf das kleine Sofa in ihrer winzigen Wohnung fallen, ich mit einer Kalorienbombe, Jenna mit einem Mixgetränk auf Eis, das Earl und seinen Seniorengolffreunden sicher auch gefallen würde.

»Ich bin verwirrt. Fassen wir noch einmal alles zusammen«, sagt Jenna, wendet sich zu mir und lehnt sich gegen die Rückenkissen des Sofas. »Matt hat dir also gesagt, dass er dich liebt.«

»Ja«, bestätige ich und nicke.

»Und dann hast du ihn verlassen.«

»Ja.«

Jenna legt den Kopf schief. »Weil du irgendwie weißt, dass er dich *nicht* liebt?«

»Genau.«

Jenna seufzt. »Süße. Du brauchst wohl etwas Stärkeres als Eis.«

Ich versuche, etwas Kummer über meinen Exfreund vorzutäuschen: »Ich wünschte einfach, Matt hätte nicht die Liebesbombe hochgehen lassen, verstehst du? Es lief gut zwischen uns. Warum musste er alles verderben?« Ich schaufele mehr Erdbeertraum in meinen Mund.

»Ja.« Sie lässt die Eiswürfel in ihrem Glas kreisen. »Es ist supernervig, wenn Traumtypen einem sagen, dass sie einen lieben.«

Ich stöhne und lasse den Kopf gegen die Rückenlehne des Sofas sinken. »Ich weiß, ich klinge wie ein Kleinkind, und ich weiß, dass es übertrieben wirkt, dass ich mit Matt Schluss gemacht habe, aber ich konnte einfach nicht bei ihm bleiben. Ich war nicht ich selbst.«

Jenna nimmt mir den Eisbecher aus der Hand und isst einen Löffel. »Du hattest das Gefühl, dass du bei ihm nicht du selbst sein konntest?«

Ich denke darüber nach. »Nein, nicht, dass ich nicht ich selbst sein konnte. Ich *wollte* einfach nicht ich selbst sein. Er und ich – das fühlte sich nicht richtig an. Klinge ich verrückt?«

»Ja, aber auf eine gute Art.«

Ich reibe mir das Gesicht. »Der heutige Tag war einfach superschrecklich.«

Sie hebt eine Braue. »Ich dachte, du und Matt hättet vor ein paar Tagen Schluss gemacht.«

»Was?« Ich setze mich auf. »Oh. Ja. Das stimmt.« Ich nehme ihr das Eis wieder ab. »Aber heute Morgen hatten Levi und ich diese Auseinandersetzung. Es war total lächerlich, aber es belastet mich, verstehst du?« Ich stopfe mir einen riesigen Löffel Eis in den Mund.

Jenna kneift die Augen zusammen. »Worüber haben du und Levi gestritten? Muss ich diesen Idioten verhexen? Ich würde es tun.«

»Um nichts, eigentlich.« Ich wedele mit dem Löffel. »Dieser Typ, Daren, wollte mich überreden, mit auf die Feier zum Vierten Juli in unserer Heimatstadt zu gehen, und Levi stand zufällig daneben, als Daren mich geküsst hat …«

»Irgendein Kerl hat dich geküsst?«

»Ja, aber so ist es nicht. Es ist – ach, egal. Es ist kompliziert.« Ich seufze erneut. »Aber es hat Levi genervt, was verständlich ist, aber dann hat Levi ein paar Dinge gesagt, die er nicht so meinte, was ebenfalls verständlich ist, aber *mein Gott,* es hat mich verletzt, verstehst du?« Ich schüttele den Kopf und blicke hinunter auf den Eisbecher. »Und ich habe Charity vermisst.«

Ganz leise fragt Jenna: »Levis Schwester?«

Ich nicke und stochere in ein paar gefrorenen Erdbeerstücken herum.

Charity und ich haben uns im Kindergarten kennengelernt, und nachdem sie mich zu sich nach Hause zum Spielen eingeladen hatte, wurden wir sofort beste Freundinnen. Das war das erste Mal, dass ich der Familie Andrews vorgestellt wurde. Dem Glück und der Liebe.

»Das ist meine Freundin Sarah«, stellte Charity mich Levi vor. »Sarah, das ist mein Bruder Leaves.«

Sie nannte ihn immer Leaves. Früher habe ich das auch gemacht. Vorher.

Als wir größer wurden, brachte Charity mir bei, schön zu sein und frei und mutig, und als ich verzweifelt eine Familie suchte, teilte sie ihre mit mir. Sie war meine andere Hälfte. Wir lachten und weinten und redeten über Jungs und übernachteten beieinander und träumten von der Zukunft. Wir waren unzertrennlich.

Jenna betrachtet mich aus ihren goldfarbenen Augen. »Willst du über sie reden?«, fragt sie leise.

»Nein.« Ich starre auf das Eis.

»Willst du über Levi reden?«

»Nein.«

»Willst du über …«

»Nein«, unterbreche ich sie scharf. Ich schlucke und versuche, meinen Ton zu mäßigen, als ich aufblicke. »Es tut mir leid. Ich wollte nicht gemein sein. Es ist meine Schuld. Ich weiß, ich habe das Thema angesprochen. Ich weiß, dass ich darüber sprechen sollte. Aber ich … ich kann einfach nicht.«

Sie nickt, lächelt schwach und verändert ihre Haltung. »Ist okay.« Ein Augenblick verstreicht. »Reden wir über etwas anderes.« Sie lächelt erneut, aber diesmal ist es echt und warm.

Gott, ich liebe Jenna dafür, dass sie so unerschrocken mit dem Tabu meiner Vergangenheit umgeht.

»Über was?« Ich esse noch einen Löffel Eis und versuche, meine Gefühle zusammen mit dem Nachtisch hinunterzuschlucken.

»Zum Beispiel darüber, was du nächstes Semester machst? Jack hat erwähnt, dass New York vielleicht wieder im Spiel ist?«

Mein Herz beginnt zu rasen. »Ja. Vielleicht. Ich weiß es nicht.« Das Eis fühlt sich zu kalt in meinen Händen an. »Was machst *du* denn nächstes Semester?«

Sie zuckt mit den Schultern. »Wieder an die ASU gehen. Noch ein Tattoo. Das Übliche.«

»Noch ein Tattoo?« Ich hebe eine Braue. »Auf welcher Haut?«

Sie blickt hinunter auf die bemalte Haut auf ihrem Bauch, ihren Armen und ihren Beinen. »Ich finde schon noch einen Platz. Ich will ein Seepferdchen.«

»Ein Seepferdchen?«

»Ja. Wusstest du, dass die Männchen die Babys austragen, nicht die Weibchen?«

Ich hebe die andere Braue. »Und deshalb willst du eins auf deinem Körper tragen?«

»Und Seepferdchen haben keine Zähne. Oder Mägen.«

»Ich habe das Gefühl, dass das keine überzeugenden Argumente dafür sind, sich dauerhaft eins in die Haut stechen zu lassen.«

Sie hebt das Kinn. »Was wäre ein überzeugendes Argument?«

Ich schweige.

»Genau«, sagt sie und zeigt mir ein paar Zeichnungen auf ihrem Handy. »Okay. Welches Seepferdchen magst du am liebsten?«

Die nächste Stunde sitzen Jenna und ich auf ihrem Sofa und diskutieren, welches Seepferdchen sie sich tätowieren lassen könnte, bis ich Charity und Levi und wie es früher war fast vergessen habe.

Und es war wundervoll.

Als Charity und ich frisch auf der Highschool waren, besaß Levi einen Truck und fuhr uns jeden Tag zur Schule. Er nahm uns auch wieder mit nach Hause, was während der Footballsaison ein Problem war.

Er war damals bereits ein Footballstar, das Spiel war sein Leben und folglich auch unseres. Nach der Schule hatte er Training, was bedeutete, dass wir oft auf ihn warten mussten, bis die Sonne unterging.

Die meiste Zeit sahen wir Videos auf unseren Telefonen oder beklagten uns über Lehrer und fiese Mädchen. Manchmal machten wir Hausaufgaben. Aber gelegentlich trieben wir uns auch auf der Tribüne herum und sahen zu, wie das Footballteam sich mit den Fäusten bearbeitete und von Trainer McHugh angeschrien wurde.

Ich war in den Safety-Spieler verknallt, weshalb es für mich kein Problem darstellte, ihm drei Stunden dabei zuzusehen, wie er in engen Hosen herumlief. Und Charity war ständig in alle Typen verknallt, deshalb beschwerte sie sich auch nie. Wir saßen da und seufzten vor Glück, während die Helme aneinanderknallten und die Spielrufe ertönten.

Bei einer dieser Gelegenheiten hatte Charity das Gefühl, sie müsse von unserer Position auf der oberen Tribüne die Mannschaft ausbuhen und laut pfeifen. Keine Ahnung, warum. Wahrscheinlich, um Levi zu ärgern. Es funktionierte.

Nach fünf Minuten nervtötenden Gepfeifes und Halbobszönitäten aus Charitys Mund, drehte Levi sich auf dem Feld um und warf einen Football nach uns.

Er warf einen Football. NACH UNS.

Levi ist in den letzten vier Jahren noch etwas gewachsen, aber er war auch damals schon ziemlich kräftig, und wenn ein Schweinsleder mit hundert Meilen pro Stunde auf einen zugeschossen kommt, ist das schon verdammt beängstigend. Deshalb duckten wir uns, während der Football direkt neben uns landete.

Lustig war, dass Levi nie sein Ziel verfehlte. Dass der Football uns nicht traf, war also kein Zufall. Aber es war dennoch beängstigend – und ziemlich wirkungsvoll, denn Charity hat nie wieder gepfiffen.

Der Football der Wut rollte ein paar Tribünenbänke hinunter und landete zu unseren Füßen, was Charity und mich auf die glänzende Idee brachte, Werfen und Fangen zu spielen. Das ist ein gutes Beispiel dafür, *wie* verzweifelt wir uns bemühten, die Zeit totzuschlagen.

Wir wählten eine Stelle am äußersten Rand des Spielfelds und warfen uns mit mäßigem Ergebnis den Ball zu. Wer ist bloß auf die Idee gekommen, einen Ball mit zwei spitzen Enden zu erfinden? Totaler Quatsch.

Überflüssig zu sagen, dass Charity und ich wie Mädchen warfen, uns über das Schlingern des Footballs kaputtlachten und ebenfalls taumelten, während wir den albern geformten Ball hin- und herwarfen.

Wir bemerkten erst, dass das Training vorüber war, als Charity einen Wurf verpasste und der Football vor Levis Füße fiel. Er hatte die Hände in die Hüften gestemmt, als wollte er sagen: Ich bin gerade fünfzig Meilen gelaufen und kaum außer Atem.

Er schüttelte den Kopf über Charity. »Ich schäme mich, mit dir verwandt zu sein.«

Sie lächelte. »Weil ich den hübschen Hintern deiner Freunde hinterhergepfiffen habe?«

»Deswegen auch.« Er nickte. »Aber dass du dich jedes Mal duckst, wenn ein Football auf dich zufliegt, geht einfach gar nicht. Der beißt doch nicht. Und *du*«, er deutete auf mich, »warum benutzt du beide Hände? Du wirfst wie ein Idiot.«

Ich lächelte, denn er wirkte ganz ernst, und über einen ernsten Levi musste ich mich stets kaputtlachen.

»Kommt her. Beide.« Er hob den Ball auf, während wir

zu ihm gingen. »So«, er blickte erst Charity, dann mich an, »wirft man einen Football.«

Er vollführte einen makellosen Wurf und instruierte uns dann, dasselbe zu tun. Wir versagten elendig, aber wir hatten Spaß dabei, es zu probieren. Wir kicherten, stellten uns ungeschickt an, wichen aus und nervten ihn ganz fürchterlich. Doch er gab nicht auf.

Levi sorgte dafür, dass wir unsere Football-Werfstunden fortsetzten, bis wir keine Beleidigung mehr für den guten Namen der Andrews darstellten.

An jenem Punkt meines Lebens betrachtete ich Levi als ebenso guten Freund wie Charity. Wir drei machten alles zusammen, und das zehn Jahre lang. Wir waren die drei Musketiere. Und auch wenn Zeit und Jugend die Art veränderten, wie wir in der Öffentlichkeit miteinander umgingen, wenn es darauf ankam, waren wir unsere eigene kleine Familie. Echt. Unerschütterlich. Beständig. Es war ein ganz besonderes Gefühl.

Damals wusste ich nicht, wie besonders es war; jetzt weiß ich es.

18

Levi

Die ganze nächste Woche halte ich mich von Pixie fern. Ich bin mir nicht sicher, ob ich sehen will, wie sehr sie mich verabscheut. Ich habe die unbewohnten Schlafzimmer im Ostflügel entkernt. Es ist erstaunlich, wie viel man arbeiten kann, wenn man ein schlechtes Gewissen hat.

Ich fasse noch immer nicht, dass ich Pixie als Hure bezeichnet habe. Ausgerechnet sie. Sie hat bisher nur einmal Sex gehabt, Herrgott. Ein eifersüchtiges Schaudern durchläuft mich, als ich an die Nacht zurückdenke, in der ich herausgefunden habe, dass sie ihre Jungfräulichkeit verloren hatte.

Vor zwei Jahren holte ich Charity und Pixie von einer Party ab, auf der sie sich total besoffen hatten, und als wir zurück nach Hause kamen, krabbelte Pixie auf die Couch und stöhnte: »Die Party war schrecklich.«

Charity lachte. »Nur, weil Benji Barker dich entjungfert hat und es ein totaler Reinfall war.«

Es fühlte sich an, als hätte mir jemand einen Schlag in den Magen verpasst. Ich bekam keine Luft, ich sah nichts mehr.

»Ein totaler Reinfall.« Pixie vergrub ihr Gesicht in einem der Sofakissen.

Charity schnalzte mit der Zunge. »Deshalb lässt man sich nicht von einer anderen Jungfrau entjungfern, Pix. Keiner von euch wusste, was zu tun ist. Schlechte Wahl.«

Noch immer keine Luft.

»Sei still.« Pixie warf ein Kissen nach Charity. »Vielleicht hätte ich nicht so eine schlechte Wahl getroffen, wenn du bei mir geblieben wärst und mich nicht allein gelassen hättest, um mit Daren Ackwood zu vögeln.«

Mein Blick zuckte zu Charity. »WAS?«

Mein Kopf lief Gefahr zu explodieren.

Charity wandte sich mit gespielter Unschuld zu mir um. »Was? Daren und ich sind schon eine Weile zusammen und wir haben Sex. Ziemlich viel Sex. Finde dich damit ab.«

»Hure«, murmelte Pixie in ihr Kissen.

»Sei still«, sagte Charity zur Couch. »Zumindest bringt mich Daren zum Orgasmus, was mehr ist, als du von dir und deinem Frischling Benji behaupten kannst.«

Ich raufte mir die Haare. »Oh, mein Gott! Mir bluten die Ohren. Mir bluten die Ohren.«

Charity schlief mit Daren Ackwood? Und Pixie war keine Jungfrau mehr?

Meine Brust tat weh. Mein Magen tat weh. Wo zum Teufel war die ganze Luft geblieben?

»Gott, ich weiß«, jammerte Pixie. »Benji Barker? Igitt.«

Ich verspannte mich, mir wurde heiß, und etwas in mir rastete aus. Ich wirbelte zu Charity herum. »Was zum Teufel hast du dir dabei gedacht, Pixie heute Abend allein zu lassen?«

»Was?« Charity sah verwirrt aus.

Ich schrie: »Was für eine Freundin bist du? Lässt Pixie für irgendein Arschloch sitzen!«

Charitys Verwirrung wich einem verletzten Ausdruck. »Ich wusste nicht …«

»Sei nicht sauer, Leaves.« Pixie hob ihre grünen Augen vom Kissen und sah aus, als würde sie gleich anfangen zu weinen. »Sei nicht sauer.«

Zum ersten Mal überhaupt betrachtete ich Pixie als etwas,

das mir gehörte. Ich wollte sie über die Schulter werfen und diese grünen Augen ganz für mich haben. Für immer. Ich wollte sie nicht mit Benji oder irgendeinem anderen Mistkerl teilen.

»Sauer?«, schrie ich. »Ich bin stocksauer! Du bist betrunken, Pix. Dieser Typ hatte kein Recht, dich anzufassen. Du warst zu betrunken, um eine vernünftige Entscheidung zu treffen! Ich bringe ihn um. Ich werde ihn umbringen. Ich reiße ihn in Stücke und …«

Pixie fing an zu weinen. »Es tut mir so leid«, murmelte sie. »Es tut mir so leid! Es schien mir eine gute Idee zu sein, weil keiner von uns bislang mit jemandem zusammen gewesen war und er mir keine Angst gemacht hat, und ich war angeheitert und er auch, und dann war alles ein Desaster und peinlich, und es hat sich überhaupt nicht gut angefühlt, und dann war es vorbei und noch peinlicher, und jetzt tut mein Kopf weh, und Leaves ist sauer auf mich!« Sie schluchzte in ihr Kopfkissen und heulte. »Leaves ist so sauer auf mich.«

»He.« Charity kniete sich neben sie, strich ihr über den Rücken und sagte ihr eine Menge beruhigender Dinge, während ich im Zimmer auf und ab lief. Schließlich beruhigte Pixie sich, und als sie eingeschlafen war, stand Charity auf und starrte mich wütend an.

»Was?« Ich stand da, fassungslos und außer mir und … traurig. Eigentlich war ich traurig.

Sie stemmte die Hände in die Hüften. »Ich kann mich nicht erinnern, dass du so ausgerastet bist, als du herausgefunden hast, dass ich zum ersten Mal Sex hatte.«

»Weil es widerlich ist, mir vorzustellen, dass meine Schwester Sex hat. Wenn ich mir vorstelle, dass Pixie Sex hat …«

Charity wartete mit erhobener Braue.

»Ich bin nicht ausgerastet«, sagte ich.

»Du bist total ausgerastet!« Sie warf ihre Arme in die Luft.

»Gott, Levi. Vielleicht solltest du auf sie pinkeln, damit jeder Typ, der ihr über den Weg läuft, weiß, wem sie gehört!«

Das war das erste Mal, dass ich begriff, wie besitzergreifend ich in Bezug auf Pixie war. Und als ich gesehen habe, wie Daren sie geküsst hat, sind alle meine unterdrückten Sehnsüchte wieder zum Leben erwacht.

Oh Mann, ich kann noch immer nicht glauben, dass ich mich ihr gegenüber so mies verhalten habe.

Mit zusammengebissenen Zähnen trage ich eine weitere alte Teppichrolle aus dem Ostflügel, zerre sie die Treppe hinunter und aus der Hintertür hinaus. Ich werfe den Teppich auf einen großen Haufen neben dem Müllcontainer, wo er sich zu drei anderen Teppichrollen, einer Reihe herausgebrochener Fußleisten und abgelösten alten Tapeten gesellt.

Ich höre ein Knarren, das Fliegengitter an der Hintertür wird geöffnet, dann knirschen schwere Schritte über den Kies.

Als ich mich umdrehe, sehe ich Angelo, der eine Schachtel Zigaretten gegen seine Handfläche schlägt.

»Levi.« Er nickt, zieht eine Zigarette aus der Schachtel und steckt sie sich zwischen die Lippen. »Willst du eine?« Die noch nicht brennende Zigarette hüpft beim Sprechen auf und ab, während er mir die Schachtel hinhält.

Ich wische mir mit der Hand über die verschwitzte Stirn und schüttele den Kopf.

Er zuckt die Schultern, holt ein Feuerzeug aus seiner Tasche und zündet sich die Zigarette an. Er nimmt einen tiefen Zug und beobachtet, wie ich Teppichrollen und Fußleisten so klein mache, dass sie in den Müllcontainer passen.

»Du hast die letzten Tage ziemlich hart gearbeitet.« Er steckt die Zigarettenschachtel in seine Tasche.

»Na ja.« Ich hieve eine Teppichrolle in den Container. »Ellen will, dass der Ostflügel im Herbst fertig ist.«

Er nickt. »Und Arbeit hält die Dämonen fern, stimmt's?«

Ich zerteile eine Fußleiste, ich bin mir nicht ganz sicher, wovon er spricht. »Kann sein.«

Er blickt hinaus aufs Feld. »Schonungslose kleine Mistkerle, diese Dämonen. Jahrelang meint man, sie los zu sein, und plötzlich finden sie einen doch wieder.« Er zieht noch einmal kräftig an seiner Zigarette. »Und dann muss man sich ihnen stellen.«

Ich sage nichts, während ich Holzstücke und Tapete in den Container stopfe. Wahrscheinlich spricht er von einem gefährlichen Buchmacher, dem er Geld schuldet, oder von einem rivalisierenden Gangsterboss, der ihn ins Jenseits befördern will.

Ein schwaches Donnern lässt den Boden vibrieren, und als ich aufblicke, sehe ich in der Ferne dunkle Wolken. Die Regenzeit droht seit Wochen. Wann kommt wohl das erste Sommergewitter herunter?

Angelo starrt auf die drohenden Wolken und saugt noch ein paarmal Rauch in seine Lunge, dann tritt er die Zigarette aus.

Er nickt mir mit dem Kinn zu und sagt: »Je eher, desto besser«, und damit geht er wieder hinein.

Einen Augenblick denke ich, er meint das aufkommende Unwetter. Doch dann begreife ich, dass er von den Dämonen gesprochen hat, und ich frage mich, ob sein weiser Gangsterrat an mich gerichtet war.

Nachdem ich die Reste zerlegt und in den Müll geworfen habe, wische ich mir den Staub von den Händen. Ich gehe zum Hintereingang der Küche und öffne das Fliegengitter genau in dem Moment, als Pixie die Innentür öffnet. Begleitet von einem weiteren fernen Donnergrollen begegnen sich unsere Blicke.

Ich sehe nach unten und trete zur Seite. Sie weicht gleichzeitig zur selben Seite aus, sodass wir uns noch immer im Weg stehen. Wir sehen uns nicht in die Augen, während wir von einer Seite zur anderen springen und versuchen aneinander vorbeizukommen, ohne uns zu berühren. Peinlich.

Schließlich halte ich inne, trete zurück und lasse sie mit dem Müllbeutel in der Hand die Küche verlassen. Während sie zum Müllcontainer geht, schlüpfe ich rasch hinein und verlasse die Küche schnell wieder, wobei der Geruch von Regen und Wind mit einem Hauch Lavendel durch die offene Fliegentür hinter mir her weht.

19

Pixie

Wenn ein Blitz die Erde trifft, hinterlässt er eine Narbe auf ihr, er brandmarkt sie, seine Hitze und seine Energie hinterlassen eine Brandspur, bis er verglüht. Das weiß ich, weil ich im Unterricht ausnahmsweise einmal aufgepasst habe, und jetzt denke ich jedes Mal daran, wenn ein Sturm aufkommt. Wie heute.

Ein Blitz zuckt über den Himmel und trifft in der Ferne auf die Erde; und ich spüre beinahe die elektrische Ladung durch meine Adern strömen.

Ich werfe den Müllbeutel fort und gehe zurück in die Küche.

Es tut weh, Levi zu sehen. Sich an ihm vorbeizudrängen und ihn zu riechen und nicht mit ihm zu reden oder ihn zu berühren. Wird es je wieder normal zwischen uns werden? Wenn ich mir vorstelle, dass wir möglicherweise den Rest des Sommers nicht mehr miteinander sprechen, zieht sich meine Brust schmerzhaft zusammen. Vielleicht sogar für den Rest unseres Lebens.

Bei dem Gedanken setzt mein Herz aus.

Ich fange an zu putzen. Der Ansturm zum Mittagessen war verrückt. Zum Glück haben alle den Speisesaal nun verlassen, sodass ich einen Moment durchatmen kann, bevor das Abendessen beginnt.

Angelo bringt einen Karton mit schmutzigen Gläsern in

die Küche und durch die Tür sehe ich Daren den leeren Speisesaal durchqueren. Ich schlüpfe schnell durch die Schwingtür.

»Daren«, rufe ich.

Er dreht sich um und lächelt, als er mich sieht. »Hey, Sarah.«

»Was sollte das mit dem Kuss neulich?«

Sein Lächeln verblasst. »Ach der, ja. Sei nicht sauer.«

»Ich *bin* sauer.«

Er streicht sich durch die Haare. »Ich weiß, das war dreist von mir.«

»Verdammt richtig.«

»Aber irgendjemand muss Levi ja Feuer unterm Hintern machen«, erklärt er. »Er will dich für sich haben und nicht, dass jemand anderes dich bekommt, aber er ist ein zu großer Idiot, um selber die Initiative zu ergreifen. Und so geht das schon seit – zum Teufel, ich weiß auch nicht – seit *Jahren*. Ich wollte ihn nur ein bisschen provozieren. Ihn daran erinnern, dass du es wert bist, dass man sich um dich bemüht.« Er lächelt erneut, doch als er sieht, dass ich das nicht lustig finde, zieht er eine Grimasse. »Es war blöd. Ich weiß.«

Ich verdrehe verzweifelt die Augen, aber ich verstehe es. Daren hat nie irgendwelche Mühen gescheut, Levi in Bezug auf mich in Rage zu bringen. »Okay, na ja, das nächste Mal, wenn du Levi provozieren willst, könntest du es vielleicht tun, ohne meinen Mund zu involvieren.«

»Ja. Ich bin ein Arschloch. Tut mir leid.« Er sieht mich mit einem entschuldigenden Hundeblick an.

»Schon okay«, sage ich. »Pass nur auf, wem du künftig deine Lippen aufdrückst.«

Er zwinkert. »Oh. Ich passe *immer* auf, wem ich meine Lippen aufdrücke.«

»Bäh. Hau ab.«

Ich gehe zurück in die Küche, wische die Arbeitsplatten ab, nehme einen weiteren Müllbeutel und trage ihn hinaus zum Container.

Als ich den schweren Sack hineinwerfe, weht mir eine feuchte Brise durch die Haare und über die Wangen. Als ich aufblicke und die dunklen Wolken näher kommen sehe, wandern meine Gedanken zum letzten Sommer.

Es war einer dieser fast stürmischen Tage, ähnlich wie heute, an dem die Sonne immer wieder zwischen den violetten Wolken hervorstrahlte, als könnte sich der Himmel nicht entscheiden. Die Luft war schwül und feucht gewesen, aber der stete Wind hatte meine Haut gekühlt, während ich mit einer großen Gruppe von Freunden auf dem verbrannten Gelände stand.

Das verbrannte Gelände ist ein Waldstück am Rand von Prescott an der Canary Road – einer Nebenstraße, die nur die Einheimischen benutzen –, in das vor Jahren der Blitz eingeschlagen hat und nichts als Baumstümpfe und verbrannte Erde hinterlassen hat. Es ist nicht zu viel zu gebrauchen, aber es war der perfekte Startpunkt für unser jährliches Erobere-die-Fahne-Spiel.

Es war eine alte Tradition, dass unsere High School im Sommer gegen unsere Konkurrenzschule antrat – die Teamfahnen waren eigentlich Stadtfahnen –, um festzulegen, welcher Schule in diesem Jahr die Ehre zukam, das ganze Jahr über die Stadtflaggen zu hissen.

Prescott hatte das Recht zwei Jahre lang verspielt, sodass die Latte für meine Freunde und mich hoch lag, als wir uns mit unseren Gegnern auf der verbrannten Lichtung trafen. Wir taten uns wie jedes Jahr zu zweit zusammen, und da Charity ganz eng mit Daren war und Levi zu spät kam, landete ich in einem Team mit Levi. Was prima für mich war, denn Levi war großartig im Fahnen erobern.

Ziel des Spiels war es, dem anderen Team die Flagge wegzuschnappen, bevor man vom Gegner erwischt wurde. Baumhäuser, Holzkisten, Festungen, Zelte und Tunnel lagen strategisch auf dem weitläufigen Gelände verteilt, sodass man sich auf dem Weg verstecken konnte. Jedes Team besaß eine eigene Basis an jeweils einem Ende des Spielfelds.

Levi und ich bahnten uns vorsichtig unseren Weg zur Fahne des anderen Teams und schnappten sie uns, bevor sie uns erwischen konnten. Das war der leichte Teil. Schwieriger war es, die Fahne zurück zu unserer Basis zu befördern.

Wir schlichen leise durch den Wald, während sich die Wolken über uns verdunkelten und Donner ertönte. Unsere Festung lag offen auf der anderen Seite des Hügels, wir mussten uns also beeilen, wenn wir sie erreichen wollten, bevor das sommerliche Gewitter auf uns niedergehen und das Laufen erschweren würde. Wir konnten unsere Basis in der Ferne bereits sehen. Levi sah mich an. Ich sah ihn an. Wir nickten einander zu. Ich umklammerte die grüngelbe Fahne des anderen Teams in meiner Faust und holte tief Luft. Dann rannten wir los.

Wir stürmten lachend durch die Bäume, während wir versuchten, dem Unwetter zu entkommen. Die ersten Tropfen fielen auf unsere Wangen und Wimpern, während wir durch den dunklen Nachmittag rasten. Wir waren schnell, aber das Gewitter erwischte uns dennoch, und schon bald öffnete sich der Himmel, und der Regen prasselte herab und weichte den Boden auf.

»Komm!«, rief Levi lächelnd und fasste meine Hand, während wir durch Matsch und Laub liefen.

Ich ergriff seine Hand und lachte, als er das Wasser ausspuckte, das auf ihn niederregnete. Wir waren schon völlig durchnässt, es bestand keine Veranlassung mehr zu rennen, und dennoch liefen wir weiter.

Blitze zuckten über den Himmel, Silberstreifen in den dichten Wolken, gefolgt von einem weiteren Donnergrollen. Sie bildeten einen seltsamen Gegensatz zu den Sonnenstrahlen, die durch die dunklen Wolken auf uns herabfielen. Halb Tag, halb Sturzflut. Wunderschön und beängstigend, aber mit Levi, der meine Hand hielt, war ich mutig.

»Wir schaffen es nicht«, rief ich, kaum hörbar durch den lauten Regen.

Er blickte sich um und riss mich dann lächelnd zur Seite. »Hier entlang, Pix.«

Ich jagte hinter ihm her, während der Sturm uns verfolgte. Levi führte uns in ein Dickicht aus Bäumen, in dem die Reste einer Festung versteckt lagen.

Schutz.

Er zog mich in den Unterschlupf und presste den Rücken an die Wand, wo noch ein Rest des Daches übrig war.

In der halb zerstörten Festung war nicht viel Platz, also drängten wir uns an die Wand. Nun, *Levi* drängte sich an die Wand, ich drängte mich an seine Brust. Wir lächelten, als unsere Gegner nichtsahnend an der Festung vorbeiliefen. Diesmal würden wir gewinnen.

Einen Augenblick standen wir ganz still, Brust an Brust, und warteten, bis sich die Schritte draußen entfernt hatten. Grinsend blickte ich zu Levi auf und formte mit den Lippen das Wort »Trottel«.

Er lächelte breit und nickte.

Er sah aus strahlenden Augen zu mir herunter und ließ den Blick zu meinem Mund wandern. Und von einer Sekunde auf die andere änderte sich alles. Wir änderten uns.

Ich nahm ihn überaus deutlich wahr. Die Art, wie er roch, das Gefühl seines Atems auf meinem Gesicht, seinen festen Körper an meiner Brust.

Keiner von uns rührte sich, obwohl die Schritte sich längst

entfernt hatten. Mein Blick fiel auf seine Lippen, und er holte tief Luft.

Oh Gott!

Ich blickte erneut nach oben und konnte an nichts als an seine blauen Augen denken – fest und beständig und intensiv, und langsam ertrank ich in ihnen.

Ich hätte von ihm abrücken sollen. Ich hätte die peinliche Situation durch ein Lachen auflösen und meinen Körper von seinem entfernen sollen. Doch stattdessen stand ich da, gebannt von dem neuen Gefühl zwischen uns.

Erneut fiel sein Blick auf meinen Mund, und ich öffnete die Lippen.

Er beugte den Kopf zu mir herab.

Ich legte meinen in den Nacken.

Langsam, so langsam, dass es schmerzte, berührten sich unsere Lippen. Tastend. Vorsichtig. Unsicher.

Er küsste mich zärtlich. Einmal. Zweimal.

Und alle Unsicherheit flog geradewegs aus dem kleinen Fenster der Festung.

Unsere Münder trafen sich in verzweifelter Sehnsucht, hungrig. Ein gieriges und schamloses Gewirr von Zungen und Ringen nach Luft. Sein heißer Atem strich über mein Gesicht und an meinem Hals hinab, während unsere feuchten Münder einander zu erobern suchten.

Draußen flammte ein Blitz auf und traf so nah neben uns auf die Erde, dass sich die Luft mit Energie auflud und die Wände der Festung bebten.

Levi fasste meine Hüften, während meine Hände, die noch immer die Fahne umklammerten, über seine Schultern glitten. Er zog mich an seinen Mund, nach dem ich mich so sehr sehnte. Ich wimmerte verzweifelt und schämte mich nicht deshalb. Das war Levi. Alles war richtig.

Seine Hände glitten an meinem Körper hinauf und hielten

mein Gesicht; warm lagen sie um meinen Hals, während er mit den Daumen an meinem Kinn entlang und über meine Wangen strich.

Er küsste mich, als würde er mich besitzen. Als hätte nur er das Recht, mich zu küssen. Und genau das wollte ich.

Ich fühlte mich schön und sexy zugleich. Seine Hände glitten wieder hinab zu meinen Hüften, wo er die Finger in die nackte Haut unter meinem Hemd grub. Er berührte meine Haut, er setzte mich in Flammen.

Wir küssten und berührten uns in der kleinen Festung zu dem Klang des wütenden Donners und des schweren Regens, der auf die Holzplanken des kargen Daches fiel und draußen auf die Erde klatschte. In ihm ertrank alles, was ich immer über mich zu wissen geglaubt hatte. Er veränderte mich – veränderte *uns* – für immer. Und es war wunderschön.

Aber das war, bevor alles den Bach hinunterging.

Das ist *nur* ein Käsekuchen. Der ist harmlos.

Dennoch starre ich den Kuchen an, als könnten ihm jeden Augenblick Zähne wachsen und er mir den Arm abreißen.

»Pack ihn einfach ein, Süße, und stell ihn für morgen in den Kühlschrank.« Nichts von meiner Käsekuchenphobie ahnend, hängt Mable ihre Schürze auf und nimmt ihre Tasche. »Um die Garnierung kümmere ich mich morgen.«

Ich nicke.

Charity liebte Käsekuchen.

»Gute Nacht, Liebes.«

»Nacht«, antworte ich halbherzig, während Mable durch die Tür zum Speisesaal verschwindet. Draußen höre ich ein entferntes Donnern. Dann nichts mehr.

Plötzlich ist es ganz still hier drin, und ich kann nichts dagegen tun, dass sich meine Erinnerungen flüsternd in der Stille melden.

Letzten Sommer sind Charity und ich auf eine Party gegangen und haben getrunken. Gesoffen vielmehr. Wir haben immer zu viel getrunken.

Es war der Tag nach meinem spontanen Herumknutschen mit Levi in der Festung, und er und ich hatten seither nicht miteinander gesprochen. Ich war mir nicht sicher, was ich von unserem Kuss halten sollte – oder vielleicht *war* ich mir sicher und habe mich gerade deshalb betrunken. Jedenfalls hatte ich Angst vor Levis Gefühlen für mich, und mit Alkohol fühlte ich mich besser.

Charity trank und amüsierte sich, bis sie auf Daren stieß, der mit einem anderen Mädchen herumknutschte. Sie rastete aus, und es entbrannte ein heftiger Streit. Charity kam hysterisch zu mir und weinte sich wegen Daren die Augen aus, während ich – volltrunken wie ich war – leidenschaftlich mit ihr fühlte.

Obwohl Daren unser auserwählter Fahrer für die Nacht war, wollte ich Charity unbedingt von dieser Party wegschaffen. Ich bestand darauf, dass wir selbst nach Hause fuhren.

»Zur Hölle mit ihm«, sagte ich. »Lass uns bloß aus diesem Loch hier verschwinden!«

»Ja!«, stimmte Charity mir zu. »Ich bin die Nüchternere von uns beiden. Ich fahre!«

Wir waren dumm.

Wir stiegen in Charitys kleinen Wagen, und sie fuhr mit mir auf dem Beifahrersitz auf die Canary Road.

Und dann wurde die Dummheit real.

Wir waren achtzehn und hielten uns für unbesiegbar, hörten laut Musik und fluchten und schimpften gemeinsam auf Daren. Dann tauchte aus dem Nichts Levis Truck vor uns auf und versperrte uns auf Höhe des verbrannten Waldstücks die Straße.

Fluchend drosselte Charity die Geschwindigkeit. »Woher

weiß mein Bruder immer, wo wir sind?« Sie verzog das Gesicht. »Es ist, als hätte er überall Spione.«

»Dein Bruder ist scharf.« Ich kicherte betrunken.

»Iiih. Das ist ja widerlich.«

Ich seufzte und lallte: »Ich will, dass Leaves mich mag.«

»Gott.« Sie verdrehte die Augen. »Das tut er. Leaves liebt dich. Liebt Leaves Liebe? Was wollte ich eigentlich noch mal sagen?«

Kichernd fuhren wir auf den Truck zu.

Levi stand mitten auf der Straße und sah mit seinen zerzausten Haaren und seinen stahlblauen Augen aus wie ein wütender Superheld. Er bedeutete Charity, an den Straßenrand zu fahren. Die Warnleuchten am Truck blinkten in der Nacht.

Charity fuhr an die Seite und hielt, während Levi seinen Truck ebenfalls am Straßenrand parkte. Dann stürmte er zu ihrer Tür.

Er riss sie auf und sagte: »Was zum Teufel ist los mit dir, Charity? Betrunken zu fahren! Beweg deinen Hintern aus dem Wagen!«

Sie fing an zu schluchzen: »Du verstehst das nicht, Leaves. Ich habe Daren dabei erwischt, wie er Sierra Umbridge auf der Party geküsst hat. Er ist so ein Arschloch, ich musste einfach da weg. Deshalb hat Pixie gesagt, wir sollten selbst fahren …«

»Das ist mir egal!« Er beugte sich herein und schaltete die Zündung ab.

»Hör auf, mich anzuschreien!« Charitys Wut ließ ihre Tränen trocknen.

Er fasste ihr Gesicht und sah sie streng an. »Du hast mich zu Tode erschreckt.« Seine Stimme zitterte, er ließ ihr Kinn los. »Setz dich in den Truck.«

»Ich bin wirklich nicht so betrunk …«

»*Sofort!*«, sagte er, seine Stimme klang Furcht einflößend leise.

Sie schüttelte den Kopf. »Nein. Ich brauche meinen Wagen morgen, um zur Arbeit zu fahren, und …«

»Gut«, brummte er. »Setz dich auf die Rückbank, ich fahre deinen Wagen.«

Schnaufend kletterte sie aus dem Auto und taumelte auf ihren hohen Absätzen zur hinteren Tür.

Levi stieg auf den Fahrersitz und durchbohrte mich mit seinem intensiven Blick und ich schwöre, mit diesem einen Blick ist ein Stück meines Herzens zerbrochen.

Ich biss mir auf die Lippe. »Du siehst wütend aus.«

»Ich *bin* wütend.« Er beugte sich herüber und überzeugte sich, dass mein Sicherheitsgurt eingerastet war, dann schloss er die Tür und schnallte sich ebenfalls an. »Betrunken zu fahren ist dumm. Du weißt es besser, Pix.«

Eine Träne rollte über meine Wange. Ich wusste es besser. Ich hatte ihn enttäuscht. Ich hatte ihm Angst gemacht. Wahrscheinlich hatte ich ihn sogar für immer verloren.

Charity kletterte auf die Rückbank und fummelte an ihrem Sicherheitsgurt herum, bis er einrastete. Levi lenkte den Wagen wieder auf die Straße, fuhr an dem verbrannten Gelände vorbei und schrie uns beide an, dass wir es besser wissen sollten. Und dann …

Ich weiß es nicht.

Lichter. Hupen. Zischende Geräusche.

Dann wurde alles schwarz.

Als ich das Bewusstsein wiedererlangte, lag ich in einem Krankenhausbett. Ich hing am Tropf, um mich herum piepten Maschinen, und in meinem Hals steckte ein Beatmungsschlauch. Von einer dicken Glasscherbe, die sich in meinen Körper gebohrt hatte, hatte ich einen hässlichen Schnitt auf der Brust, und meine Lunge war kollabiert.

Ich war kaum noch am Leben.

Levi lag bewusstlos ein Stockwerk unter mir.

Und Charity war tot.

Meine beste Freundin war tot.

Ich versuche, meine Erinnerungen fortzuschieben, während ich auf den Käsekuchen starre. Die Erinnerungen schmerzen. Sie schmerzen so sehr. Aber es nützt nichts.

Sie kehren kreischend zurück und schneiden mich wie diese verdammte Glasscherbe, bis ich verloren und einsam und völlig fertig unter der dämmerigen Küchenlampe stehe.

Und jetzt weine ich.

20

Levi

Es ist mein erstes Spiel als Quarterback an der ASU. Meine Eltern sitzen mit Charity und Pixie auf der Tribüne. Alle feuern mich an. Die Mädchen tragen beide Jacken mit meinem Namen und meiner Nummer auf dem Rücken, und Pixie hat sich einen Sun Devil – unser Maskottchen – ins Gesicht gemalt.

Noch nie war ich so glücklich. Meine Träume sind zum Greifen nah und jeder, der mir etwas bedeutet, feuert mich an. Ich kann es schaffen. Ich werde es schaffen.

»Los, Leaves!«, ruft Charity von der Tribüne. Ich weiß nicht, warum ich sie höre oder woher ich weiß, dass es Charitys Stimme ist, aber es ist so. Und ich bin stolz.

Ich schrecke aus dem Schlaf hoch und ringe um Atem. Eine dünne Schweißschicht bedeckt meine Brust, während ich mich zu beruhigen versuche. Ich starre durch mein dunkles Zimmer auf die frischreparierte Wand, mein Herz hämmert und meine Lunge fühlt sich eng an, sie brennt.

Ich will mich nicht erinnern. Ich will mich nicht erinnern.

Sie war so stolz …

Meine schmerzende Brust wird enger und enger, bis ich es im Bett nicht mehr aushalte. Ich stehe auf. Ich laufe hin und her. Ich fahre mir mit den Händen durch die Haare, während ich über den Holzfußboden tappe.

Mein Fenster klappert, ein Donner ertönt und draußen zuckt ein weißgezackter Blitz über den Himmel. Die beigen

Umschläge auf meinem Schreibtisch leuchten und ermahnen mich, sie nicht noch länger zu ignorieren.

Beige Umschläge. Albträume.

Erbarmungslose Mistkerle, wirklich.

Ich schnappe mir einen Umschlag und reiße ihn auf. Ich weiß genau, was ich darin finden werde. Der Briefkopf zerknittert, während ich den Brief langsam auseinanderfalte.

Lieber Mr. Andrews,
ich verstehe, dass Ihr Leben im letzten Jahr eine tragische Wendung genommen hat. Es ist verständlich, dass Sie mit Ihrem Studium pausiert haben. Aber als Dekan der Arizona State University bleibt mir keine andere Wahl, als Sie zu exmatrikulieren, bis Sie mit neuen Perspektiven an unsere Schule zurückkehren. Ihre akademische Bewährungszeit ist vorübergehend und kann jederzeit aufgehoben werden, sobald Sie einen Aufsatz zum Thema »Siegen« in meinem Büro abgegeben haben.
Siegen ist nicht nur Sportlern vorbehalten. Es betrifft alle Bereiche, in denen man es zu etwas bringen will. In Ihrem Fall: akademisches Ansehen. Ich hoffe, Ihren Aufsatz bis Ende des Sommers auf meinem Schreibtisch vorzufinden, sodass die Arizona State University Sie im kommenden Herbst sowohl in der Universität als auch auf dem Footballfeld wieder willkommen heißen darf.
Mit freundlichen Grüßen
Dekan Maxwell

Erneut leuchtet ein Blitz am schwarzen Nachthimmel auf und endlich brechen die Wolken auf und lassen all das Wasser frei, das sie den ganzen Sommer über zurückgehalten haben. Das Unwetter trifft laut, dunkel und wild auf die Erde, während ich erneut den Brief lese.

Dann zerknülle ich ihn und werfe ihn in den Papierkorb.

Die Dämonen sollen sich zur Hölle scheren.

Es hat die ganze Nacht durchgeregnet und am Morgen sieht es nicht so aus, als würde es sobald wieder aufhören. Mein Schlaf war von Albträumen und Wahrheiten geplagt, erschöpft wälze ich mich aus dem Bett, um schnell zu duschen.

Als ich aus dem Badezimmer trete, steht Pixie mit ihren Duschsachen davor und sieht mich mit leerem Blick an.

Wir haben seit Tagen nicht miteinander gesprochen.

Schweigend gehen wir aneinander vorbei, ohne etwas zu sagen, ohne uns zu berühren.

Nachdem ich mich angezogen habe, eile ich aus dem Ostflügel und hole meine To-do-Liste bei Ellen ab. Zuerst soll ich eine kaputte Schublade hinter dem Empfangstresen reparieren.

Als ich gerade die Lobby erreiche, stürmt Haley durch die Eingangstür. Auf dem Weg zur Rezeption rutscht ihr ihre riesige Tasche von der Schulter.

»Bin schon da, bin schon da!«, ruft sie völlig außer Atem.

Haley hat ein Problem mit Pünktlichkeit.

Ihr orangefarbenes Shirt ist vom Regen dunkel gepunktet, und ihre Schuhe quietschen auf den Holzbohlen. Mit einem lauten Plumps lässt sie die Tasche fallen, an der das Wasser in Strömen herabrinnt, und steckt ihre dicken schwarzen Haare hinter die Ohren.

»Hey, Levi!« Sie winkt mir zu, obwohl ich direkt neben ihr stehe.

Ich steige über ihre riesige Tasche.

»Hey.« Während es draußen donnert und die Fensterscheiben vibrieren, untersuche ich die beschädigte Schublade.

»Ellen ist noch nicht da, oder?« Haley blickt sich nervös um, während sie auf dem Computer herumtippt, Sachen durchwühlt und so tut, als würde sie bereits seit einer Stunde intensiv arbeiten.

»Sie ist in ihrem Büro«, antworte ich.

Haley seufzt erleichtert auf, hebt erneut ihre Tasche hoch und wühlt darin herum, bis sie einen Schokoriegel findet. »Und? Wie geht's?«

»Gut.« Ich ziehe die Schublade heraus und betrachte die kaputte Schiene.

Sie beißt von ihrem Riegel ab. »Und … wie läuft's mit der Arbeit?«

»Gut.«

»Und … wie geht's Pixie?«

Ich runzele die Stirn. »Woher soll ich das wissen?«

Sie zuckt die Schultern. »Du wohnst mit ihr zusammen.«

»Ich wohne nicht mit Pixie zusammen.«

»Du wohnst *neben* ihr.«

»Was nicht dasselbe ist, wie mit ihr *zusammen* zu wohnen.« Ich knie mich auf den Boden und kümmere mich um die kaputte Schiene.

»Du weißt also nicht, wie es ihr geht?«

»Nein.«

Ein Augenblick vergeht, Haley beißt noch ein Stück von ihrem Schokoriegel ab und beobachtet mich genau. »Weißt du, was ich denke?«

Ich seufze.

»Ich glaube, Pixie ist traurig«, fährt sie fort, »und das nicht wegen der Sache mit der Hure.«

Verdammtes Getratsche!

»Ich glaube, sie ist traurig, weil sie dich vermisst.«

Ich schraube heftiger an der kaputten Schiene als nötig wäre. »Nein, ich glaube es ist wegen der Sache mit der Hure.«

Ihr Blick brennt in meinem Nacken. »Würde es das für dich leichter machen?«

»Was leichter machen?«

»Dass du sie vermisst.«

Ich starre auf die Schublade, verfluche die kleinstädtische Neugier und die unangenehmen Gespräche, die sie mit sich bringt, und öffne meinen Mund, um ihr eine sauber formulierte Widerrede zu servieren – da geht der Feueralarm los.

Chaos bricht aus, die Gäste strömen aufgeregt aus ihren Zimmern in die Lobby. Ich lasse mein Werkzeug fallen, haste zum Kontrollkasten des Systems im hinteren Teil der Lobby und reiße die Tür auf, um zu sehen, welches Zimmer den Alarm ausgelöst hat. Mein Herz setzt aus.

Die Küche.

Während ich sofort in Richtung Küche renne, schaffe ich es gerade noch, keine Gäste umzurennen. Wenn Pixie etwas passiert ist, wenn etwas explodiert und sie verwundet ist, wenn sie verbrannt wurde …

Oh Gott. OH GOTT!

Der kreischende Alarm erstickt alle anderen Geräusche, während ich um Ecken und durch Türen flitze. Als ich die Küche schließlich erreiche, kauert Pixie mit dem Rücken zu mir auf dem Boden.

»Pixie!« Ich denke nicht. Ich stürze neben ihr auf den Boden und nehme sie in die Arme, eiskalte Angst schießt durch meinen Körper, als ich ihr Gesicht zu mir drehe.

Sie sieht mich verwirrt an und hält sich die Ohren zu, um sich vor dem plärrenden Alarm zu schützen. Ich brauche eine Weile, um zu merken, dass sie nicht verletzt ist. Ich blicke mich um. Kein Feuer. Kein Rauch. Es geht ihr gut.

Sie atmet. Sie lebt. Sie hat einen weißen Fleck auf der Wange, aber sonst ist alles gut.

Ihr Blick fällt auf meine Brust und erst da bemerke ich, dass ich sie an mich drücke, eine Hand an ihrem Hinterkopf, die andere auf ihrem Rücken.

Es geht ihr gut.

Ich lasse sie langsam los und wir stehen beide auf. Ich wische mir mit zitternder Hand über den Mund.

Sie muss die Angst in meinen Augen gesehen haben, denn sie hebt die Stimme, um gegen den kreischenden Alarm anzukommen und erklärt: »Ich habe gehört, wie der Alarm losging. Mable und ich sind aus der Hintertür gelaufen, aber ich hatte vergessen, das Gas abzudrehen. Deshalb bin ich zurückgekommen, und dann habe ich den Puderzucker umgeworfen und auf dem ganzen Boden verteilt.«

»Pixie!« Mable winkt panisch von der Hintertür aus. »Komm da raus.«

Draußen versammeln sich Gäste und Angestellte unter der Laube am Ende des Feldes – der Regen fällt stetig auf den Lavendel um sie herum.

Pixie sieht mich eine weitere Sekunde lang an, dann geht sie zu Mable. Nachdem sie die Küche verlassen hat, beginnt mein Herz erneut zu schlagen, und ich eile zurück zur Lobby. Ellen führt die Gäste aus ihren Zimmern und zu den hinteren Ausgängen, während Angelo alle weiter zur Laube bringt.

»Wo ist das Feuer?«, kreischt Ellen mir durch den Krach in der Lobby zu.

Ich schüttele den Kopf. »Es gibt keins!«

»Was?« Sie kann mich durch den Alarm und die umhereilenden Gäste nicht hören.

Ich renne zurück zum Kontrollkasten, schalte den Alarm aus und lasse es still im Gasthaus werden. Als die letzten Gäste aus der Hintertür eilen, laufe ich um den Westflügel herum, blicke nur für alle Fälle in jedes Zimmer und schnuppere nach Brandgeruch. Nichts. Ich durchsuche den Speisesaal, die Toiletten, aber nirgends ist ein Feuer zu entdecken.

Als ich wieder zurück in die Lobby komme, entspanne ich mich langsam. Es droht keine Gefahr. Pixie geht es gut.

»Was ist passiert?«, fragt Ellen, die am Empfang steht und unglaublich angespannt aussieht.

»Irgendetwas in der Küche hat den Alarm ausgelöst «, sage ich. »Wahrscheinlich ist Regen in das alte Leitungssystem eingedrungen.«.

»Kein Feuer?« Pixie, die sich offenbar nicht an Mables Anweisungen gehalten hat und zu den anderen unter die Laube gegangen ist, tritt mit besorgtem Blick neben Ellen.

»Kein Feuer«, bestätigt Ellen.

Mein Blick trifft Pixies, und wir starren einander an. Noch immer hat sie Puderzucker auf der Wange. Warum schlägt mein Herz so heftig?

»Charity ist am Telefon.«

Unsere Köpfe fliegen schlagartig zu Haley herum, die Ellen das Telefon reicht.

»Charity von der Alarmgesellschaft«, erklärt Haley rasch und sieht uns mit entschuldigendem Blick an.

»Ach.« Ellen nimmt das Telefon und entfernt sich ein paar Schritte, während sie spricht.

»Du liebe Zeit, Frau! Du gehst ans Telefon?«, ruft Angelo Haley von der Hintertür aus zu. »Willst du, dass ich einen Herzinfarkt bekomme? Beweg deinen hübschen Hintern nach draußen, damit ich dich in Sicherheit weiß.«

»Herrgott noch mal, ich komme ja.« Sie eilt zur Tür. »Ich musste ans Telefon gehen, Ang. Es war Charity von der Alarmfirma…« Als die Hintertür zugeht, ersterben ihre Stimmen.

Und dann sind nur noch Pixie und ich übrig. Wir stehen in der Lobby, denken an Charity und vermeiden es, uns in die Augen zu sehen.

Ich sollte etwas sagen, das ihr hilft.

Etwas wie: *Es tut mir leid, dass ich deine beste Freundin umgebracht habe.*

Oder: *Es tut mir leid, dass ich dich fast umgebracht hätte.*

Oder noch besser: *Es tut mir leid, dass ich dem Schicksal ins Handwerk gepfuscht und alles versaut habe.*

Doch ich sage nichts. Mir ist klar, dass meine Schuld nicht völlig rational ist, dennoch empfinde ich so.

Pixie sieht mich mit undurchdringlichem Blick an und schluckt: »Ich bin froh, dass es dir gut geht. Als der Alarm losging …«, sie presst die Lippen aufeinander. »Ich bin froh, dass es dir gut geht.«

Und zum zweiten Mal an diesem Tag setzt mein Herz aus.

»Pix, ich … wenn dir je irgendetwas …« Bin ich mutig genug, etwas Ehrliches zu sagen? Etwas Aufrichtiges? »Ich bin auch froh, dass es dir gut geht«, sage ich, weil ich ein Feigling bin.

Sie nickt, und wir schweigen.

Ich verlagere mein Gewicht von einem Fuß auf den anderen. »Wegen neulich …«

»Ist schon okay.« Sie winkt ab.

»Nein, das ist es nicht.« Ich schüttele den Kopf. »Es ist nicht okay. Ich hätte dich nicht als Hure bezeichnen dürfen. Ich bin ein Idiot, und es tut mir leid. Ehrlich.«

Sie zuckt die Schultern. »Tun wir einfach so, als wäre es nicht passiert.«

Ich nicke langsam. Klar. Darin sind wir gut; so zu tun, als wären Dinge nicht passiert.

21
Pixie

Als ich sieben Jahre alt war, verbrachte ich fast jedes Wochenende bei Charity. In einer jener Nächte, in denen meine beste Freundin und ich in unseren Mein-kleines-Pony-Schlafsäcken im Schein ihrer Nachtlampe lagen, erwachte ich zitternd aus einem Albtraum und war überzeugt davon, dass Monster hinter mir her wären.

Ich schlich auf Zehenspitzen aus Charitys Zimmer zum Bad – aus irgendeinem Grund dachte ich, Badezimmer seien monsterfreie Zonen – und hörte auf meinem Weg durch den dunklen Flur auf einmal eine Stimme.

»Was machst du da?«, flüsterte Levi.

Ich erschrak zu Tode und sprang zur Seite und fing an zu weinen und plapperte von meinem gruseligen Traum und dass überall Monster seien und ich sterben würde.

Er sah mich an, als sei ich verrückt, während Tränen und Rotz mein Gesicht hinunterliefen.

»Nicht weinen, Pixie. Hey …« Er trat aus seinem Zimmer und zog mich zögernd in seine Jungenarme. »Wenn ich irgendwelche Monster sehe, schlage ich sie zu Brei, okay?«

Meine Tränen und mein Rotz versiegten, während ich in seinen dürren Armen bebte. Wenn Levi die Monster zu Brei schlug, war ich sicher.

»Willst du etwas Cooles sehen?«, fragte er, zweifellos, um mich abzulenken.

Ich nickte.

Er führte mich zu einem der oberen Fenster, das zum Garten hinausging, öffnete es, kletterte hinaus auf das Dach der darunter liegenden Veranda und bedeutete mir, ihm zu folgen. Was ich tat. Seite an Seite saßen wir auf dem Dach und blickten zum Nachthimmel hinauf.

»Das mache ich immer, wenn ich schlecht geträumt habe«, sagte er. »Hier draußen gibt es keine Monster.« Er klang sehr sachlich in seinem Superman-Pyjama und mit seinen zerwuschelten Haaren.

Während ich die funkelnden Sterne und die stillen Schatten der Nacht betrachtete, wurde mir klar, dass er recht hatte. Hier draußen gab es keine Monster. Oder zumindest nicht, solange ich neben Levi saß.

Das war das erste Mal, dass Levi Andrews mein Held war.

Und gestern, als er dachte, ich sei verletzt und zu Tode erschrocken aussah, war es, als wäre er wieder dieser achtjährige Junge. Der mich beschützt. Der mich ansieht, als sei ich es wert, gerettet zu werden. Und ich hätte weinen mögen um alles, was wir verloren haben. Alles, was die Nacht vernichtet hat, in der ich Charity betrunken Auto fahren ließ.

Ich schlucke und schiebe die Erinnerungen wieder zurück in die kühle Ecke meines Kopfes, in der ein Großteil meiner Kindheit verschlossen ist, dann trete ich aus meinem Zimmer.

Levi ist unter der Dusche und nimmt wieder das gesamte heiße Wasser in Beschlag, was mich sowohl wütend macht als auch erleichtert. Der gestrige Schreck hat das Schweigen zwischen uns beendet, und es herrscht eine unausgesprochene Waffenruhe. Dafür ertrage ich jederzeit locker eine kalte Dusche.

Als er schließlich aus dem dampfenden Badezimmer tritt, setze ich meine beste »Ich-bin-stocksauer-Miene« auf und starre ihn wütend an. Natürlich ist er nur mit einem Handtuch bekleidet und ich bin vorübergehend abgelenkt.

»Du wartest vor der Tür, Pix?« Er sieht mich mit einem frechen Grinsen von der Seite an. »Hast du es auf mich abgesehen?«

Ich hebe gelangweilt eine Braue. »Nur mit meinem Gewehr.«

Okay, das ist ein schlechter Spruch, aber was soll's. Es ist noch früh. Und er trägt nur ein Handtuch. Man kann keine geistreichen Kommentare von mir erwarten, wenn ich verschlafen und erregt bin.

Ich versuche, um ihn herum ins Bad zu gelangen, aber er versperrt mir den Weg. Da sich seine nackte Brust dicht vor meinem Gesicht befindet, fällt mein Blick auf die Haut um seinen Nippel und heiße Lust durchströmt mich. Ich kann mich gerade noch beherrschen, ihn nicht abzulecken.

Das ist es also, worauf ich inzwischen reduziert bin. Nippelleckfantasien.

»Wenn du mich unbedingt nackt sehen willst, musst du mich nur darum bitten.« Er zwinkert.

»Aus dem Weg, Arschloch.« Ich lege eine Hand auf seine Brust und schiebe ihn aus dem Bad in den Flur, feuchte Hitze umfängt mein Handgelenk.

Beim Sprechen vibriert seine Brust, was sich auf meinen Arm überträgt. »Ach, Pix. Du weißt, dass du mich liebst.«

Ich nehme meine Hand von seiner Brust. »Ich weiß, dass ich dich nicht ausstehen kann.«

»Nichts als leere Versprechungen«, sagt er mit einem schiefen Lächeln, während ich die Badezimmertür zuknalle.

Doch für einen Augenblick – für eine superwinzige Sekunde, kurz bevor ich ihm die Tür vor der Nase zuschlage – sehen wir uns in die Augen, und er sieht verletzlich aus.

Da ist keine Maske. Keine höhnischen Bemerkungen. Nur

er und ich. Wir wissen um die schrecklichen Dinge, von denen wir lieber nichts wüssten und die wir so gern ungeschehen machen würden, es aber nicht können. Sein Blick ist wund und ehrlich, und mir ist zum Heulen zumute.

Doch er blinzelt.

Und ich blinzele.

Und dann ist es vorbei.

Die Badezimmertür fällt ins Schloss, und ich bin allein in dem nach Minze duftenden Bad mit meiner Narbe und einem unendlichen Vorrat an kaltem Wasser.

22
Levi

Notiz für mich: Pixie nicht mehr in die Augen schauen. Von nun an starr auf ihren Mund oder ihre Nase oder einfach irgendwo anders hin. Aber nicht in ihre Augen. Sie blickt in mich hinein und sieht Dinge, die ich zu ängstlich bin, laut auszusprechen.

Auf meinem Weg zu Ellens Büro komme ich bei Haley vorbei, die rasch den Blick abwendet.

Sie fühlt sich schlecht, weil sie gestern den Namen Charity ausgesprochen hat – ist das nicht lächerlich? Die Leute sollten nicht so viel Angst vor Pixie und mir haben, dass sie sich nicht mal trauen, den Namen Charity in unserer Gegenwart auszusprechen. Das ist Unsinn. Pixie und ich haben damit kein Problem.

Ich reibe mir den Nacken, weil das eine üble Lüge ist.

Ich biege um eine Ecke und gehe den hinteren Flur hinunter.

Die meisten Leute, die jemand Nahestehenden verlieren, stützen einander in ihrem Kummer.

Nicht so Pix und ich.

Nachdem Charity gestorben ist, haben Pixie und ich nicht mehr miteinander gesprochen.

Tatsächlich habe ich Pixie vor ein paar Wochen das erste Mal seit Charitys Beerdigung wiedergesehen, als sie anfing, im Inn zu arbeiten. Ihre Anwesenheit traf mich völlig unerwartet.

Als ich aus meinem Zimmer kam, stand sie da in ihrem gelben Kleid, wirkte verloren und angekommen zugleich.

Die kleine Pixie, die ich mein ganzes Leben lang geliebt und in einer Nacht zerstört habe, stand mit rosa Zehennägeln und einem blauen Koffer vor meinem Zimmer und sah mich mit einem Blick an, der mir ein Gefühl von Zuhause gab.

Und Gott, wie sehr wünschte ich mir, zu Hause zu sein.

Doch die Schuld ist ein gieriger Mistkerl, und so wurden alle Gedanken daran, sie zu umarmen und sie um Verzeihung zu bitten, dass ich Charity verletzt – *sie* verletzt – hatte, von meiner Scham zunichtegemacht.

Wir standen im Flur, starrten einander verwirrt an und begannen eine sehr angestrengte Unterhaltung.

»Äh … was machst du …?« Mir fehlten die Worte.

Sie befeuchtete ihre Lippen. »Ich arbeite hier. In der Küche. Für meine Tante. Das Semester ist zu Ende und ich konnte die Vorstellung nicht ertragen, bei meiner Mutter zu wohnen.«

»Oh.« Ich nickte und starrte auf ihren Mund. »Das hat Ellen wohl vergessen, mir zu sagen.«

Pixie verlagerte ihr Gewicht. »Was, äh … was machst du hier?«

»Ich arbeite hier.«

»Oh.«

Ich zögerte. »Und ich wohne hier.«

Kurz weiteten sich ihre Augen, dann wirkten sie ausdruckslos. »Ach, wirklich.« Sie sog die Luft ein. »Das hat Ellen mir nicht gesagt.«

Peinliche Stille.

Ich räusperte mich. »Wenn du in der Küche arbeitest, was führt dich dann hier nach oben in den Ostflügel?«

Sie biss sich auf die Lippe. »Äh, mein Zimmer ist hier oben?«

»Dein Zimmer?«

»Ja, ich äh … ich wohne jetzt auch hier.« Sie deutete auf das Zimmer neben meinem, und ich nickte, gleichzeitig aufgeregt und schockiert. Vor allem schockiert.

Ich nickte langsam. »Dann teilen wir uns ab jetzt wohl ein Bad.«

Ihr Blick glitt zwischen mir und dem Bad hin und her, dann zu unseren Zimmertüren. »Ich schätze mal.«

Wir sahen uns in die Augen, und plötzlich hing diese dumme sexuelle Spannung in der Luft und umwehte uns.

Erneut räusperte ich mich. »Bis dann.« Ich lief die Treppe hinunter, um der Hitze ihres Körpers und ihren hübschen grünen Augen zu entkommen.

Das war das erste Gespräch, das wir seit der Unfallnacht geführt haben, und in allen Gesprächen seither haben wir kein einziges Mal Charitys Namen erwähnt.

Wir tun so, als wäre Charity noch am Leben. Ich behandele Pixie wie meine nervige kleine Schwester, und sie macht mit. Es funktioniert. Es hilft. Es ist vertraut.

Aber es ist ein Jammer.

Ich erreiche Ellens Büro und klopfe an die Tür.

»Herein«, sagt sie von innen.

Ich trete ein und lasse die Tür offen. »Hast du meine Liste für heute?«

Sie blickt von ihrem Computerbildschirm auf und reicht mir ein Stück Papier; sie wirkt erschöpft und angespannt.

»Was ist los?« Ich nehme die Liste entgegen.

Sie seufzt und reibt sich die Schläfen. »Gestern war eine Katastrophe. Ich kann es mir nicht leisten, dass der Feueralarm jedes Mal losgeht, wenn es regnet. Die Gäste drehen ja durch.«

Ich zucke die Schultern. »Dann lass ein moderneres System einbauen.«

»Ja, schon.« Sie blickt wieder auf den Computer. »Aber ich weiß nicht, wo ich anfangen soll. Ich habe den ganzen Morgen Alarmsysteme studiert und es gibt so viele, und ich habe tonnenweise andere Sachen zu tun, und heute Nachmittag kommt ein Haufen neuer Gäste an, und ich bin einfach völlig überlastet.«

»Ich übernehme das.« Ich lächele, zum einen, weil mein Angebot ehrlich gemeint ist, und zum anderen, weil Ellen mich an Pixie erinnert, wenn sie so drauflosredet. »Ich recherchiere und finde heraus, welches System am besten zum Inn passt.«

Ihre haselnussbraunen Augen hellen sich auf. »Wirklich? Ach, Levi, das wäre großartig.«

Haley klopft an die offene Bürotür und sieht zu mir. »Du hast, äh … Besuch.«

Ich runzele die Stirn. »Besuch?«

»Besuch.«

»O-kay.« Ich blicke wieder zu Ellen. »Ich kümmere mich diese Woche um die Recherche, wie klingt das?«

Sie strahlt. »Klingt hervorragend.«

Ich verlasse ihr Büro und folge Haley zurück in die Lobby, wo ich auf Zack stoße, der den Flyer zum Vierten Juli studiert, der neben der Eingangstür hängt – neben sich, an einer Leine, steht die Ziege.

»Das ist nicht dein Ernst, Kumpel?«, sage ich, als ich zu ihm gehe. »Du hast die Ziege mit reingebracht?«

Er dreht sich zu mir um. »Er hat einen Namen, weißt du? Das ist Marvin.«

»Du hast die Ziege mit *reingebracht.*«

»Na, ich kann ihn nicht im Wagen lassen. Er weint und schreit, und das ist sehr beunruhigend. Es ist, als würde man ein behaartes Kleinkind herumfahren.« Zack deutet auf den Flyer. »Davon hast du mir gar nichts erzählt.«

»Von der Vierten-Juli-Sache?«

»Nein. Von dem Cornhole-Turnier bei der Vierten-Juli-Sache. Daran werden wir auf jeden Fall teilnehmen.«

»Nein, werden wir nicht.«

»Oh doch, das werden wir.«

Ellen stakst auf ihren hohen Absätzen durch die Lobby, bleibt stehen und dreht sich zu Zack um.

Sie deutet auf Marvin. »Ist das eine Ziege?«

Zack nickt. »Ja, Ma'am.«

»In meiner Lobby?«

»Ja, Ma'am. Aber es ist eine freundliche Ziege.«

Ellen setzt ein höfliches Lächeln auf. »Es ist mir egal, ob sie Stepptanzen kann. Ich will, dass sie hier verschwindet.«

»Ooh, gemein«, antwortet er, »aber gerecht. Komm, Junge.« Er zieht Marvin weg vom Schwarzen Brett, wo er gerade die Flyer für den Bingoabend anknabbern will.

Ellen wendet sich zum Gehen und während sie mit klappernden Absätze über den Holzfußboden läuft, flötet sie über die Schulter: »Danke, Zack. Es ist mir immer eine Freude, dich zu sehen.«

»Sie auch, Miss Marshall«, ruft Zack und senkt die Stimme, während er ihr mit offenem Mund hinterherstarrt. »Glauben Sie mir, die Freude ist ganz auf …«

»Alter.« Ich starre ihn an. »Im Ernst?«

Er reißt den Blick von Ellen los und setzt ein unschuldiges Grinsen auf. »Was?«

Ich schüttele den Kopf. »Du bist lächerlich. Komm mit.«

Zack, Marvin und ich gehen zur Hintertür hinaus und stehen neben dem Lavendelfeld, als die Sonne hinter ein paar letzten Sturmwolken hervorkommt. Der Geruch von Regen hängt noch in der feuchten Luft, aber das Unwetter ist vorüber.

Ich verschränke die Arme. »Warum bist du hier?«

»Ganz direkt. Das gefällt mir.« Zack zieht Marvin von den Blumentöpfen fort, die Ellen neben der Hintertür aufgestellt hat. »Du bist ein dickköpfiger Idiot.«

Ich hebe eine Braue. »Ich? Oder die Ziege?«

»Ihr beide.« Als Marvin im Kreis um ihn herumläuft, versucht Zack sich aus der Leine zu winden. »Aber besonders du.« Marvin reißt an der Leine und Zack damit fast von den Füßen.

»Das bezweifle ich«, sage ich.

Zack befreit sich aus der verdrehten Leine, stößt die Luft aus und sieht mich an. »Der Trainer sagt, du hättest auf Dekan Maxwells Bitte noch nicht einmal geantwortet.«

Ich fahre mir mit der Hand durch die Haare und murmele: »Nicht das schon wieder.«

»Es ist nur ein verdammter Aufsatz. Das schaffst du. Zur Hölle, du kannst auch jemanden dafür bezahlen.«

»Es geht um mehr als einen Aufsatz«, widerspreche ich. »Es geht um mich. Ich habe den Fokus verloren. Und ich weiß noch nicht mal, ob ich überhaupt zurückgehen will.«

Als Marvin erneut im Kreis läuft, steigt Zack über die Leine. »Was dann? Willst du für den Rest deines Lebens Toiletten reparieren?«

Ich zucke die Schultern, verspüre jedoch einen gewissen Druck. »Vielleicht.«

Das ist meine größte Angst. Es ist überhaupt keine Schande als Hausmeister zu arbeiten. In gewisser Weise ist es eine ziemlich lohnende Arbeit. Aber ich will das nicht mein Leben lang machen. Doch mit jedem Tag, der vergeht, habe ich das Gefühl, dass meine Chancen, als etwas anderes zu arbeiten, in immer weitere Ferne rücken.

Zack flucht und zieht Marvin von den Lavendelbüschen fort. »Du bist unglaublich. Und selbstsüchtig.«

»Ich? Oder die Ziege?«

Zack blickt auf. »DU, Alter!«

»Ich bin selbstsüchtig?«

»Ja«, bestätigt er voller Ernst. »Ich und die anderen haben uns damals entschieden, in diesem Team zu spielen, weil der verdammte Levi Andrews unser Quarterback sein würde.

Hier geht es nicht mehr nur um dich. Lass uns nicht hängen. Krieg deinen verdammten Kopf wieder klar, komm zurück und spiel.«

Oh, Mist!

Die Küchentür geht auf, und Pixie kommt mit einem Müllbeutel heraus. Sie wirft ihn weg, ohne uns zu bemerken, bis Zack seine große Klappe aufreißt.

»Sarah!«, ruft er fröhlich.

Auf seinem Gesicht erscheint ein breites Grinsen. »Hey, Zack.« Ihr Lächeln verblasst ein wenig, als sie meinem Blick begegnet, dann sieht sie rasch wieder zu Zack. »Wie geht's … ist das eine Ziege?«

Marvin stößt ein Geräusch aus, das auf unheimliche Weise an das Schreien eines kleinen Kindes erinnert.

»Das ist Marvin«, sagt er. »Er isst alles und schreit wie ein unruhiges Baby, um Aufmerksamkeit zu bekommen. Ich Ziegen-sitte ihn diesen Sommer.«

»Warum?« Sie tritt zur Seite, als Marvin an ihrer Schürze lecken will. »Hast du eine Wette verloren?«

Er grinst. »Besser. Ich habe eine Telefonnummer gewonnen.«

Sie schüttelt den Kopf. »Für ein scharfes Mädchen schreckst du vor nichts zurück.«

»Anwesende eingeschlossen.« Er zwinkert.

»In dem Fall …« Sie deutet auf mich. »Meinst du, du kannst diesen Schwachkopf dazu bringen, nicht immer das gesamte warme Wasser zu verbrauchen, damit ich nicht jeden Morgen kalt duschen muss?«

Ich starre sie wütend an, woraufhin sie nur eine Braue hebt.

»Levi verhindert, dass du warm duschst?« Zack wendet sich zu mir um und sagt langsam: »Interessant.«

Ich blicke zu Pixie. »Vielleicht könntest du dir einen Wecker stellen und das warme Wasser selbst verbrauchen.«

Sie sagt: »Vielleicht könntest du abends duschen und uns beiden den Ärger ersparen.«

»Vielleicht könntest du aufhören, an mir herumzunörgeln.«

»Vielleicht könntest du für den Rest des Sommers einen halben Bart tragen.«

»Wow.« Zack wirkt äußerst amüsiert, während sein Blick zwischen uns hin und her schnellt. Er nickt. »Das fühlt sich gut an. Das fühlt sich *richtig* an.«

Marvin gibt einen weiteren Ziegenschrei von sich.

»Wie dem auch sei«, sagt Pixie. »Ich habe noch zu tun. Es war nett, dich zu sehen, Zack.« Sie winkt ihm zu, dann geht sie wieder ins Haus.

»Bis dann.« Zack sieht ihr hinterher, bis sie verschwunden ist, dann wendet er sich wieder mir zu. Er lächelt.

Ich starre ihn an. »Was?«

Er lacht. »Ich weiß wirklich nicht, was du damit bezweckst, aber du musst deinen Kram langsam wirklich mal auf die Reihe bekommen.«

Ich seufze und weiche zurück, als Marvin mir in den Fuß beißen will. »Ich weiß, ich weiß. Alle wollen, dass ich diesen verdammten Aufsatz schreibe.«

»Nein, ich meine Sarah«, erklärt er. »Aber ja. Die Sache mit dem Aufsatz auch.« Er stößt einen Pfiff aus. »Verdammt, Alter. Du hast eine ganze Menge zu regeln.«

Marvin blickt auf und schreit erneut.

»Erzähl mir was Neues.«

Nachdem ich mit meiner Arbeit fertig bin, mache ich mich wieder auf den Weg nach oben. Als ich unten um das Treppengeländer biege, kommt mir Ellen von oben mit einem Stapel Post entgegen.

»Da bist du ja.« Sie lächelt und drückt mir die Umschläge an die Brust. »Noch mehr Post.«

»Meine Güte. Danke.« Ich nehme ihr die Briefe ab.

»Jederzeit.« Sie geht an mir vorbei.

Ich verziehe mich nach oben in mein Zimmer und werfe die Briefe auf den Schreibtisch. Einer der Umschläge rutscht über die Schreibtischplatte, stößt gegen meinen Laptop und erweckt den Bildschirm zum Leben. Mein E-Mail-Fenster starrt mir mit einer neuen Nachricht entgegen. Ich trete näher und sehe, dass sie von meiner Mutter stammt. Augenblicklich schnürt sich meine Brust zusammen.

Ich habe seit Monaten nicht mit meinen Eltern gesprochen.

Nachdem Charity gestorben ist, sind sie irgendwie verrückt geworden. Anstatt gemeinsam mit dem Tod ihrer Tochter klarzukommen, haben sie sich gegenseitig fertiggemacht. Sie haben sich ständig gestritten. Sie haben unendlich getrauert. Aber nicht gemeinsam. Sie wussten nicht, wie sie sich trösten sollten, also haben sie sich beide immer mehr in ihrem eigenen Kummer vergraben.

Sie haben sich drei Monate nach dem Unfall getrennt und beide sind aus der Stadt weggezogen.

Mein Vater hat eine neue Stelle in Nevada angenommen, wo er sich in seine Arbeit vergraben und wieder angefangen hat zu rauchen. Er hat sich noch nicht einmal die Mühe gemacht, sich zu verabschieden, bevor er umgezogen ist. Ich glaube, er meinte es nicht zu ertragen, wenn er seinen Umzug »offiziell« gemacht und sich mit einer Umarmung verabschiedet hätte.

Einmal hat er mich nach seinem Umzug angerufen. Wir haben das ganze Telefonat über ein Spiel der National Football League durchgekaut, das kurz zuvor stattgefunden hatte, und haben die wirklich wichtigen Themen des Lebens gemieden. Seither habe ich nicht mehr mit ihm gesprochen.

Meine Mutter ist nach New Hampshire gezogen, wo sie

weit weg von ihren Erinnerungen an Charity und meinem Gesicht ist. Nach der Beerdigung konnte sie mich kaum ansehen, den lebenden Sohn, der ihrer verstorbenen Tochter so sehr ähnelt. Und wenn sie doch einen Blick riskierte, war er voller Schmerz, und sie wandte sich rasch wieder ab. Vielleicht dachte sie, fünfundzwanzigtausend Meilen zwischen meinem Gesicht und ihren Augen würden die Dinge weniger schmerzhaft machen.

»Ich rufe dich an, und du kannst mich besuchen«, hatte sie zu mir an dem Tag gesagt, an dem sie Prescott verließ. Ich hob ihren schweren Koffer in den weißen Minivan, mit dem sie Charity immer zu den Klavierstunden gefahren hatte, und beugte mich hinab, sodass sie mich zum Abschied umarmen konnte. Sie roch nach Zitronen. Sie roch immer nach Zitronen.

Sie umarmte mich fester als nötig und murmelte eine Menge Dinge wie, dass ich auf mich aufpassen sollte und so weiter, aber sie sah mir dabei nicht in die Augen. Nicht einmal, als Tränen aus ihren hellbraunen Augen fielen und über ihre weichen Wangen liefen.

Sie fuhr davon, und ich sah zu, wie der weiße Minivan am Ende der Straße verschwand, als wäre es ein ganz normaler Dienstag, an dem er zur Uni, zur Klavierstunde oder zum Footballtraining fuhr.

Jetzt fuhr er nach New Hampshire.

Das war im letzten Winter gewesen. Seither habe ich zweimal mit meiner Mutter gesprochen, und beide Gespräche waren angestrengt und kurz, als wüssten wir nicht mehr, wie wir miteinander umgehen sollten.

Dass sie mir eine E-Mail geschrieben hat, ist also eine Überraschung. Nicht gerade eine freudige Überraschung. Eher eine interessante.

Ich atme langsam ein, setze mich an den Schreibtisch und

öffne ihre Nachricht. Sie ist an mich adressiert, aber sie hat sie in Kopie auch an meinen Vater geschickt. Eine Rundmail. Na, großartig.

Levi,
unsere Familie hat es in letzter Zeit nicht leicht gehabt, und mir ist klar, dass dein Vater und ich uns nicht gerade hilfreich verhalten haben, indem wir auf Abstand zueinander gegangen sind. Aber wir haben uns unterhalten, und wir machen uns Sorgen um dich.
Wie du weißt, ist Dekan Maxwell ein guter Freund von deinem Vater und er hat uns darüber informiert, dass du keinen Versuch unternommen hast, wieder an der ASU angenommen zu werden. Was ist los, Levi? Warum bist du nicht immatrikuliert?
Deinem Vater und mir ist klar, dass du jetzt erwachsen bist und deine eigenen Entscheidungen triffst, aber wir wollen, dass du glücklich bist. Wir wünschen uns Großes für dich. Wir wollen, dass du Football spielst und das College beendest und das Leben weiterführst, für das du so hart gearbeitet hast. Und wir wollen dir auf jede nur erdenkliche Weise dabei helfen. Lass uns als Familie zusammenkommen, um das zu lösen.
Wir hoffen, dass es dir gut geht. Und wir lieben dich sehr. Wir vermissen dich.
In Liebe,
Mom und Dad

Ich lese die E-Mail ein zweites Mal und empfinde widersprüchliche Gefühle. Wut. Bitterkeit. Ärger. Mein Dickkopf möchte die E-Mail am liebsten ganz ignorieren und nicht antworten. Aber das lässt mein Stolz nicht zu. Also schreibe ich zurück.

Mom und Dad,
es ist schön zu hören, dass ihr zwei miteinander sprecht wie es zwei Erwachsene, die noch miteinander verheiratet sind, eigentlich tun sollten. Doch ich bin etwas verwirrt. Warum macht ihr euch »Sorgen« um mich?
Ich dachte, dass Eltern sich um ihr Kind in den ersten Monaten sorgen würden, nachdem dieses Kind seine kleine Schwester verloren hat. Aber euch schien es überhaupt nicht zu interessieren, wie es mir ging, nachdem Charity gestorben war. Vielmehr war das Gegenteil der Fall. Mir ist klar, dass ihr mich für ihren Tod verantwortlich macht, und ehrlich gesagt, kann ich euch das nicht verübeln, aber ihr habt mich VERLASSEN. Ihr seid beide aus der Stadt geflohen wie labile Teenager, die eine schwere Trennung durchmachen – nicht wie gestandene Erwachsene, die eine Familientragödie durchleben. Ich war voller Schuldgefühle und am Boden zerstört. Ich hätte euch gebraucht. Aber ihr seid einfach abgehauen, habt euch »selbst gesucht« und noch einmal »neu angefangen«.
Dieser Luxus war mir nicht vergönnt. So bin ich in allen Kursen durchgefallen und schließlich aus dem Footballteam der ASU ausgeschlossen worden. Ja, meine Bewährungszeit am College ist schlimm, aber sie ist eindeutig nicht so dramatisch wie mein körperlicher und seelischer Zustand nach eurer Fluchtphase.
Also, danke für eure Sorge, aber ihr werdet verstehen, dass ich nicht wirklich Lust habe, deshalb als »Familie« zusammenzukommen.
Alles Liebe,
Levi

Ohne zu zögern klicke ich auf »Senden« und schließe meinen Laptop.

23
Pixie

Es ist spät und die meisten Hotelgäste schlafen schon.

Ich warte, bis ich höre, dass Levi den Fernseher in seinem Zimmer einschaltet, dann stöpsele ich alles, was ich besitze, in die Steckdose.

Wir haben heute gestritten. Wir haben einander gemieden. Und abgesehen von dem seltsamen Blick, den wir heute Morgen im Flur getauscht haben, und unserer kleinen Kabbelei vor Zack, ist alles wieder normal.

Was bedeutet, dass ich Levi etwas dafür schulde, dass ich kalt duschen musste.

Ich stelle alle Geräte an und die Lichter gehen aus. Ich höre, wie der Fernseher im Zimmer nebenan verstummt und krabbele lächelnd in mein Bett.

»Pixie!« Levis verärgerte Stimme dringt durch die Wand, und ich bin glücklicher als es ein reifer Mensch in dieser Situation sein sollte.

Ich höre schwere Schritte, dann öffnet er meine Zimmertür. Einfach so. Als hätte er das Recht, mir nichts dir nichts in mein Zimmer zu kommen. Ich könnte nackt sein, das weiß er doch nicht.

»Diesmal gehst *du* raus zum Stromkasten.« Er betritt das Zimmer und steht jetzt nur noch ein paar Schritte von meinem Bett entfernt und zeigt mit dem Finger auf mich.

Ich bleibe liegen und versuche locker zu wirken. So als sei es völlig normal, dass ich im Dunkeln in meinem Bett liege und Spiele auf meinem Telefon spiele. Das einzige Licht im Zimmer stammt vom Schein meines Displays und der Mondsichel draußen – beides lässt uns bläulich und weicher aussehen. Und in der blauen Unschärfe erkenne ich, dass er kein Hemd trägt.

Ich sehe Levi fast jeden Morgen ohne Hemd, aber ich habe ihn noch nie halb nackt in der Dunkelheit gesehen, und etwas daran elektrisiert meinen Körper.

»Auf gar keinen Fall«, entgegne ich.

Er kommt näher. »Nun, ich bin mir verdammt sicher, dass *ich* nicht nach draußen marschiere und den Strom wieder einschalte.«

Ich zucke die Schultern. »Kein Problem. Ich brauche heute Nacht keinen Strom mehr. Ich kann auf meinem frisch aufgeladenen Handy ferngucken.« Ich fuchtele mit besagtem Telefon vor seiner Nase herum.

Er seufzt. »Ich bin dabei, den Kontakt von einer Alarmgesellschaft herauszusuchen, die ich morgen anrufen will, um einen Termin für den Einbau zu vereinbaren. Ich brauche das Internet, Pix.«

»Dann benutz dein Telefon.«

»Mein Telefon ist tot.«

Der Junge lädt nie irgendetwas auf. Er macht mir die ganze Sache mit dem Kurzschluss fast zu leicht.

»Das ist schlecht. Ich schätze, dann musst du erst einmal den Strom wieder einschalten.« Ich tue so, als wäre ich äußerst interessiert an meinem Spiel.

»Lass mich dein Telefon benutzen. Nur eine Minute.«

»Nein.«

»Komm schon. Es ist für Ellen.« Er fleht mich mit einem Schmollmund an, den er unzählige Male bei seiner Mutter eingesetzt hat.

Ich spotte. »*Bit-te.*«

»Verdammt, Pixie.« Der Schmollmund ist verschwunden.

»Vielleicht denkst du morgen daran, dein *eigenes* Telefon aufzuladen. Oder nein, noch besser, vielleicht lässt du mich warm duschen.« Mit großer Geste drücke ich irgendwelche Knöpfe auf meinem Telefon.

Er lässt die Schultern sinken, als würde er seine Niederlage akzeptieren, dann streckt er den Arm blitzartig aus und versucht, mir das Telefon aus der Hand zu reißen. *Hinterlistiger Mistkerl!*

Ich ziehe das Handy zurück und trete mit meinem Fuß nach ihm, doch er packt meinen Knöchel – schließlich bin ich nicht gerade ein Ninja-Kämpfer, was meine Tritttechnik angeht –, dann erstarren wir.

Denn jetzt liege ich mit gespreizten Beinen auf dem Bett, und er hält mit einer Hand meinen Knöchel, während er sich mit der anderen neben meiner Hüfte auf dem Bett abstützt, wo er nach meinem Telefon gegriffen hat, und sein Körper befindet sich zwischen meinen Beinen, die bis auf sehr knappe Gymnastikshorts vollkommen nackt sind, und meinen rechten Arm habe ich über den Kopf gehoben, damit er nicht an mein Telefon kommt, aber mein Rücken ist durchgebogen, und mein Hemd ist nach oben gerutscht, sodass mein Bauch ganz frei liegt, und mir ist überall heiß.

Heiß. Hitze. Überall.

Wir sehen aus, als hätten wir gerade Sex, nur mit Kleidung. Mein Körper weiß das. Sein Körper weiß das. Und unsere Körper sind überaus erfreut darüber.

Er sieht mich an, und aus seinen Augen spricht nichts als *Begehren*. Und es gefällt mir. Nein, ich *liebe* es.

Das muss sich auf meinem Gesicht abzeichnen, denn seine Hand – die noch immer meinen Knöchel umfasst – gleitet ein kleines Stück mein Bein hinauf, während er meine Reaktion beobachtet.

Ich versuche, nicht zu reagieren, weil, zum Teufel, er darf nicht *gewinnen*. Er kann nicht den ganzen Tag lang Arschloch-Levi sein und dann abends in mein Bett kriechen und mich überall nach Belieben berühren.

Äh. Doch, er kann.

Ich öffne die Lippen und er lässt langsam, *ganz langsam* seine warme Hand meine Wade hinaufgleiten und, heiliger Himmel, ich könnte auf der Stelle einen Orgasmus haben. Tatsächlich.

Meine Wade.

Meine WADE!

Er berührt meine *Wade*, und ich bin erregter als je zuvor in meinem Leben.

Seine Hand bewegt sich erneut, und der einzige Gedanke in meinem Kopf ist: *Geh höher, geh höher.*

Bitte, lieber Gott, geh höher!

24

Levi

Ich könnte es tun. Sie will, dass ich es tue. Sie will, dass ich tue, was immer ich will.

Und ich will … so … viel.

Ich blicke auf ihren nackten Bauch und starre auf die Haut unter ihrem Nabel.

Ich könnte sie dort küssen. Ich könnte meine Hand um ihre Wade gelegt lassen und ihr Bein zu ihrem Körper beugen und mich zwischen ihre Beine legen und an dem äußerst tiefen Bund ihrer lächerlichen Shorts entlanglecken. Ich blicke zu ihr auf, sehe die Lust in ihren Augen und bin kurz davor.

Doch dann sehe ich das Ende ihrer Narbe unter ihrem T-Shirt hervorlugen, und es ist, als würde ich von einem Zug überfahren, der mich von innen mit seinem heißen Metall zerreißt, bis ich nichts als Schmerz empfinde.

Was zum Teufel mache ich hier? Das ist Pixie.

Pixie.

Ich kann nicht ihr Leben ruinieren und dann mit ihr *schlafen*. Das wäre in jeder Hinsicht völlig daneben. Ich bin kein Engel, aber ich kenne den Unterschied zwischen richtig und falsch, und Sex mit dem Mädchen zu haben, das ich verstümmelt und fast getötet habe, ist falsch.

Wahrscheinlich superscharf.

Aber falsch, falsch, falsch.

Ich zwinge meinen Blick, auf der Narbe zu verharren, der

einzigen Sache, die stark genug ist, Abstand zwischen uns zu bringen, und mit einem tiefen Atemzug schließe ich die Augen und stoße mich von Pixies Bett ab. Mein Körper schreit auf, als ich mich von ihrem heißen, willigen Körper entferne.

Sie verharrt einen Augenblick in der sinnlichen Position, dann richtet sie sich auf und setzt sich in den Schneidersitz. Sie atmet tief ein, und das Licht von ihrem Display scheint blau auf ihre Brust, als diese sich mit Luft füllt.

Ich räuspere mich und spreche überdeutlich: »Darf ich bitte dein Telefon benutzen?«

Sie steht langsam auf und zieht ihr Shirt nach unten, dann blickt sie zu mir auf. »Nein.«

»Oh Mann.« Ich raufe mir die Haare. »Warum bist du so eine Nervensäge?«

Sie verzieht das Gesicht zu einer Grimasse. »Warum lässt du mich nie warm duschen?«

Ich beuge mich vor. »Wenn du warm duschen willst, dusch doch abends.«

»Ich kann nicht abends duschen. Wenn ich abends dusche, muss ich meine Haare abends trocknen, und wenn ich meine Haare abends trockne, muss ich sie abends glätten, und dann muss ich auf meinen geglätteten Haaren schlafen, und wenn ich auf meinen geglätteten Haaren schlafe, werden sie total fluffig.«

Ich blinzele sie an.

»Ich mag es nicht, wenn meine Haare fluffig sind!« Sie streckt die Hände aus, als müsste ich wissen, dass fluffige Haare ein ganz normales Problem abendlichen Duschens sind. »Warum duschst *du* nicht abends?«

»Weil ich dich gern wütend mache!« Ich hebe meine Stimme.

Sie hebt ihre Stimme ebenfalls, um dagegenzuhalten. »Warum?«

»Weil Streiten nicht wehtut!«

Es ist das Ehrlichste, das einer von uns seit fast einem Jahr gesagt hat, und es hängt dort, in der Stille, wie ein klaffendes schwarzes Loch.

Sie öffnet die Lippen und ich sehe, wie der Widerstand aus ihrem Gesicht weicht.

Nein.

Nein, nein.

Kämpf, verdammt!

Der Lavendelduft ihres Körpers umfängt mich und zieht mich in etwas, das sich verloren und sicher zugleich anfühlt, mir das Gefühl gibt, gewollt und wertvoll zu sein und all die anderen Dinge, die ich nicht empfinden sollte.

Sie besteht nur aus großen Augen und zerbrechlichen Knochen, als sie ihren hübschen Mund zu mir aufrichtet, mein Gesicht betrachtet und leise fragt: »Tut es weh, in meiner Nähe zu sein?«

Es tut weh, und es heilt.

Es schmerzt, und es tröstet mich.

Ich schlucke und sage leise: »Tut es *dir* weh, in *meiner* Nähe zu sein?«

Keiner von uns antwortet, während wir einander im Mondlicht betrachten.

Ich trete aus dem süßen warmen Schleier, den Pixie gerade mit ihrer verdammten Güte über mich gebreitet hat, und schüttele den Kopf. Ich sage nichts, sondern schüttele nur wie ein Idiot den Kopf, während ich ihr Zimmer verlasse.

25

Pixie

Heute Morgen war der Strom wie durch ein Wunder auf einmal wieder da und es ist mir egal, dass mir erneut kaltes Wasser über die Schultern rinnt.

Ich starre auf die schlichte weiße Wand vor mir und denke an gestern Abend.

Die Wut. Die Verletzung. Das heftige Verlangen, das wir vor dem Hintergrund der Sache, über die wir nicht sprechen, nicht zulassen können.

Ich denke.

Ich spüle den Conditioner aus meinen Haaren und stelle die Dusche ab.

Als Charity gestorben ist, war es, als wäre die Freundschaft zwischen Levi und mir ebenfalls gestorben. Unsere Verbindung hat sich irgendwie aufgelöst.

Auf der Beerdigung wäre ich am liebsten zu ihm gelaufen und hätte in den Armen des Jungen Trost gesucht, der mein Held war, aber ich konnte es einfach nicht. Ich konnte mich nicht der Scham stellen, die ich in seiner Gegenwart empfinden würde.

Ich war leichtsinnig, rücksichtslos, was Charity anging *und* was mich anging. Und wegen meiner erbärmlichen Entscheidung hat Levi seine Schwester verloren.

Ich wusste nicht, wie ich auf ihn zugehen sollte, also ließ ich es.

Und jetzt wohne ich hier neben ihm und versuche so ziemlich alles zu ignorieren, was zwischen uns aufkommt.

Meine Narbe. Die Erinnerung an Charity.

Die anziehende Lust, die wie aus dem Nichts auftaucht, wann immer wir uns einander nähern.

Ja. Eine ganze Menge.

Ich wickele ein Handtuch um meinen Körper und trete genau in dem Augenblick in den Flur, als Levi aus seinem Zimmer kommt. Unsere Blicke treffen sich, und zunächst ist es ziemlich unangenehm.

Wie: *Oh, Mist, ich hatte gehofft, dir bis ans Ende aller Zeit aus dem Weg gehen zu können.*

Und dann wird es normal.

Wie: *Hallo alter Freund, mit dem ich aufgewachsen bin und dem ich mein Leben anvertraut habe.*

Und dann gefährlich.

Wie: *Kann ich dir aus deinem Handtuch helfen und dich in etwas Angenehmeres wickeln? Wie in mein Bett vielleicht?*

Die Spannung im Flur ist voller Lust und Andeutungen, als sein Blick von meinem Gesicht über jeden Teil meines nur mit einem winzigen Handtuch bedeckten Körpers gleitet. Währenddessen betrachte ich seine Weißes-T-Shirt-abgetragene-Jeans-Attraktivität, und meine Gedanken sind alles andere als rein.

Meine Wangen werden heiß, als ich die Muskeln bemerke, die sich unter seinem engen T-Shirt abzeichnen, und als meinem Körper in dem Handtuch gerade zu heiß wird, zuckt sein Blick zu meinem.

Damit wären wir wieder bei unangenehm. Levi geht zurück in sein Zimmer und schließt die Tür hinter sich.

Verwirrt stehe ich einen Augenblick barfuß und feucht im Flur und versuche herauszufinden, was zum Teufel zwischen uns falsch läuft. Es ist, als könnten wir die Chemie zwischen uns nicht steuern. Entweder ist sie grob und gemein oder traurig und schwer oder lustvoll und anzüglich.

Wo ist die glückliche Mitte?

26

Levi

Verdammt!

Pixie sollte einen Kittel tragen, wo immer sie hingeht. Ich ertrage es nicht, sie ständig halb nackt zu sehen. Mit ihren langen Beinen und ihrer rosigen Haut und ihrem warmen, feuchten Körper …

Verdammt!

Jemand sollte mir ein Auge ausstechen. Mit einer spitzen Gabel. Und dann das andere, damit die ganze Pixie-ist-so-verdammt-heiß-Geschichte ein Ende hat.

Ich schüttele den Kopf, als könnte ich so Schuld und Verlangen aus meinem Körper vertreiben, und verlasse zum zweiten Mal an diesem Morgen mein Zimmer. Ich muss arbeiten. Ich muss Dinge reparieren.

Der Idiot Daren lungert am Fuß der Treppe herum und macht meinen verdammten Morgen perfekt.

»Was ist los, Andrews?«, sagt er.

Was los ist?

Er ist ein weißer Kerl in einem Polohemd. Er ist ein Angeber, *das ist los.*

Ich antworte nicht.

»Ist Sarah oben?« Er kratzt sich am Hals.

»Sie ist beschäftigt.« Offensichtlich rede ich manchmal einfach Mist.

»Mit was?«

Nicht mit mir, so viel ist sicher. Obwohl ich sie sicher beschäftigen könnte und … *Gott verdammt!* Pixie in ihrem Handtuch …

Ich seufze. »Was willst du, Ackwood?«

Er kneift die Augen zusammen. »Seid ihr zwei … zusammen?«

Und plötzlich schwirrt mir der Kopf von all den Möglichkeiten, die *Zusammensein* einschließt, und bei den meisten – Teufel, bei *allen* – sind nackte Körper und verschlungene Gliedmaßen im Spiel.

»Warum?«

Er zuckt die Schultern, vollkommen selbstbewusst und widerlich. »Du scheinst ziemlich besitzergreifend, was sie angeht, das ist alles.«

»Was auch immer, Mann«, sage ich und gehe an ihm vorbei.

Pixie gehört mir nicht. Es ist mir egal.

Ich bin mir nicht sicher, wohin Daren danach geht, denn ich zwinge mich, mich nicht umzudrehen. Aber am liebsten würde ich ihn aufspüren und ihn an die Leine legen.

»Morgen.« Ellen lächelt mir hinter dem Empfangstresen entgegen.

Haley ist nirgends zu sehen, ich nehme an, dass sie zu spät ist.

»Morgen, ich habe eben eine Alarmfirma angerufen«, sage ich. »Die kommen nächste Woche, um die Anlage einzubauen.«

»Perfekt.« Sie lächelt. »Deine To-do-Liste liegt auf meinem Schreibtisch. Du bist großartig, Levi.«

Ich schürze die Lippen und nicke, dann gehe ich in ihr Büro. Ich bin nicht großartig. Ich bin ein Verlierer, der Pixie beschimpft.

Aber aus irgendeinem Grund verabscheut Ellen mich nicht.

Als meine Eltern sich getrennt haben, bin ich nicht gut damit zurechtgekommen. Ich nahm an, dass sie mir die Schuld an Charitys Tod gaben. Verdammt, *ich* gab mir die Schuld. Aber als sie die Stadt verlassen haben, haben sie nicht nur die Erinnerung an Charity zurückgelassen. Sie haben auch *mich* zurückgelassen.

Und danach ging es mit meinem Leben bergab.

Ich kümmerte mich nicht mehr um meine Noten oder das College überhaupt. Football war kein Problem, weil ich einfach nur aufs Feld gehen und meinen Auftrag erledigen musste – und das möglichst gut –, und dann das Feld nur ohne Zwischenfall wieder verlassen musste. Es war die einzige Sache, die ich in meinem Leben nicht gehasst habe.

Aber bei einem unserer letzten Spiele in der vergangenen Wintersaison suchte ich geistesabwesend auf den Rängen nach Pixie und Charity und vergaß vorübergehend, dass sich mein Leben grundsätzlich verändert hatte. Ich hielt Ausschau nach meinen persönlichen Cheerleadern und als die Realität mich mit voller Wucht traf und mir klar wurde, dass weder Charity noch Pixie mir jemals wieder zujubeln würden, bekam ich keine Luft mehr.

Ich konnte nicht spielen. Ich wollte nicht spielen.

Nicht jetzt. Nie mehr.

Ich versagte in der Schule. Ich versagte als Quarterback. Ich stürzte einen stürmischen Schacht der Schuld und des Kummers hinunter. Und dann erhielt ich eine Nachricht von Dekan Maxwell, dass man mir eine akademische Bewährungszeit gewähre.

Unnötig zu sagen, dass ich keine Lust hatte, mich um irgendetwas im Leben zu bemühen, ganz zu schweigen um mein Studium, so verlor ich mein Footballstipendium und damit auch mein Zimmer im Wohnheim. Von dem Tag an, an dem ich meine Sachen packte und in meinem Truck wegfuhr, war ich ein heimatloser Studienabbrecher ohne Arbeit und ohne Zukunft.

Auf halbem Weg nach Prescott realisierte ich, dass ich kein Zuhause mehr hatte. Warum ich nicht einen meiner alten Freunde angerufen habe, um zu fragen, ob ich bei ihm unterkommen könnte, weiß ich nicht. Aus Scham vielleicht? Wahrscheinlich wollte ich nicht erklären, dass meine Eltern mich im Stich gelassen hatten, weil ich meine Schwester getötet habe.

Als das Willow Inn am Straßenrand auftauchte, beschloss ich spontan, eine Nacht hierzubleiben und mir am nächsten Morgen einen Plan für die Zukunft zu überlegen.

Als ich hereinkam, saß Ellen an der Rezeption. Ich hatte vergessen, dass das Gasthaus Pixies Tante gehörte. Sie wusste, wer ich war, und sie wusste, dass ich beinahe ihre Nichte umgebracht hatte, deshalb würde sie mich sicher hinauswerfen.

»Hey, Levi«, sagte sie freundlich und blickte auf meine Reisetasche. »Brauchst du ein Zimmer?«

Ich starrte sie unsicher an und nickte.

Sie lächelte und tippte etwas in ihren Computer, dann nahm sie einen Schlüssel.

»Wie viele Nächte?« Sie tat, als sei ich ein ganz normaler Gast, aber ich wusste, dass zwanzig Jahre alte, arbeitslose Footballspieler nicht zu ihren typischen Gästen zählten.

»Äh, nur eine«, antwortete ich.

Sie blickte auf, sah erneut zu meiner Tasche und bemerkte: »Wir haben gerade ein Sonderangebot: zwei Nächte für den Preis von einer. Willst du zwei Nächte bleiben?«

»Ja, klar.« Ich trat unsicher von einem Fuß auf den anderen.

»Komm mit.« Sie führte mich nach oben zu einem Zimmer und ließ mich in Ruhe. Ich ließ mich auf das bequeme Bett fallen und versuchte herauszufinden, was ich bloß als Nächstes tun sollte.

Am nächsten Nachmittag klopfte Ellen an meine Tür. »Du hast auf dem Bau gearbeitet, stimmt's?«

»Ja.« Das war einer meiner zahlreichen Sommerferienjobs gewesen, um meinen Truck zu finanzieren.

Sie seufzte dramatisch. »Du kannst mir nicht zufällig helfen, das Treppengeländer unten zu reparieren, oder?«

Ich zögerte, weil ich nichts vom Reparieren von Treppengeländern verstand.

»Für die Unannehmlichkeiten lasse ich dich noch eine Nacht umsonst hier wohnen?«, bot sie an.

»Äh … ich verstehe nicht wirklich viel von Treppengeländern.«

»Ach, das kannst du bestimmt.« Sie winkte ab. »Du bist clever und kräftig. Ich habe volles Vertrauen in dich.«

»Ich könnte es versuchen.«

»Toll.«

Und so hatte es angefangen.

Ellen fand immer neue Dinge im Hotel, die ich reparieren sollte, und bot mir dafür jedes Mal eine weitere Übernachtung an. Drei Wochen gingen vorüber, bis ich bemerkte, dass ich einen Job mit Kost und Logis hatte.

Ich versuchte auszusteigen, aber die Frau war überzeugend, und es fing an, mir zu gefallen, Dinge in dem alten Haus zu reparieren. Es gab mir das Gefühl, nicht nutzlos zu sein.

So machten wir es offiziell, und ich zog in den alten Flügel des Inn, in dem ich diverse Gästezimmer und ein Bad ganz für mich allein hatte.

Bis Pixie kam.

Alles war gut, bis Pixie kam.

27

Pixie

Ich rieche Levi, bevor ich ihn sehe, und deshalb habe ich kein Recht, mir ein Badezimmer mit diesem Kerl zu teilen. Wenn mich allein sein *Geruch* verrückt macht, sollte ich nicht in seine Nähe kommen, wenn warmes Wasser und Seife involviert sind.

»Das Spülbecken ist kaputt?«, fragt er.

Ich rühre mit dem Rücken zu ihm in der Kartoffelsuppe auf dem Herd und deute auf das Spülbecken.

In letzter Zeit verliefen unsere Begegnungen zivil. Verdammt künstlich, aber zivil. Wir haben uns seit Tagen nicht gestritten, aber wir kommen auch nicht miteinander klar.

Ich bin noch nicht über Levis erotisches Wadenstreicheln von letzter Woche hinweg oder über die Tatsache, dass es ihm wehtut in meiner Nähe zu sein, aber was soll's? Er kann mich mal.

Er ist nicht der Einzige, der Charity verloren hat. Ich habe sie auch verloren – und nicht nur sie.

Ich habe die einzige echte Familie verloren, die ich je hatte, und das Haus, das ich als sicheren Hafen betrachtet habe. Ich habe meine Kindheitsfreundin verloren und die Besitzerin des »Beste«-Teils unserer herzförmigen Beste-Freundinnen-Kette.

Und das Einzige, was mir geblieben war, nachdem die Trümmer beseitigt waren, war Levi.

Und dann habe ich auch ihn verloren.

Er ist direkt in sein Leben am College zurückgekehrt und hat mich in der Stadt zurückgelassen, in der nichts mehr eine Bedeutung für mich hatte und niemand meinen Schmerz verstand.

Levi hat mich verlassen und nicht mehr zurückgeblickt.

Heftige Bitterkeit brennt tief in meinem Magen, als ich an die vielen Tage und Nächte nach dem Unfall denke, in denen ich mich zu leer fühlte, um zu weinen. Das Einzige, das mich davon abhielt, mir die Haare auszureißen, war die Hoffnung, dass Levi nach Hause zurückkommen würde, damit ich mich nicht mehr so allein fühlen würde.

Aber das tat er nicht.

Und dann, als ich gesund genug war, um wieder ins Leben zurückzukehren, und an die ASU zog, dachte ich ganz sicher, dass Levi nach mir suchen und zumindest »Hallo« sagen würde. Dass er mich vielleicht auf seine ungelenke jungenhafte Art umarmen und mich einfach einen Augenblick still an seine Brust ziehen würde. Dass wir vielleicht unsere gebrochenen Herzen aneinanderdrücken würden, und dass für einen Moment – nur für einen Moment – die Dinge irgendwie besser wären.

Aber das tat er nicht.

Das einzige Mal, dass ich ihn auf dem Campus gesehen habe, war in der Bibliothek. Ich hatte mich mit vier Büchern im hinteren Bereich verschanzt, als er durch die quietschende Doppeltür hereinkam. Er war auf dem Weg zur Präsenzbibliothek und sah mich nicht, doch sein Anblick genügte – die Bestätigung, dass er lebte und atmete und zwanzig Yards von mir entfernt war –, um mein gebrochenes Herz vor Freude hüpfen zu lassen.

Ich stand sofort von meinem Tisch auf und wollte ihm hinterhergehen und … tja, was genau? Was wollte ich zu Levi sagen, der mir ganz eindeutig nichts zu sagen hatte?

Wo bist du gewesen?

Warum hast du mich verlassen?

Es tut mir leid?

Warum hast du mich verlassen?

Bitte vergib mir?

WARUM HAST DU MICH VERLASSEN?

Ich hatte ihm damals nichts zu sagen, und ich habe ihm jetzt nichts zu sagen, was ihn kein bisschen zu stören scheint.

Also, ja, er kann mich mal.

Mein Herz zieht sich zusammen. Ich schaue auf die Suppe.

Levi arbeitet ein paar Minuten, und die einzigen Geräusche in der Küche rühren von der blubbernden Suppe und dem gelegentlichen *Kling-Klang* seiner Werkzeuge her.

Ich schlurfe herum und finde sinnlose Aufgaben, mit denen ich meine Hände beschäftigen kann. Ich stapele und sortiere Servietten und schrubbe die Arbeitsfläche. Sinnlos.

Ich höre ihn verzweifelt stöhnen und blicke zu seinem Körper, der auf dem Küchenboden liegt, während Kopf und Schultern unter dem Spülbecken klemmen und er Dinge mit den Händen dreht und wendet.

Er hat ein Bein lang auf den Fliesen ausgestreckt, das andere ist aufgestellt, und sein blaues T-Shirt ist ein wenig den Bauch hinaufgerutscht, sodass ein Stück bronzefarbene, feste Haut über dem Bund seiner Jeans zu sehen ist.

Ich brauche eine Pause.

Ich verziehe die Lippen, steige leise und behutsam über seinen frustrierend schlanken Körper und gehe in den Speisesaal.

»Hey, Sarah.«

Oh, nein! Daren.

Er hört auf, eine Kiste Club-Soda hinter der Bar auszuräumen, und beugt sich, aufgestützt auf seinen Ellenbogen, über den Tresen. »Hast du dich schon entschieden, ob du gehst?«

»Wohin?« Ich beobachte Angelo, der Daren aus der Bar

schiebt und anschließend den Tresen mit einem weißen Geschirrtuch abwischt.

»Zur Feier zum Vierten Juli«, erwidert Daren.

»Ach, ja. Das«, antworte ich, als Mable hereinkommt und einen Tafelaufsatz mit Lavendel und Sonnenblumen auf jeden Tisch stellt. Eigentlich sollten Lavendel und Sonnenblumen nicht zusammenpassen, aber irgendwie tun sie es trotzdem. »Äh, nein.«

Er runzelt die Stirn. »Nein, du hast dich noch nicht entschieden, oder nein, du gehst nicht?«

»Ich gehe nicht.«

»Was? Komm schon«, sagt er. »Bring eine Freundin mit. Das wird lustig. Du wirst dich normal fühlen.«

Die Vorstellung von »normal« macht etwas mit mir und ich zögere und schinde Zeit, während ich zusehe, wie Mable eine Gabel an Tisch sechs geraderückt, bevor sie in die Küche entschwindet.

»Bitte?« Daren schaut mich schon wieder mit diesem flehenden Hundeblick an.

Oh Mann, er ist so ein weinerliches Baby.

Ich seufze. »Gut. Ich gehe hin.«

»Großartig.« Er lächelt.

»Aber nicht mit dir.«

Sein Lächeln erstirbt. »Weniger großartig.«

Ich zucke mit den Schultern. »Ich bringe eine Freundin mit, und vielleicht sehen wir uns da. Vielleicht.«

Er lächelt wieder. »Einverstanden.« Er legt den Kopf schief. »Heißt das, du vergibst mir?«

Ich hebe die Brauen. »Dass du mich ohne meine Erlaubnis geküsst hast?«

»WAS?!« Angelo hört auf, die Bar zu wischen, und blickt Daren mit tödlichem Blick an. »Du hast Sarah geküsst, ohne sie zu fragen?«

Oh, Mist!

Daren sieht aus, als würde er sich gleich in die Hose machen. »Äh, ja. Aber ich habe es nicht so gemeint…«

»Ist schon gut, Angelo.« Ich lächele ihn an. »Es war keine große Sache. Nur ein Missverständnis. Wir haben das geklärt.« Angelo sieht nicht aus, als würde er mir glauben. »Wirklich«, bekräftige ich. »Mir geht es gut. Ehrlich. Und Daren hat sich bereits entschuldigt, okay? Alles ist gut.«

Daren zuckt zurück, als Angelo sich zu ihm beugt und sagt: »Besser, mir kommt nicht mehr zu Ohren, dass du Damen ohne ihre Erlaubnis küsst. Nie mehr. Verstanden?«

»Ja, Sir.«

»Weil, wenn doch, kenne ich keine Gnade. Ich reiße dir den Kopf ab, ganz langsam, und stopfe ihn dann in deinen Hintern, sodass er dir zum Hals wieder herauskommt. Hast du mich verstanden?«

Daren schluckt. »Laut und deutlich.«

»Gut.« Dann wischt Angelo weiter die Bar, als hätte er nicht gerade Darens Leben bedroht.

Ich unterdrücke ein Lächeln, drehe mich um und gehe in die Küche.

Ich liebe diesen Laden.

28

Levi

Ich starre auf die Leitung über mir und bin fast fertig mit dem Spülbecken, als ich höre, wie Ellen die Küche betritt.

»Da bist du ja«, sagt sie zu meinen Beinen. »Die Typen von der Sicherheitsfirma sind gerade weg. Sieht so aus, als würde unser neues Alarmsystem funktionieren. Aber ich werde für morgen eine Brandschutzübung ansetzen, um sicherzugehen, dass tatsächlich alles in Ordnung ist. Ich informiere die anderen, aber ich brauche dich, damit du den Kontrollkasten überwachst. Okay?«

»Brandschutzübung. Verstanden.«

»Danke, Levi.«

Ich höre, wie sie geht. Als ich die letzte Schraube festdrehe, schlägt etwas gegen mein Bein. Ich blicke unter dem Spülbecken hervor und sehe Mable mit einem ziemlich unzufriedenen Gesicht über mir stehen.

»Hast du mich gerade mit einem Pfannenwender geschlagen?«

»Ja. Und ich würde es wieder tun.« Sie meint es todernst.

Ich runzele die Stirn. »Ist das wegen der Sache mit der Hure? Ich weiß, ich war gemein …«

Sie schlägt mich erneut.

»Herrgott, Mable!«

»Dieser Junge war im Speisesaal und hat wieder mit Pixie gesprochen«, sagt sie.

Ich blinzele. »Wer? Daren?« Ich kann mich gerade noch beherrschen, nicht das Wort Idiot zu benutzen.

»Ja, Daren. Ich mag ihn nicht.« Sie stemmt eine Hand in die Hüfte.

Ich stoße die Luft aus. »Da bist du nicht die Einzige.«

Sie starrt erwartungsvoll zu mir herunter.

Ich starre begriffsstutzig zu ihr hoch.

»Und?«, fragt sie. »Kümmerst du dich um Pixie, oder was?«

»Warum?« Ich stehe auf, augenblicklich alarmiert von der Vorstellung, wie Daren Pixie etwas antut und wie ich ihn umbringe, wenn ich ihn erwische. »Ist Pixie in Schwierigkeiten?«

»Natürlich nicht.«

»Dann was zum … au! Mable, hör auf mich zu schlagen.«

Sie deutet mit dem Pfannenwender auf mich. »Du bist das ganze Leben für dieses Mädchen, Levi.« Sie durchbohrt mich mit ihrem Blick. »Lass ja nicht zu, dass ein anderer Kerl sie durcheinanderbringt, der nicht weiß, wie man sie lieben muss.«

Wow!

Seit wann sprechen wir von *Liebe*?

Ich kneife die Augen zusammen. »Was soll das heißen?«

Sie wirft den Pfannenwender ins Spülbecken, das ich gerade repariert habe, und geht zum Ausgang. »Das weißt du ganz genau.«

29
Pixie

Heute Morgen bin ich mit dem Vorsatz aufgewacht, nett zu sein, aber in dem Moment, in dem ich Levi ins Bad gehen sah, sank mein Gefühlsbarometer gleich wieder. Und plötzlich wollte ich streiten. Heftig streiten. Ich hatte Lust zu treten und zu schreien und zu keifen und auf alle nur erdenklichen Arten wütend zu sein.

Weil Levi recht hat.

Streiten tut nicht weh.

»Oh, das glaube ich kaum.« In bester Ghetto-Straßenmanier wedele ich mit dem Finger durch die Luft, während ich mich mit Levi in das kleine Bad dränge, meine Sachen auf den Waschtisch knalle und meine Ansprüche auf die Dusche anmelde. »Mein Hintern duscht zuerst.«

Er blickt auf besagtes Körperteil, dann schüttelt er den Kopf. »Dein *Hintern* verzieht sich.«

Er will mich hochheben, doch ich winde mich aus seinen Händen, ducke mich unter seinem Arm hindurch und klettere bekleidet in die trockene Dusche.

»Du willst nass werden, Pixie?« Er lächelt spöttisch, und schrecklicherweise gefällt mir das. »Da kann ich dir helfen.«

Natürlich produziert mein Kopf bei seinen Worten sofort jede Menge schmutziger Gedanken, und ich bemerke nicht, dass er seine Hand in die Dusche streckt.

»Was ich *will*, ist warm duschen.«

Er dreht das Wasser auf und der Strahl durchnässt mein Trägerhemd und meine Gymnastikshorts. Ich schürze die Lippen, während er grinsend zusieht, wie meine Kleidung sich langsam mit Wasser vollsaugt. »Nass genug für dich?«

Unsere Blicke treffen sich, und die Luft knistert.

Denn jetzt denken wir beide an eine ganz andere Art von nass, und die Hitze in dem kleinen Bad stammt nicht mehr nur von dem dampfenden Wasser, das meinen Körper hinunterrinnt.

Ich weigere mich, den Blick abzuwenden, und fordere ihn heraus. Kurz flackern seine Augen, als sei er ängstlich oder nervös, dann blickt er auf meine Brust.

Das nasse Trägerhemd dient mir kaum mehr als Schutz, die genaue Form und Größe meiner *festen* Nippel ist mehr als deutlich zu erkennen.

Ich lasse ihn gucken. Wenn er ein Arsch sein will, soll er ein Arsch sein.

Levi hebt den Blick zu meinem, und sein oberarroganter Ausdruck wankt für einen kurzen Moment. Als hätte er vergessen, dass ich es bin, Pixie Marshall, die so gut wie nackt vor ihm steht. Und diese Einsicht bewirkt etwas Grundsätzliches in seinem Blick und seltsame Dinge in meinem Bauch.

Plötzlich möchte ich mein Gesicht bedecken.

Nicht meinen Busen.

Nicht meine weißen Shorts, die leicht erkennen lassen, dass ich keinen Slip darunter trage.

Ich möchte mein *Gesicht* bedecken.

Denn was er sieht, erinnert ihn an alles, was er nicht auslöschen kann.

Er starrt mir in die Augen, und ich bin in einem tiefblauen Meer aus Wut und Bedauern und Schmerz und Verlust gefangen. Dort will ich aber nicht sein. Ich möchte überall anders sein. Weil das tiefblaue Meer mit unzähligen Dingen gefüllt ist, die ich mir nicht eingestehen kann.

Es schmerzt, an seinen Schmerz zu denken. Es schmerzt, ihn anzusehen. Und ganz sicher schmerzt es, darin zu schwimmen.

Aber hier bin ich. Schwimme in Levis tiefblauem, unruhigem Meer und ertrinke direkt neben ihm, ebenso hoffnungslos und hilflos wie er. Wir sind zwei Schiffbrüchige in einem Meer aus Schmerz, die sich noch nicht einmal aneinanderklammern, um zu überleben. Wir sehen nur zu, wie wir beide auf den Meeresboden driften, wo wir in Stille und Dunkelheit versinken, die uns vielleicht von unserem Kummer befreien.

Eine ganze Weile starren wir einander an, während das Wasser auf mich herabprasselt. Und dann gleitet sein Blick zu meinem Mund.

Oh, Mist!

Mein Blick sinkt ebenfalls zu seinem Mund, und die Luft fängt Feuer. Angespannt stehen wir im Wasserdampf – halb unter der Dusche, halb außerhalb von ihr –, haben die Köpfe einander zugeneigt und starren uns gegenseitig auf die Lippen. Und mir ist klar, dass es um mich geschehen ist.

Ich bin wütend auf ihn, verletzt von ihm, aber wenn es darauf ankommt, vertraue ich mich Levi voll und ganz an.

Ich gehöre ihm.

Ich gehörte ihm, als ich sieben Jahre alt war und Angst vor Monstern hatte. Ich gehörte ihm, als ich in der achten Klasse Liebeskummer hatte, weil Tommy Marchim nicht mit mir zum Valentinstags-Tanz gehen wollte. Und ich gehöre ihm jetzt mit neunzehn, während ich in meinem Pyjama in der Dusche stehe und in seinen Augen nach meinem Helden suche.

Ich gehöre ihm.

Ich habe ihm immer gehört.

Und ich wollte nie jemand anderem gehören.

Er beugt sich näher zu mir, und der Dampf umfängt uns, als befänden wir uns in unserer ganz privaten Wolke. Jetzt, hier, in diesem Moment, gestern, morgen – wann immer Levi bei mir ist – fühle ich mich sicher. Sicher und geliebt. Denn auch wenn es ihm nicht bewusst ist, gibt er mir Liebe und Sicherheit. Auch, wenn ich es nicht verdiene.

Ich beuge mich ebenfalls näher zu ihm und sehe nur noch seinen Körper und eine wirbelnde Nebelwolke.

Unsere Gesichter befinden sich so dicht voreinander, dass ich jedes Mal einen Hauch auf meinen Wangen spüre, wenn er ausatmet. Die Silberflecken in seinen Augen funkeln in den Tropfen, die auf uns niederregnen und die weißen Duschwände reflektieren. Der Duschstrahl erstickt jedes Geräusch und gibt uns das Gefühl, in unserem ganz privaten weißen Regenschauer eingeschlossen zu sein.

Ich lasse den Blick über sein unrasiertes Gesicht gleiten und mustere die kleinen schwarzen Haare, die einen Schatten auf seinem Kiefer bilden und zur Farbe seiner langen Wimpern passen. Dann wandert mein Blick zu seinen vollen Lippen, und ich befeuchte geistesabwesend meine eigenen.

Und dann küsst er mich. Als sei er dazu geboren, als wüsste er ganz genau, wie er *mich* küssen müsste, seine Lippen passen perfekt zu meinen, und es ist ganz anders als unser erster Kuss.

Dieser Kuss ist verzweifelt und gierig, leidenschaftlich pressen wir unsere Münder in dem weißen Schauer aufeinander.

Ich erwidere seinen Kuss als sei er meine letzte Rettung, als würde ich ohne ihn sterben – und vielleicht würde ich das. Ich öffne meine Lippen, und unsere Zungen finden sich, sie gleiten rau umeinander und tanzen und tasten und lecken. Und es ist einfach … absolut … perfekt.

Ich stelle mich auf die Zehenspitzen und versuche, seinem Mund näher zu kommen, weil er viel zu weit von mir entfernt zu sein scheint. Er lässt seine Zunge über die weiche Haut in meinem Mund gleiten. Er ist noch immer zu weit weg. Ich lege meine Hand um seinen Nacken, schiebe meine Finger in seine Haare und mache ein unwilliges Geräusch, weil ich so verdammt klein bin und nicht so an ihn herankomme, wie ich möchte.

Er fasst meine Hüften und tritt zu mir in die Dusche. Er lässt seine großen Hände über meinen Po gleiten, hebt mich hoch und drückt mich gegen die kühle Wand der Dusche. Ich schlinge meine Beine um seine Taille, mein Po liegt in seinen Händen und unsere Hüften drängen sich aneinander.

Und oh, Gott! JA!

Ich bin scharf und angriffslustig. Plötzlich fühle ich mich wie eine gierige, verrückte Küssmaschine, und ich gebe diese stöhnenden Geräusche von mir, die wahrscheinlich peinlich wären, wenn ich nicht so verdammt scharf auf ihn wäre.

Levi weicht zurück und legt den Kopf auf die andere Seite, dann küsst er mich erneut, saugt an meiner Unterlippe und lässt seine Zunge zurück in meinen Mund gleiten.

Meine Hände krallen sich an sein weißes T-Shirt, das ganz und gar nass ist, und ich zerre an seinem Ausschnitt, nur weil ich an etwas *zerren* muss. Aber der Ausschnitt ist nass und lose, und meine geballten Fäuste reißen ihn nach unten, sodass Levis Brustbein und sein oberster Brustmuskel frei liegen, und ein kleiner schmutziger Teil von mir möchte die Zähne in seiner Haut versenken.

Mein Gott! In mir steckt ein Vampir.

Und wann zur Hölle bin ich so scharf geworden?

Und dann begreife ich es. Ich bin nicht plötzlich scharf geworden, es liegt daran, dass ich mit Levi zusammen bin. Hier in seinen Armen kann ich Pixie sein, verletzt und nicht makellos, sondern nass und schmutzig, und es ist okay. Wir sind okay.

Eine seiner Hände verlässt meinen Po und streicht über meinen Rippenbogen, sein Daumen drückt in die weiche nachgiebige Haut zwischen meinen Rippen. Seine Hand gleitet weiter nach oben und umfasst meine Brust durch die dünne nasse Baumwolle meines Shirts und drückt sie sanft. Ich presse meine Hüften gegen seine, will ihn unbedingt mehr spüren, und er reagiert, indem er mit dem Daumen über meinen festen Nippel streicht. Hin und her, hin und her.

Ich stöhne bei jedem Strich seines Daumens, und die Muskeln unten in meinem Bauch ziehen sich zusammen. Erneut umfasst er mit der Hand meine Brust und drückt sich gegen mich. Gott, er ist fest. Und groß. Und heiß. Und mein Körper sehnt sich danach, all das in sich zu spüren.

Seine Hand streicht hinunter zu meinem Bein. Als er seine Hand an der Rückseite meines Oberschenkels hinauf zu meiner völlig entblößten Pobacke gleiten lässt – meine weißen Shorts sind nach oben gerutscht und fühlen sich jetzt mehr wie ein Stringtanga als eine Laufhose an –, hinterlässt er eine heiße Spur des Verlangens auf meiner Haut. Er umfasst meinen nackten Po und drängt sich fester gegen mich.

Und er küsst mich – JA! Er küsst mich, als würde er verhungern – und ich küsse und winde mich und reibe mich an ihm und, zum Teufel, tue alles, was mein Körper mit seinem tun will.

Ich bewege meine Hände zu seinem Rücken und schiebe sie unter sein T-Shirt. Seine Rückenmuskeln fühlen sich fest und kräftig an. Als ich das Shirt nach oben schiebe, tanzen seine Muskeln bei jeder Bewegung. Er lehnt sich gegen mich und ich bin noch nie in meinem Leben erregter gewesen. Ehrlich.

Die nasse Dusche stört mich nicht.

Sein Mund gleitet zu meinem Kinn – ja – und dann zu meinem Hals – *oh Gott* – und dann lässt er seine Zähne über mein Brustbein gleiten, während seine Hand mein Bein umfasst und innen an meinem Oberschenkel nach oben gleitet und – heilige Hölle! Der Junge weiß, was er mit meinem Körper anzustellen hat.

Er lässt seine Hand hinauf unter meine Shorts gleiten und legt seine warme Hand auf das V zwischen meinen Beinen. Ich wimmere vor Erregung, mein Körper reagiert auf seine heiße Berührung und wird immer feuchter, während er seine Finger an Stellen gleiten lässt, an denen mich noch niemand je berührt hat.

Er küsst und saugt an meinem Hals und an meiner Brust, während er langsam einen Finger in meinen erregten Körper gleiten lässt, während sein geschickter Daumen über meine empfindlichste Stelle reibt. Ich winde mich, weil ich mich nach mehr sehne – mehr brauche –, so viel mehr. Langsam zieht er seinen Finger zurück, und ich wimmere und keuche vor Lust, bis er ihn wieder in mich hineinstößt, während er zugleich weiter mit dem Daumen über meine heiße, nasse Haut reibt.

Ich zucke, stöhne, ringe um Atem, bettele, während Levi mich küsst und heißen Atem der Lust über meine Haut fließen lässt. Er nimmt einen zweiten Finger hinzu und füllt mich aus, während er die Bewegung seines göttlichen Daumens beschleunigt und seine Finger hinein- und hinausgleiten lässt.

Mein Körper zittert vor Erregung, meine Schenkel beben an seinen Hüften, während er mich einem süßen Tod entgegentreibt, und ich lege den Kopf in den Nacken und sehe nichts als den weißen Regen. Dann schreie ich vor Lust auf, mein Körper löst sich vollständig auf und überlässt sich Levis magischer Hand.

Meine Mitte pulsiert, während Levi seine Lippen auf meine legt und mich leidenschaftlich küsst. Ich wimmere an seinem Mund und achte darauf, dass ich nicht abrutsche, während ich meine Hände zum Bund seiner Shorts nach unten gleiten lasse. Ich möchte sie ihm herunterreißen und ihn in mir spüren, bis diese wundervolle und sehnsüchtige Leere in mir vor Zufriedenheit schnurrt.

Er verteilt Küsse auf meinem Brustbein. Ich reiße an seinem Hosenbund. Er zieht an meinem Trägerhemd …

Und dann bricht der Feueralarm los.

Wir erstarren beide. Die Brandschutzübung.

Heute ist Brandschutzübung.

Einen Augenblick lang bleiben wir noch aneinandergedrängt stehen, atmen schwer in den Dampf und wärmen die nasse Kleidung zwischen uns.

Doch zu schnell dringt die Realität durch den Nebel zu uns herein. Ich habe mich bereits entschieden. Ich will Levi endgültig und schamlos in mir fühlen. Levi hat seinerseits den Kopf von meinem Brustbein gelöst und sieht mir in die Augen.

Nicht in meine Augen. Sieh mir nicht in die Augen!

Wenn er mich sieht, wird er sich erinnern, und wenn er sich erinnert …

»Mist!« Er weicht zurück, Reue und Hass liegen in seinem Blick, und ich würde am liebsten schreien.

Aber das tue ich nicht. Ich bleibe, wo ich bin, lehne mich gegen die Wand, während Levis Erektion sich noch immer gegen meine aufgewühlte Mitte drängt, und ich tue so, als sei das für mich alles ganz normal.

Ist irgendwas? Oh, nein. Das mache ich dauernd. Ich vögele ständig in meinem Pyjama irgendwelche Kerle unter der Dusche.

Er lässt mich sanft nach unten rutschen, bis meine Füße wieder den nassen Grund der Dusche berühren, dann wendet er sich ab.

Er verlässt das Bad, der Feueralarm plärrt, ich sinke auf den Boden der Dusche, lasse das Wasser auf mich niederprasseln und ein Schaudern durchläuft meinen Körper.

Es ist das erste Mal seit Tagen, dass ich warm dusche, und ich bin angezogen, ich bin außer Atem und mir ist höllisch kalt.

30

Levi

Es war falscher Alarm, die Brandschutzübung, das Gefühl, zu jemandem zu gehören, als Pixie ihre Arme um mich geschlungen hatte.

Ich mache mir nicht die Mühe, meine nassen Kleider zu erklären, als ich nach unten patsche, um den kreischenden Lärm abzustellen. Die Gäste irren aufgeregt umher und reagieren unverhältnismäßig.

Ellen ist in der Lobby, versichert jedem, dass es kein Feuer gebe und alles in Ordnung sei. »Dies ist nur eine Übung«, erklärt sie. Die Leute hören es, wollen aber dennoch über ihre soeben durchlebte Nahtoderfahrung sprechen.

Der Einzige, der in diesem Laden gerade eine Nahtoderfahrung durchlebt hat, bin ich. Ich wäre in der Dusche fast gestorben, als Pixie in meinen Armen entflammt ist und mein selbstsüchtiger Körper einfach mit ihr entbrannte.

Was zur Hölle habe ich mir dabei gedacht?

Egal, ich weiß, was ich gedacht habe.

Warum zur Hölle habe ich nachgegeben?

Egal, auch das weiß ich.

Aber das macht es nicht besser. Und wenn ich versuche, etwas in meinem Leben wiedergutzumachen, werde ich mein Seelenheil sicher nicht bei der Person finden, die mir eigentlich schon meine bloße Existenz verübeln müsste.

Vorbei an aufgeregten Gästen, die mich und meine triefenden Kleider anstarren, als sei ich verrückt, gehe ich in den hinteren Bereich der Lobby, öffne den Kontrollkasten und schalte den Alarm aus.

Es folgt ein deutlich hörbarer Seufzer der Erleichterung, ein kurzer Moment der Stille, dann bricht erneut Chaos aus. Es wird noch mehr über das »große Feuer« geplappert, das gar nicht stattgefunden hat.

Ich gehe zu Ellen, die mich von oben bis unten mustert. Ihr Blick bleibt an meinem ausgeleierten nassen Ausschnitt hängen, fragend hebt sie eine Braue.

Ich erkläre es ihr nicht.

Sie blickt sich um. »Wo ist Pixie?«

Als ob wir paarweise unterwegs sein müssten oder so etwas.

»Woher soll ich das wissen?« Und Mist, das habe ich mit einer Heftigkeit gesagt, die nur weitere Fragen aufwirft.

»Ihr zwei wohnt im selben Flügel, Levi«, antwortet sie. »Was, wenn es *wirklich* ein Feuer gäbe und sie darin eingeschlossen wäre. Der Zweck einer Brandschutzübung ist es, das Retten zu üben. Hast du überhaupt nach ihr gesehen, bevor du nach unten gekommen bist?«

Erstens, was für ein Scheiß.

Ich würde Pixie niemals sterben lassen. Ich lasse sie vielleicht nass und zitternd und angezogen unter einer warmen Dusche zurück, aber ich würde sie ganz bestimmt nicht der Gewalt eines Feuers überlassen.

Zweitens, langsam.

Wenn Ellen mich nicht gut genug kennt, um zu wissen, dass ich niemals jemanden – *vor allem* nicht Pixie – sterben lassen würde, möchte ich auf der Stelle tot umfallen.

Ich öffne den Mund und will ihr gerade eine passende, nicht gerade freundliche Antwort geben, als ich den spöttischen Glanz in ihren Augen bemerke.

Verdammt! Diese Frau.

»Pixie geht es gut«, sage ich.

Ellen mustert mich noch einmal von oben bis unten. »Bist du dir sicher?«

Wow. Nie wieder möchte ich in einem Haus voller Frauen wohnen. Die meinen immer alles zu wissen.

»Ich bin mir sicher«, erwidere ich. »Brauchst du sonst noch irgendwie Hilfe?«

»Nein.«

»Gut, dann bist später.« Ich drehe mich um und gehe wieder nach oben, wobei ich mir reichlich Zeit lasse, damit ich nicht zufällig Pixie begegne. Als ich oben ankomme, hole ich mir etwas zum Anziehen aus meinem Zimmer und gehe zum Bad.

Pixie ist weg, und das Bad riecht nicht nach Lavendel, sodass ich annehme, sie ist nicht mehr sehr lange geblieben, nachdem ich sie unter der Dusche zurückgelassen habe. Der Spiegel ist allerdings noch immer heftig beschlagen.

Als ich die Dusche anstelle, schnürt sich meine Brust zusammen.

Ich brauche eine kalte Dusche, was ganz offensichtlich kein Problem sein wird, denn das gesamte heiße Wasser ist verbraucht.

31
Pixie

Während Levi in der Dusche ist, schleiche ich mit meinem nassen Pyjama in der Hand zum Waschraum. Ich weiß nicht warum, aber ich trage die scheußlichsten Sachen, die ich besitze – eine bunt karierte Jogginghose und ein riesiges graues T-Shirt mit einem Fettfleck, das am Ausschnitt gerissen ist.

Ich bin dick angezogen, aber mir ist immer noch kalt.

Als ich den Waschraum erreiche, glaube ich vor Ellen sicher zu sein, weil sie nie in die winzige Kammer im Westflügel kommt. Niemals.

»Hi, Pix«, sagt Ellen hinter mir, und mir liegt ein Fluch auf der Zunge.

»Hi«, erwidere ich viel zu fröhlich, als ich mich zu ihr umdrehe. Ich versuche, die nassen Kleider unter den Arm zu klemmen, ohne ihre Aufmerksamkeit darauf zu lenken, dass sie einen deutlichen nassen Fleck auf meinem albernen grauen T-Shirt hinterlassen.

Ellen sieht die Kleider und lächelt mich an. »Machst du deine Wäsche?«

Ich nicke.

»Mit nur …«, sie blickt hinunter, »zwei Teilen?«

»Ja.« Ich nicke. »Ich versuche, den Überblick zu behalten. Das ist mein Lieblingspyjama. Und ich habe ihn im Waschbecken vorgewaschen, um Energie zu sparen.«

Okay, ich bin eindeutig eine schlechte Lügnerin – Ellen

weiß das. Und ernsthaft, Pixie? Deiner Tante eine Ausrede zu liefern, *warum* deine Kleider nass sind, ohne dass sie überhaupt danach gefragt hat, ist absolut verräterisch.

Ich presse die Lippen zusammen.

Ellen starrt zu mir hinunter. »Spuck es aus.«

»Nein.«

»*Spuck es aus!*«

»Nein.« Ich werfe meine zwei Wäschestücke in die Waschmaschine und verschränke die Arme. Ich bin eine undurchdringliche Wand. Ich bin eine Festung des Schweigens. Ich bin …

»Hat es etwas mit Levi zu tun?«

»Ja.«

Verdammt! Ich bin eine wirklich schlechte Festung.

»Willst du darüber reden?« Ellen lehnt sich gegen den Türrahmen und drapiert ihre dunklen Haare über ihre Schulter.

»Nein, ich will nicht darüber reden. Ich will, dass Levi darüber redet. Ich will, dass er mich ansieht und aufhört, Charity zu sehen und all die Traurigkeit, und ich will, dass er sich selbst erlaubt, mich wieder zu lieben.« Nun rede ich doch darüber und kann nicht mehr aufhören. »Ich meine, was zum Teufel? Er und Charity waren meine besten Freunde, sie waren mein Leben, und dann ist Charity gestorben und Levi hat mich … einfach *verlassen*! Und jetzt ist es, als wären wir völlig andere Menschen.« Ich sage das laut und bemerke, dass ich beinahe weine. »Wir sind nicht mehr dieselben. Wir sind nicht Levi und Pixie, Transformer und Barbie. Wir sind nicht mehr die drei Musketiere mit ihren Träumen und ihrer Zukunft. Charity ist tot, und mein Herz ist verloren, und Levi ist fertig, und ich … ich …«

Ich fange an zu weinen, Ellen zieht mich in ihre Arme und streicht mir über die Haare, wie meine eigene Mutter es nie getan hätte. »Ich weiß nicht mehr, wie ich ihn lieben soll«, sage ich in Ellens weiches Shirt, während mir die Tränen übers Gesicht laufen.

Sie drückt mich. »Natürlich weißt du das. Liebe hört nicht einfach auf, Pixie. Sie ist immer da.«

Ich rücke von ihr ab und wische mir übers Gesicht; es frustriert mich, ich weine. »Aber er kommt mir so weit weg vor. Ich will ihn einfach zurückhaben. Aber ich bin so …« Ich suche nach dem Wort. »Ich bin so *wütend* auf ihn. Weil er mich verlassen hat. Weil er mich allein hat leiden lassen. Weil er mich vergessen hat.«

Sie schüttelt den Kopf. »Er hat dich nicht vergessen.«

»Doch.«

»Nein. Er hat nur gelitten, Pix. Levi hat nach dem Unfall vieles verloren. Er hat Charity verloren, und dann hat er seine Eltern verloren.«

»Aber *mich* hat er nicht verloren.« Meine Stimme bricht.

Ellen beißt sich auf die Lippe und wartet einen Moment. »Vielleicht weiß er das nicht.« Sie zögert. »Vielleicht solltest du ihm das sagen.«

»Ich kann nicht.« Ich schüttele den Kopf, und eine wilde blonde Locke fällt mir in die Augen. »Ich kann einfach nicht. Alles ist so verquer. Ich glaube nicht, dass es etwas ändern würde, wenn ich es ihm sagen würde. Wir sind einfach zu kaputt.« Ellen legt ihren Kopf schief und schaut mich voller Liebe an. Sie steckt die Locke zurück hinter mein Ohr und streicht mir sanft mit dem Finger über die Wange. Dann lächelt sie zärtlich. »So etwas wie *zu kaputt* gibt es nicht. Alles kann heilen.« Sie küsst mich auf die Stirn und legt die Arme um mich, dann flüstert sie: »Vor allem *du*.«

32

Levi

Ich muss umziehen.

Ich kann nicht mehr Tür an Tür mit Pixie schlafen – vor allem, nachdem ich sie gestern in der Dusche gespürt habe. Ich kann einfach nicht.

Die ganze letzte Nacht habe ich an die Decke gestarrt und mir gesagt, dass, wenn ich je wieder versuchen sollte Pixie zu berühren, ich mich umbringen werde. Und dann habe ich die nächsten Stunden damit verbracht, an die Decke zu starren und darüber nachzudenken, ob ich mich tatsächlich umbringen *könnte*, um zu dem Schluss zu kommen, dass ich es nicht könnte, weil Pixie dann Idioten wie Daren und lüsternen alten Männern wie Earl ausgeliefert wäre, und ich hätte kein gutes Gefühl, sie in einer Welt allein zu lassen, in der Darens und Earls sie ansehen könnten, ohne dass sie Angst vor mir haben müssten.

Und *dann* habe ich an die Decke gestarrt und darüber nachgedacht, wie ich Daren und Earl wehtun würde, wenn sie je versuchen sollten, Pixie anzufassen, was zu einer Reihe ziemlich düsterer Gedanken führte, in denen sogar Plastiktüten und Säure eine Rolle spielten.

Ich muss also ganz offensichtlich umziehen.

Ich schüttele mich, während ich nach unten in die Lobby gehe. Genug an Pixie gedacht.

Als ich durch die Fensterfront des Gasthauses blicke, sehe

ich ein vertrautes Auto auf den Parkplatz fahren, und meine Hände werden taub.

Sandra Marshall.

Pixies Mutter, Ellens Schwester, die mich hasst.

Ich beobachte, wie Sandra aus dem Wagen steigt und auf den Eingang zugeht.

Das ist nicht gut.

33

Pixie

Als es leise an meine Tür klopft, springe ich aus dem Bett, da ich denke, dass es vielleicht Levi ist. Seit unserer gestrigen Paardusche haben wir nicht mehr miteinander gesprochen und dieses Schweigen strapaziert meine Nerven.

Doch als ich die Tür öffne, sehe ich Ellen.

»Hey.« Ich lächele sie an und versuche nicht zu enttäuscht auszusehen.

»Hey …« Sie macht ein schiefes Gesicht, und ich weiß – ich *weiß* es einfach –, dass meine Mutter da ist.

»Oh, nein.« Ich flehe sie mit meinem Blick an, *rette mich.*

Sie macht ein hilfloses Gesicht, und wir beide zucken zusammen, als die Stimme meiner Mutter aus der Lobby nach oben dringt.

»Hi, Haley, wie geht es dir?« *Oh, Nein!* Meine Mutter hasst Haley. Sie hasst Haley leidenschaftlich. Lauf, arme Frau. Lauf um dein Leben.

»Hallo, Sandra.« Haley klingt höflich und nett.

»Wie ich sehe, hast du deine Diät schon wieder abgebrochen«, stellt meine Mutter fest. »Na, wenigstens steht dir das Kurvige. Du bist nie der schlanke Typ gewesen.«

»Mom!«, brülle ich die Treppe hinunter und laufe aus meinem Zimmer, ohne darauf zu achten, dass ich noch immer meinen scheußlichen Pyjama von gestern trage. Ich muss Haley vor einem weiteren schmerzhaften Angriff bewahren.

Als ich die Frau sehe, die mich auf die Welt gebracht hat, setze ich ein derart künstliches Lächeln auf, dass ich denke, mein Gesicht müsste zerreißen.

»Hi!«, sage ich.

»Hey, Liebes.« Sie lächelt mich ebenfalls künstlich an. »Zu Hause steht ein Karton mit alten Sachen von dir. Du solltest vorbeikommen und sie abholen, bevor ich sie wegwerfe.« Sie hebt eine stark gezupfte Braue. »Was hast du da an?«

Ich blicke an mir hinunter. »Einen Pyjama.«

»Ellen!«, ruft meine Mutter meiner Tante zu, die mir die Treppe hinunter gefolgt ist und nun hinter mir steht. »Lässt du deine Angestellten immer so herumlaufen?«

Ellen ist immer ziemlich locker mit meiner Mutter und zuckt die Schultern. »Sie ist noch nicht im Dienst, Sandy. Sie ist erst vor fünf Minuten aufgewacht.«

Mom sieht mich stirnrunzelnd an. »Geh und zieh dir etwas Anständiges an, bevor dich noch ein Perverser in diesem Schlafanzug sieht und auf dumme Gedanken kommt.«

Ich verziehe das Gesicht. »Ich trage übergroße Hosen und ein hässliches T-Shirt, Mom. Kein *Perverser* wird …«

»Sei still. Geh und zieh dich um.«

»Sie muss sich nicht umziehen«, schaltet Ellen sich scharf ein.

»Schon gut«, sage ich zu Ellen, während ich mich umdrehe, um wieder nach oben in mein Zimmer zu gehen. Ich will mich nicht streiten. Das ist es nicht wert. Und ich will nicht, dass Ellen mich verteidigt. Das hat sie in meinem Leben schon genug getan.

Ein nervöses Zucken regt sich an meinem linken Auge, als ich die Treppe hinaufsteige und höre, wie Ellen meine Mutter anzischt, sie solle nett zu mir sein.

Ich war dreizehn, als Ellen zum ersten Mal versucht hat, mich zu sich zu nehmen. Sie hat die heftige Abneigung meiner Mutter gegen mich meine gesamte Kindheit über miterlebt und jahrelang versucht, sie zu mäßigen – ohne Erfolg. Weil Sandra Marshall unglücklich mit ihrem Leben war und an ihrer Bitterkeit hing wie an einer Droge, nach der sie süchtig war.

In der Highschool war meine Mutter oberste Cheerleaderin, während mein Vater – ein Kerl namens Greg – ein Basketballstar war. Sie waren das jugendliche Traumpaar oder was auch immer. Bis meine Mutter schwanger wurde. Sie war damals siebzehn.

»Ich war jung und schön und dünn, bis du kamst und alles ruiniert hast«, pflegte sie stets zu sagen. Als wäre ich irgendwie für meine eigene Zeugung verantwortlich.

Der gute alte Greg kam mit der Vorstellung nicht zurecht, dass sein dünnes kleines Mädchen zunahm, die ganze Zeit unter Übelkeit litt und überaus emotional war. Also verbrachte er mehr Zeit mit dem Rest der Cheerleader-Gruppe als mit meiner schwangeren Mutter und stieg mit den Mädchen ins Bett. Was meiner Mutter das Herz brach.

Doch sie verließ ihn nicht, weil sie das Baby nicht allein großziehen wollte. Außerdem wollte sie mit ihm nach Kalifornien ziehen, um die UCLA zu besuchen und Nachrichtensprecherin zu werden. So ließ sie sich von ihrem miesen Freund betrügen, während sie unter morgendlicher Übelkeit litt und einen Körper wie ein Walfisch bekam.

Dann kam ich zur Welt.

Plötzlich war das Baby real und das Leben wurde hart. Meine Mutter und Greg waren abgebrannte Oberstufenschüler, die keine elterliche Unterstützung erhielten, und Greg entschied, keine Lust mehr aufs Vatersein zu haben. Er verließ die Stadt, als ich vier Monate alt war.

Meine Mutter brach die Schule ab, verabschiedete sich von ihrer Zukunft als Nachrichtensprecherin und nahm eine

Stelle im örtlichen Imbiss an, wo sie ihr gebrochenes Herz vor sich hin garen ließ, bis es ganz schwarz geworden war. Nachdem Greg von der Bildfläche verschwunden war, konnte sie nur noch das kleine Baby für ihr unglückliches Leben verantwortlich machen. Es hatte ihren Körper ruiniert und den einzigen Mann verjagt, der sie je lieben würde – so ihre Logik.

Ich hatte nie eine Chance.

Ellen, die ein paar Jahre älter als meine Mutter ist, sprang ein, um ihr mit dem Baby zu helfen. Doch Sandra Marshall war wild entschlossen, unglücklich zu sein. Und mit jedem Jahr, das vorüberging, ohne ihr einen Weg aus der Stadt zu weisen oder ihr einen gut aussehenden Mann zu schenken, wurde sie mir gegenüber ungnädiger.

Ellens Versuche, Sandras Verhalten zu mäßigen, scheiterten. So bot sie als letzte Lösung ihr Zuhause an – nur wenige Meilen vom Inn entfernt – und fragte mich, ob ich mir vorstellen könnte, auf unbestimmte Zeit bei ihr zu leben. Meine Mutter war nicht wirklich dagegen, aber sie war wegen ihres Vorschlags überaus garstig zu Ellen. Denn, wenn Ellen ihr die kleine Pixie wegnahm, wen sollte Sandra dann für ihre unglückliche Existenz verantwortlich machen?

Ich lehnte Ellens Angebot unter dem Vorwand ab, dass ich nicht so weit nach draußen und von meinen Freunden fortziehen wolle. Aber eigentlich wollte ich nur nicht, dass Ellen noch stärker die Wut meiner Mutter auf sich zog und mit den, wie auch immer gearteten, jähzornigen Wutausbrüchen umgehen musste, mit denen Sandra Marshall in den nächsten Jahren noch um sich werfen würde.

Also blieb ich bei meiner Mutter wohnen und besuchte Ellen so oft wie möglich. Sie kam freitags nach Prescott und holte Charity und mich von der Schule ab, sodass wir das Wochenende im Willow Inn verbringen konnten.

Im Sommer als wir vierzehn waren, wohnten Charity und

ich zwei Wochen im Inn. Es waren zwei Wochen angefüllt mit Eiscreme und Filmen und langem Aufbleiben und Spaß mit Ellen. Das war der Sommer, in dem Ellen anfing, mich Pixie zu nennen. Ich bin froh, dass sie nie damit aufgehört hat.

Sandra Marschalls streitlustige Stimme reißt an meinen Nerven, während ich höre, wie sie schnatternd die Treppe hinuntergeht.

Verdammt! Meine Mutter ist hier. Ich dachte, ich sei frei, doch jetzt macht die einzige Person, der ich mein ganzes Leben lang entkommen wollte, Haley nieder, weil sie Kohlehydrate isst.

34

Levi

In der Hoffnung, Sandra Marshall nicht zu begegnen, erledige ich den ganzen Tag über Dinge außerhalb des Hauses.

Ich habe drei Möglichkeiten, das Inn zu betreten: durch den Haupteingang – doch Sandra könnte in der Lobby sein. Durch den Hintereingang – doch Sandra könnte sich in der Bibliothek oder in Ellens Büro aufhalten. Oder durch die Küche.

Die Küche ist es.

Ich streife meine Schuhe auf der Matte draußen ab und gehe hinein.

»Hey, schöner Mann.« Mable lächelt mir herzlich zu. »Ich habe Honigcroissants gemacht, willst du eins?«

»Immer.« Ich nehme ihr ein Croissant ab und führe es zu meinem Mund. Pixie steht am Waschbecken. Sie hat sich die Haare aus dem Gesicht gebunden, sodass ihre Wangen und ihre Nase besonders zart wirken. Ihre gelbe Schürze ist mit Mehl und etwas befleckt, das wie Schokolade aussieht, und ich bemerke, dass sie hübscher gekleidet ist als sonst.

Unsere Blicke begegnen sich.

Sie wendet sich ab.

Sandra betritt die Küche und blickt stirnrunzelnd zu Mable. »Croissants sind nichts für eine Frau deines Alters. Willst du *sterben*?«

Mable hebt eine Braue. »Nein, *du*?«

»Ach, Herrgott, Mutter.« Pixie verdreht die Augen, während sie auf der Arbeitsplatte Teig knetet. »Hör auf, alle zu beleidigen.«

Sandra hört jedoch nicht auf ihre Tochter. Sie blickt zu mir.

Und los geht's.

Als Sandra Marshall ihre Schwester zum ersten Mal besucht hat, habe ich gerade drei Wochen im Willow Inn gearbeitet. Ich hatte Sandra seit Charitys Beerdigung nicht mehr gesehen und rechnete nicht damit, dass sie überhaupt mit mir sprechen würde.

Doch das tat sie.

»Du arbeitest also jetzt hier«, stellte sie voller Verachtung fest, als ich gerade dabei war, ein Gemälde an der Wand in der Halle aufzuhängen.

Ich drehte mich mit dem Hammer in der Hand zu ihr um und war mir nicht sicher, ob sie eine Antwort von mir erwartete.

»Meine Schwester sagt, du würdest jetzt auch hier wohnen«, fügte sie hinzu. »Sind deine Eltern mit dieser Vereinbarung einverstanden? Ach, warte. Stimmt ja. Sie sind weggezogen.« Sie schnalzte mit der Zunge. »Du hast deine ganze Familie vernichtet, stimmt's? Erst deine Schwester, dann deine Eltern.«

Ich umklammerte den Hammer.

»Ich kann es ihnen nicht verübeln.« Sie ließ ihren mitleidigen Blick an mir hinauf- und hinabgleiten und seufzte. »Du siehst genau aus wie sie.« Sie schüttelte den Kopf. »Deine arme Mutter. Ich wette, sie verflucht den Tag, an dem du geboren wurdest.«

Und mit diesen Worten wandte Sandra Marshall sich ab und verließ das Inn, als hätte sie mir nicht soeben das Herz herausgerissen und jede Angst laut ausgesprochen, die in mir lauerte.

Ich starrte ihr mit dem Hammer in der Hand lange Minuten hinterher und wartete darauf, dass mein Herz aufhörte, vor Wut zu hämmern. Aber ich konnte den Schmerz aus meiner Brust nicht vertreiben. Weil sie recht hatte. Meinetwegen war Charity tot.

Und jetzt treffen wir uns also erneut, diesmal in der Küche. Sandra kneift ihre bösen Augen zusammen, und ich bin noch immer derselbe schuldige Junge wie vor sechs Monaten.

Sie schürzt die Lippen. »So schmutzig wie du bist und so wie du stinkst, arbeitest du offenbar noch immer hier.«

Ich lächele angespannt. »Tut mir leid, Sie zu enttäuschen.«

»Nein, das tust du nicht.« Sie lacht höhnisch.

»Lass Levi in Ruhe.« Pixie starrt ihre Mutter wütend an.

»Ich werde ihn ganz sicher *nicht* in Ruhe lassen. Er hat dich letztes Jahr fast umgebracht!« Sandra wendet sich an mich. »Und sie hat dir ihre Narben zu verdanken. Jetzt wird sie kein Mann je nackt sehen wollen. Bist du jetzt glücklich?«

Mable schnappt nach Luft, alle Farbe weicht aus ihrem Gesicht.

Es fühlt sich an, als hätte Sandra mir einen Schlag in die Magengrube versetzt.

»Mom!« Pixie wirkt gedemütigt.

»Nun, es stimmt, Sarah!«, entgegnet sie. »Du bist ohnehin nicht besonders hübsch, aber mit dieser gigantischen Narbe auf deiner Haut – und auch noch quer über der Brust – bist du … tja, geradezu abstoßend.«

Jegliches Gefühl schwindet aus meinen Fingerspitzen, während ich wie erstarrt neben dem Arbeitstresen stehe. Ich bekomme keine Luft. Ich bin hin- und hergerissen zwischen der Lust, mich selbst oder Sandra Marshall zu töten.

Vielleicht werde ich beides tun.

»Halt den Mund, Sandra«, schaltet sich Mable ein. »So spricht man nicht mit seiner hübschen kleinen Tochter.«

Pixie sieht aus, als würde sie gleich anfangen zu weinen, und meine Entscheidung steht fest. Ich werde zuerst ihre Mutter umbringen, dann mich.

Sandra verdreht die Augen. »Ach, komm schon, Sarah, sei nicht so emotional.«

»Sie müssen jetzt gehen, Sandra«, sage ich. Und ich nenne sie Sandra, weil Formalitäten längst keine Rolle mehr spielen.

Sie wendet mir ihren Blick zu. »Ich nehme keine Anweisungen vom *Hausmeister* entgegen.«

Ich sage: »Dann wird der *Hausmeister* Sie nach draußen begleiten.«

»Mom, kannst du einfach gehen?« Pixies Stimme klingt leise, und ich ertrage es kaum, ihre Demütigung darin zu hören.

Sandra scheint entsetzt. »Und dich hier bei diesem«, sie mustert mich von oben bis unten wie einen Verbrecher, »schmutzigen, widerlichen, Schwester-tötenden Kerl zurücklassen?«

Ich bin am Ende meiner Kräfte. Sandra hat die Charity-Karte gespielt und aller Sauerstoff weicht aus meiner Lunge.

»Du bist eine grässliche Frau«, bemerkt Pixie und strafft die Schultern. »Du bist wirklich fürchterlich, und ich hasse es, dass wir dieselbe DNA haben.« Sie deutet auf die Tür zum Speisesaal. »Geh.«

»Aber wir haben noch nicht einmal zu Abend gegessen.«

»Du bist nicht zum Abendessen hergekommen. Du bist hergekommen, um dich wie eine Zicke aufzuführen und mich daran zu erinnern, dass ich nichts wert bin. Und weißt du was? Mission vollendet.« Pixie schleudert das Nudelholz auf den Boden. »Ich bin hässlich. Ich habe eine Narbe. Ich bin wertlos. Egal.« Ihr Blick wird hart. »Vielleicht bin ich alle diese Dinge, aber weißt du, was ich nie sein werde?« Sie hält inne. »Du.«

Sie ist selbstbewusster, als ich sie je zuvor erlebt habe, und ich bin wahnsinnig stolz auf sie.

»Und *du*«, fährt Pixie fort, »bist das hässlichste Ding in diesem Raum.«

So verdammt stolz.

Sandra mustert ihre Tochter mit kühlem Blick – herablassend – und murmelt: »Ich wusste, ich hätte abtreiben sollen.«

Dann dreht sie sich um und verlässt die Küche.

Ich gehe hinter ihr her, aber Pixies Stimme hält mich zurück.

»Nicht, Leaves.«

Leaves. Sie hat mich Leaves genannt.

Mein Herz hämmert, meine Hände schwitzen, und meine Seele schreit, dass ich unbedingt hinter Sandra herlaufen und ihr all den Schmerz zufügen will, den sie Pixie zugefügt hat.

Aber Leaves …

Leaves hält mich zurück.

Ich blicke zu Pixie, und sie schüttelt den Kopf. »Ich will einfach, dass sie geht, okay? Lass sie einfach gehen.« Sie wirkt erschöpft.

Ich nicke und beobachte, wie Pixie ihre Schürze abnimmt, sie an einen Haken hängt und die Küche verlässt. Ich stehe eine ganze Weile da und versuche herauszufinden, was ich mit all der Wut in mir anfangen soll. Ich bin so wütend. Wütend, dass Sandra Pixie so viele emotionale Narben verpasst hat, und wütend, dass ich ihr noch eine körperliche hinzugefügt habe.

Als ich schließlich die Küche verlasse, gehe ich die Treppe zum Ostflügel hinauf, wo ich Pixie auf dem obersten Treppenabsatz vorfinde, als hätte sie vorgehabt, vor allem wegzulaufen, dann aber den Mut verloren und sich einfach dort fallen gelassen hat, wo sie gerade war.

Langsam steige ich die Treppe hinauf und bleibe ein paar Stufen unter ihr stehen. »Deine Mutter ist echt hart.«

Sie nickt. »Meine Mutter ist ein Miststück.«

»Ja.« Einen Augenblick fühle ich mich unwohl und bin mir nicht sicher, ob ich in mein Zimmer gehen oder bleiben soll, wo ich bin. Doch irgendwie fühlt es sich nicht richtig an, Pixie zu verlassen, also schiebe ich meine Hände in die Taschen und stehe einen Augenblick still. »Ich habe noch nie zuvor erlebt, dass du dich so gewehrt hast.«

Sie streicht sich eine Haarsträhne aus dem Gesicht. »Ja, stimmt. Ich wohne nicht mehr bei ihr, deshalb muss ich nicht mehr tagelange Schikanen fürchten.«

Ich nicke. Ich blicke zur Seite.

Sie blickt auf ihre Schuhe.

»Ich bin stolz auf dich.« Die Worte purzeln aus meinem Mund.

Pixie sieht auf und schenkt mir ein zartes Lächeln, das meinen Mund ermuntert, noch mehr zu sagen.

»Du warst richtig toll«, sage ich.

Ihr Lächeln wächst, und mir wird warm.

»Vermutlich neunzehn Jahre zu spät«, erwidert sie.

»Nein«, antworte ich leise. »Es ist nie zu spät, mutig zu sein.«

Sie reibt sich mit den Händen über das Gesicht, und ich verspüre das überwältigende Bedürfnis, mich neben sie zu setzen und einen Arm um sie zu legen. Früher habe ich so etwas andauernd gemacht. Es war ganz natürlich für mich. Für uns.

Sie blickt mich an und runzelt die Stirn. »Was meine Mom über meine Narbe gesagt hat …«

Ich schüttele den Kopf, Panik und Angst strömen durch meine Adern. »Sie hat recht.«

Pixie sieht aus, als hätte ich sie geohrfeigt. »Dass sie meinen Körper abstoßend macht?«

»Was? *Nein*! Gott, nein!« Erneut würde ich Sandra am

liebsten umbringen. »Nein. Sie hatte recht, als sie meinte, es sei meine Schuld. Meinetwegen bist du fast gestorben.«

»Nein, das stimmt nicht.« Sie sieht verwirrt aus.

»Und meinetwegen ist Charity tot.«

»Was?« Sie blinzelt. »Levi … *was*? Bist du verrückt? Ein Lastwagenfahrer namens Joe Willis, der am Steuer eingeschlafen ist, ist der Grund für Charitys Tod. Der Unfall war nicht deine Schuld.« Sie wirkt verwirrt und hebt ihre Stimme. »Und wenn man jemandem wegen jener Nacht Vorwürfe machen kann, dann *mir*. Ich hatte entschieden, dass wir betrunken nach Hause fahren sollten.«

»Aber *ich* habe Schicksal gespielt, Pix. Ich habe euch zwei direkt in den Tod gefahren.«

»Du hast versucht, uns zu beschützen!«

»Ach ja?« Jetzt schreie ich. »Und hat das funktioniert? Habe ich Charity beschützt? Habe ich DICH beschützt?« Meine Stimme hallt durch den Ostflügel, und meine Augen brennen.

Es ist so still, dass ich mein Herz klopfen höre und den flachen Atemzug, den Pixie soeben getan hat. Sie scheint fassungslos.

Meine Brust tut weh. Meine Brust tut so unglaublich weh.

Ich haste zu meinem Zimmer und schlage die Tür hinter mir zu.

35

Pixie

Ich fühle mich wie vom Schlag getroffen.

Levi leidet nicht nur unter dem Verlust von Charity, er gibt sich auch noch die Schuld an ihrem Tod. Dieser Idiot gibt sich die Schuld. Genau wie ich.

Mann, sind wir kaputt.

Mir fehlen die Worte, um die Leere in mir zu beschreiben, und meine Füße fühlen sich an wie Betonklötze, die mich an meinem Platz festhalten, während ich auf den Boden starre. Anscheinend hat Levi mit seinen ganz eigenen Monstern zu kämpfen, und ich weiß nicht, wie ich sein Held sein kann.

36

Levi

Der Damm ist gebrochen. Der Damm verdrängter Schuld, den Pixie und ich so sorgsam im Laufe des vergangenen Jahres errichtet haben, ist mitten durchgebrochen, als Charitys Name gefallen ist, und jetzt wird das Inn von einer Welle des Leugnens überflutet.

Ich kann Pixie nicht in die Augen sehen. Ich will nicht wissen, dass sie da ist oder dass sich mein Schmerz in ihrem Blick spiegelt. Ich will mich in ihrer Gegenwart nicht emotional durchsichtig fühlen oder in ihrer Trauer versinken. Also verhalte ich mich die nächsten Tage ganz und gar freundlich in ihrer Gegenwart.

Jedes unserer Gespräche ist geschäftlich und roboterhaft, und mein Blick gleitet nie unter die Oberfläche, wenn er ihrem begegnet.

Stoisch. Das bin ich. Denn alles andere würde mich dazu zwingen, die Tatsache anzuerkennen, dass Pixie sich wegen Charity genauso schuldig fühlt wie ich, und dass sie innerlich vielleicht genauso gebrochen ist wie ich.

Also halte ich die Tür zur Lobby auf, wenn Pix und ich sie gleichzeitig erreichen, und ich sage »Hallo«, wenn ich ihr in der Halle begegne, und das alles mache ich mit leerem Blick und hohlem Herzen.

Ich fühle nichts. Das ist sicherer.

Das Klackern hochhackiger Schuhe dringt an meine Ohren, während ich Glasreiniger auf ein weiches Tuch sprühe. Kurz darauf steht Ellen neben mir und sieht zu, wie ich die klapprige Leiter hinaufklettere, um an ein schmutziges Fenster über mir heranzukommen.

»So«, sagt sie nüchtern mit einem Kaffeebecher in Händen. »Die Lage zwischen dir und Pixie wirkt ziemlich angespannt. Angespannter als üblich. Könnte das etwas mit dem Geschrei zu tun haben, das ich neulich Abend gehört habe?«

Auf Ellen ist Verlass. Sie wartet, bis ich auf einer wackligen Leiter stehe, von der ich nicht flüchten kann, dann beginnt sie ein unangenehmes Gespräch.

»Nicht jetzt, Ellen.« Ich richte den Blick auf das Fenster, das ich gerade putze. Saubermachen ist zwar nicht meine Aufgabe, aber Eva ist zu klein, um an diese hohen Fenster heranzukommen, selbst wenn sie auf der obersten Stufe der Leiter stünde – nicht, dass ich überhaupt zulassen würde, dass sie auf diesem Ding ihr Leben riskiert.

»Doch, jetzt«, entgegnet sie streng. »Was sollte das Geschrei von wegen Pixie beschützen?«

Ich halte inne und blicke zu ihr hinunter. »Ich habe dem Schicksal ins Handwerk gepfuscht.«

Sie legt den Kopf schief: »Was?«

Ich lege den Lappen beiseite, atme aus und fahre mir mit der Hand durch die Haare. »Ich habe dem Schicksal ins Handwerk gepfuscht, und ich habe Charity verloren.«

»Aha.« Sie nickt und betrachtet mich eine Weile. »Hast du schon einmal daran gedacht, dass du vielleicht dem Schicksal ins Handwerk gepfuscht und dadurch Pixie gerettet hast?«

Ich starre sie an.

»Vielleicht wären Charity und Pixie beide in dem Wagen gestorben, wenn Charity betrunken gefahren wäre«, sagt Ellen. »Vielleicht hast du durch dein Eingreifen Pixie das Leben gerettet.«

Ich starre sie weiterhin sprachlos an. So habe ich das noch nie gesehen.

Sie trinkt einen Schluck Kaffee und blickt auf das Fenster. »Du hast einen Fleck übersehen.«

37

Pixie

Ich trage nicht einfach einen Bikini; ich trage ein neonpinkfarbenes Statement. Und ich trage es voller Stolz.

Wenn die netten Menschen aus Prescott mich sehen wollen, sollen sie das ganze verdammte Desaster sehen.

Als ich am Seeufer entlanggehe, ist es, als würde ich das Rote Meer teilen. Menschen, die ich mein ganzes Leben lang kenne, lächeln und sagen »Hi«, und jeder Einzelne von ihnen starrt auf meine Narbe und geht mir aus dem Weg, als wäre ich eine Aussätzige.

In gewisser Weise bin ich das vermutlich auch. Ich bin mit Charitys Tod verseucht. Also lasse ich sie glotzen. Die Narbe ist schrecklich, ich weiß. Aber zum ersten Mal überhaupt bin ich froh, dass sie hässlich ist. Weil sie die Aufmerksamkeit der Leute anzieht und sie zwingt, sich zu erinnern.

»Du weißt, dass ich dich krass finde, oder?« Jenna schiebt ihre Sonnenbrille auf der Nase nach oben, wir suchen eine freie Stelle am Strand.

»Ich weiß.« Mein knalliger Bikini lässt mehr Haut frei, als ich je in der Öffentlichkeit gezeigt habe, und irgendwie gibt mir das Kraft.

Wenn ich etwas von Charity gelernt habe, dann, mich schön zu fühlen. Zuversichtlich und dankbar für das zu sein, was ich bin und was mich ausmacht. Sie hat immer versucht, den Schaden, den meine Mutter mir zugefügt hat, wiedergutzumachen, indem sie mich ständig mit positiven Worten und Komplimenten aufgebaut hat. Charity war wild entschlossen, mich wissen zu lassen, wie wertvoll ich für sie war. Wie schön ich war, von innen und von außen. Habe ich dasselbe für sie getan? War ich Charity eine so gute Freundin wie sie mir?

Ich straffe den Rücken und schiebe meine Haare über die Schultern nach hinten, sodass meine Brust bis auf mein Bikinioberteil nackt ist. Charity wäre stolz auf mich.

Gott, sie fehlt mir.

Sie hat mir eine Freundschaft geschenkt, nach der die meisten Menschen ihr ganzes Leben lang suchen.

Und dann ist sie gestorben.

Jenna und ich finden einen freien Platz am Ufer und breiten unsere Handtücher aus. Während ich meins auf dem Sand glatt streiche, fällt mein Blick auf Darens schwarzen Wagen, der gerade auf den Strandparkplatz biegt. Er steigt aus und wird sofort von einem Haufen halb nackter Mädchen begrüßt, die ganz heiß darauf sind, ihn zu berühren, und ihm Getränke anbieten. Er hebt seine Sonnenbrille, blickt zum Strand und lächelt, als er mich entdeckt. Er hebt die Hand zum Gruß. Ich hebe meine, dann wendet er sich wieder seinem Harem zu, und ich streiche weiter mein orangefarbenes Handtuch glatt.

»Wer ist das?«, fragt Jenna, die beobachtet, wie Daren sich das T-Shirt über den Kopf zieht und sich einer Gruppe anschließt, die in der Nähe Volleyball spielt.

»Das ist Daren«, antworte ich.

»Der Typ, der dich geküsst hat?«

»Genau der.«

»Aha.« Sie beobachtet ihn noch einen Augenblick lang und bleibt garantiert in dem klebrigen Netz hängen, das Daren aus seinem guten Aussehen und seiner provokanten Art um sich webt. »Nicht schlecht.«

Ich schnaube. »Aber auch nicht gut.«

»Gut genug für mich.« Sie grinst.

»Du würdest ihn bei lebendigem Leib verschlingen.«

»Und ich wette, er schmeckt köstlich.«

Ich hebe eine Braue. »Besser als Jack?«

Ihr anzüglicher Gesichtsausdruck weicht Verzweiflung. »Jack steht nicht auf der Tagesordnung der heute zu besprechenden Themen.«

Ich lächele sie wissend an, und wir nehmen beide auf unseren Handtüchern Platz.

»Was ist eigentlich mit euch beiden los?«, frage ich.

Sie seufzt. »Es ist verwirrend. Manchmal ist er fröhlich und lustig, und ich habe das Gefühl, er ist in mich verliebt. Und dann nervt er mich wieder total und ich würde ihn am liebsten ohrfeigen, und ich habe das Gefühl, er mich auch. Und nicht auf die scharfe, erotische Weise.« Sie denkt einen Augenblick nach. »Na ja, vielleicht sogar auf die scharfe, erotische Weise, aber das macht es noch verwirrender.«

»Ach, Jenna.« Ich seufze glücklich. »Mir gefällt dein Leben. Es ist so unterhaltsam.«

»Stets zu Diensten.«

Wir strecken uns auf unseren Handtüchern aus, stützen uns auf den Ellenbogen ab, legen die Köpfe in den Nacken und genießen die Sonne.

Jennas jadegrüner Bikini ist fast so knapp wie meiner und gibt den Blick frei auf die Gemälde auf ihrem Körper. Rosen ranken sich um ihren Brustkorb und winden sich um Sternschnuppen, die über ihre Schulter und quer über ihre Brust fallen. Weitere Bilder finden sich auf ihren Beinen und Armen, und auf ihrem Rücken erstreckt sich eine meisterhafte Winterlandschaft.

Sie ist unerschrocken, was Tätowierungen angeht. Alles, wovon sie angetan ist, wird auf ihrem Körper verewigt. Es hat etwas Aufrichtiges – sich etwas hinzugeben, wovon man in dem Augenblick überzeugt ist, obwohl man weiß, dass sich das Leben und man selbst verändern wird.

Leute gehen an uns vorbei und sehen uns prüfend an. Einige starren auf meine Narbe, andere vermeiden es, mich anzusehen. Ob Matt ebenfalls Angst hatte, mich anzusehen, sich aber dazu gezwungen hat, weil er ein guter Kerl ist?

»Der attraktive Handwerker ist hier.« Jenna blickt über den Rand ihrer Sonnenbrille hinweg.

Ich folge ihrem Blick, und tatsächlich, Levi kommt mit Zack in unsere Richtung geschlendert.

»Mist«, murmele ich und drehe mich auf den Bauch.

Levi und ich waren die Woche über eher kühl zueinander und haben uns bei jeder Gelegenheit so gut es ging ignoriert. Es ist ein Fehler gewesen, über Charity zu sprechen. Damit können wir nicht umgehen. Und die Tatsache, dass wir uns beide für ihren Tod verantwortlich fühlen, macht die Lage nur noch schwieriger. Als seien wir beide noch kaputter, als wir befürchtet haben.

Ich spüre ein leichtes Brennen hinter meinen Augen und blinzele, um es zu vertreiben.

Ich werfe meiner Mutter vieles vor – meine schlimme Kindheit, meine Unfähigkeit, dick machendes Essen genießen zu können, ohne mich dabei furchtbar zu fühlen, meine irrationale Angst vor Eidechsen –, aber vor allem werfe ich meiner Mutter den ganzen unausgesprochenen Schmerz im Ostflügel vor.

Wenn sie neulich Abend in der Küche nicht in jeder verdammten Wunde gebohrt hätte, die sie hatte finden können, wären Levi und ich jetzt vielleicht nicht so durcheinander.

Von der orgastischen Dusche will ich erst gar nicht anfangen. Levi und ich haben seither kein Wort darüber verloren. So sind wir. Wir machen rum und reden dann nie wieder darüber.

Maximal gestört.

Als Zack und Levi näher kommen, presse ich meine Brust auf das Handtuch und versuche auszusehen, als würde ich sonnenbaden, und nicht, als würde ich mich verstecken. Levi hat meine Narbe noch nie gesehen und wird absolut ausrasten, wenn das jetzt geschieht.

Jenna sieht mich stirnrunzelnd an. »Warum wirkst du so steif? Als würdest du dich komplett unwohl fühlen? Und warum presst du das Gesicht ins Handtuch? Bekommst du so überhaupt Luft?«

Meine Stimme dringt erstickt aus dem Handtuch, wo ich tatsächlich nur schwer Luft bekomme. »Sag mir, wenn er weg ist.«

»Was?« Sie beugt sich zu mir herüber, um mich besser zu verstehen, dann hellt sich ihr Gesicht auf. »Hi, Levi.« Sie winkt ihm zu.

Ruf ihn nicht her, verdammt!

»Hey, Jenna.« Eine Pause. Dann brummt Levis Stimme über meinen Rücken und über die heißen, knallpinkfarbenen Bänder meines Bikinis. »Pixie.«

Ich drehe das Gesicht, um ihn zu begrüßen, und verberge meine Vorderseite sorgsam im Handtuch.

»Hey, Leaves.« Es ist raus, bevor ich es zurücknehmen kann, und er erstarrt. Ich könnte mich in den Hintern treten.

Zack blickt zu Jenna und nimmt langsam die Sonnenbrille ab. »Hallo, schöne Frau«, sagt er, »ich bin Zack.« Er zeigt seine Grübchen. »Und du bist …?«

»Und ich werde nicht mit dir schlafen«, entgegnet Jenna schlagfertig und grinst ihn an.

Sein Lächeln wird breiter. »Gut gekontert.« Er setzt seine Brille wieder auf, jedoch nicht, ohne erst meinen Hintern zu betrachten. »Und Sarah. Wie immer ist es eine Freude, dich zu sehen.«

»Du bist pervers«, erwidere ich, obwohl ich eher nackt durch die ganze Stadt laufen würde, als mich hier mit meiner Narbe vor Levi zu zeigen.

Zack zuckt die Schultern. »Du bist diejenige, die Zahnseide als Bikini trägt – au.« Er reibt sich den Bauch, wo Levi ihn geboxt hat, und starrt seinen Freund wütend an. »Entspann dich, Kumpel.«

»Gehen wir«, meint Levi und verschwindet, ohne mich noch eines Blickes zu würdigen. Zack folgt ihm.

Ich atme langsam aus und fange Jennas fassungslosen Blick auf.

»Was?«

»Was ist dein Problem?« Sie lässt den Blick von oben nach unten über meinen Körper gleiten. »Du siehst aus, als würdest du an deinem Handtuch festkleben. Du bist ganz steif, und deine Arme sind in einem seltsamen Winkel abgeknickt. Was ist los mit dir?«

Sobald Levi weit genug entfernt ist, drehe ich mich um und stütze mich wieder, wie Jenna, auf meinen Ellenbogen ab. Ruhig, cool, gefasst. »Nichts. Alles okay.«

Sie reißt sich die Sonnenbrille von der Nase und starrt mir aus schmalen Schlitzen in die Augen. Dann sieht sie auf meine Brust. »Erzähl mir keine Märchen.«

»Was?« Ich tue unschuldig.

»Du hast deine Narbe versteckt? Vor *Levi*?«

Ich lasse den Kopf in den Nacken fallen. »Du verstehst das nicht.«

»Bevor wir hergekommen sind, bist du voller Stolz herumgelaufen. Wunderschön. Und dann? Hast du Angst, er könnte dich nicht mehr mögen, wenn er deine Narbe sieht? Ich sage dir eins: Jeder Kerl, der etwas wert ist, interessiert sich nicht für irgendeine Narbe.«

»Das ist nicht…« Ich seufze, ich weiß nicht, wie ich es ihr

erklären soll. »Deshalb habe ich sie nicht versteckt. Meine Narbe macht Levi traurig. Und ich will nicht, dass er traurig ist.« Oh Gott, meine Augen brennen schon wieder.

Sie sieht mich skeptisch an. »Du hast also Angst.«

»Was?« Ich wende mich zu ihr um. »Ich habe keine Angst.«

»Klar hast du Angst.« Sie nickt. »Du hast immer Angst. Deshalb versteckst du deine Narbe. Deshalb versuchst du ständig wegzulaufen …« Sie zuckt die Schultern.

»Weg … wovon redest du überhaupt?«

Sie winkt ab. »Du willst an die Uni nach New York wechseln. Du willst in einen anderen Staat ziehen. Du willst deine Narbe vor dem Jungen verstecken, den du liebst. Du willst deine Gefühle vor mir verheimlichen. Du *verstellst* dich.« Sie spricht leiser. »Weil du Angst hast, dich den Dingen zu stellen.«

Mir bleibt der Mund offen stehen. »Jenna.«

»Hör zu.« Sie seufzt und nimmt ihre Sonnenbrille ab. »Ich weiß, diese Sache zwischen dir und Levi ist unangenehm und schwierig, aber du musst dich dem stellen. Schlimme Dinge passieren, Sarah. Wenn du dir weiterhin etwas vormachst, werden dir die schlimmen Dinge jede Chance vermasseln, zum Teufel … ich weiß auch nicht, weiterzuleben? *Zu heilen*?« Sie wartet, bis ich ihr in die Augen sehe. »Willst du nicht geheilt werden?«

Mein Herz schlägt heftig. »Ich weiß nicht, wovon du sprichst. Ich bin bereits geheilt. Mir geht es gut.« Ich schlucke, mein Hals ist plötzlich ganz trocken.

»Ach ja?«, erwidert sie. »Wenn das so ist, warum gehst du dann nicht mit deinen kecken Brüsten und deiner krassen Narbe zu Levi und plauderst mit ihm über das Wetter.« Ich starre sie wütend an. »Tu es, Sarah. Du lebst. Du bist ja geheilt, stimmt's?«

Ich schüttele den Kopf und lege mich flach auf den Rücken. Ich bin wütend und schäme mich und weigere mich ihr zu antworten, während ich die Augen vor der heißen Julisonne verschließe.

Ein Augenblick vergeht. Sie sagt nichts, aber ich höre, dass sie sich ebenfalls auf den Rücken legt.

Sie spricht leise. »Ich will dir helfen zu heilen, Sarah. Aber erst musst du mich an dich heranlassen.« Sie zögert. »Bitte lass mich an dich heran.«

Erneut brennen meine Augen, und diesmal lasse ich den Tränen freien Lauf. Es sind nicht viele, und sie bleiben hinter meiner Sonnenbrille verbogen, während sie aus meinen Augenwinkeln zu meinen Ohren rinnen.

Wie kann ich Jenna an mich heranlassen – oder irgendjemand anderen –, wenn die Chance besteht, dass sie nicht für immer bleibt? Ich darf nicht riskieren, mich an jemanden zu binden, der plötzlich für immer aus meiner Welt verschwinden könnte. Ich kann nicht. Das werde ich nicht tun.

Eine ganze Weile liegen wir nur da und lauschen auf das Lachen und die Musik um uns herum, während ich leise weine. Jenna weiß, dass ich weine. Sie verliert kein Wort darüber. Sie lässt mich einfach unter der fröhlichen Sonne schluchzen, bis meine Tränen getrocknet sind und sich das Schweigen zwischen uns gut anfühlt.

Schließlich nimmt Jenna die Unterhaltung wieder auf und lenkt das Thema auf Hotdogs und Popcorn, bis unser vorheriges Gespräch ewig weit zurückzuliegen scheint.

Jenna ist gut darin, meine Freundin zu sein. Ich möchte für sie dasselbe sein.

Ehe ich mich versehe, geht die Sonne unter, und der heiße Sommertag kühlt sich ab. Schließlich packen Jenna und ich unsere Handtücher ein, ziehen uns etwas über unsere Bikinis und mischen uns unter die Feiernden. Ich stelle Jenna einigen meiner Highschool-Freunden vor, was mir etwas seltsam und unangenehm vorkommt, allerdings nur im ersten Moment. Dann fühle ich mich wohl bei den Leuten, mit denen ich aufgewachsen bin, und beginne, mich zu entspannen.

Den ganzen Abend über hat niemand Charitys Namen erwähnt. Was mich sowohl verletzt als auch erleichtert.

Als die ersten Sterne am Himmel funkeln, entferne ich mich von Jenna – die seit zwanzig Minuten mit Jack telefoniert – und suche mir ein ruhiges Plätzchen in einigem Abstand zu dem lodernden Lagerfeuer am Ufer.

Ich sitze auf einem großen flachen Felsen und betrachte meine Umgebung. Der Himmel leuchtet violett und hängt voll wunderschöner Gewitterwolken, die Leute lachen und singen und tanzen. Aber alles ist völlig falsch.

Ich atme tief ein, und meine Lunge brennt, als ich an die Feier zum Vierten Juli im letzten Sommer denke.

Charity hatte ihren Kopf in den Nacken geworfen und in die Nacht gelacht. Sie stand auf der Ladefläche von Levis Truck, tanzte zur Musik aus dem Radio und versprach, eines Tages ein Feuerwerk in Paris zu sehen. Sie lebte.

Das Brennen breitet sich aus.

Levi hatte lächelnd den Kopf geschüttelt, sein Blick hatte alle paar Sekunden meinen gesucht. Er hatte Pläne. War erfolgreich. Unerschrocken. Glücklich.

Ich war glücklich …

In der Ferne ertönt Donnergrollen, und mein Blick gleitet zur Seite und begegnet einem Paar blauer Augen, die ebenso gehetzt wirken, wie ich mich fühle.

Levi steht mit einer Gruppe alter Freunde nur ein Stück von mir entfernt und spielt Cornhole. Und er starrt mich an.

Gott, es tut weh, ihn anzusehen. Den Schmerz zu teilen. Aber es tut auch weh, den Schmerz allein zu ertragen.

Was sollen wir nur mit uns machen?

»Erinnerst du dich, dass ich gesagt habe, wir bräuchten neue Freunde?« Jenna lässt sich neben mich auf den Felsen plumpsen und versperrt mir den Blick. »Wir hätten schneller handeln sollen. Das war Jack am Telefon, und der Junge verliert den Verstand, weil ihm Ethan abhandengekommen ist.«

Ich lächele und nicke. »Musst du los?«

Sie macht eine entschuldigende Miene. »Sieht so aus.«

Ich zucke die Schultern. »Geh nur.«

»Komm mit.«

»Auf keinen Fall.« Ich lache. »Ich habe keine Lust auf ein Jack-Drama. Aber dir viel Spaß.«

Sie rümpft die Nase. »Aber wenn ich gehe, wie kommst du dann nach Hause?«

Jenna hat mich heute in ihrem Auto mit zum See genommen, weil offenbar die ganze Welt Angst hat, dass ich augenblicklich in Flammen aufgehe, wenn ich selbst irgendwohin fahre.

»Keine Sorge«, sage ich und schicke Ellen rasch eine SMS, ob sie mich später abholen kann. Sie antwortet sofort mit Ja. »Siehst du?« Ich lächele Jenna an. »Problem gelöst. Jetzt geh zu deiner aufgeregten Mimose.«

»Pah.« Sie verdreht die Augen. »Genau das ist Jack. Eine riesige Mimose mit einem Penis. Ich schwöre zu Gott, wenn er nicht so schrecklich scharf wäre, würde ich … würde ich …«

»Ihn trotzdem um den Verstand vögeln?«

Sie verzieht das Gesicht. »Wahrscheinlich.«

Ich lache erneut. »Geh«, dränge ich sie und wedele mit der Hand. »Bevor Ethan im Gefängnis oder in einem anderen Land landet.«

Sie sammelt ihre Sachen zusammen, dann zögert sie. »Bist du sicher, dass es okay ist, wenn ich gehe?«

»Ich kümmere mich um sie«, unterbricht Daren unser Gespräch, kommt zu mir und legt einen Arm um meine Schulter.

Jenna sieht ihn mit scharfem Blick an.

»Alles okay«, sage ich, während ich beiläufig Darens Arm von meiner Schulter schiebe. »Geh nur.«

Sie wirkt unsicher.

»Sag Jack viele Grüße und dass ich total damit einverstanden bin, dass ihr euer Baby Taylor nennen werdet.« Ich grinse.

»Das ist nicht lustig«, ruft sie, während sie sich auf den Weg macht.

»Sehr lustig«, rufe ich zurück.

»Komm schon. Du verpasst den ganzen Spaß«, sagt Daren.

Er führt mich zu dem großen Lagerfeuer am Strand, wo ich weder die Sterne noch den violetten Himmel sehen kann. Oder Levi.

38
Levi

Ein entfernter Blitz kündigt ein Gewitter an, doch die Wolken haben sich noch nicht geöffnet, und so ist die vergnügte Feier in vollem Gang.

Ich beobachte Zack bei einer weiteren Runde des Cornhole-Spiels, wie er sich mit siegessicherem Gejohle dem nächsten Gegner stellt. Er flüstert Sierra Umbridge etwas ins Ohr, und ich verdrehe die Augen.

Zack hat nicht lange gefackelt und sich ein Mädchen gesucht, mit dem er sich heute Abend amüsiert. Er hat auch nicht lange gefackelt, meinen Englischlehrer von der Highschool, den Bürgermeister der Stadt und den Mann anzusprechen, der jedes Jahr aus Phoenix herkommt, um das Feuerwerk aufzubauen – anscheinend heißt er Buck. Buck hat achtundzwanzig Waffen, eine getigerte Katze mit Namen Priscilla und plant, im nächsten Sommer nach Miami zu fahren.

Manchmal denke ich, Zacks Ziel im Leben ist es, jeden Menschen auf der ganzen Welt kennengelernt zu haben.

»Willst du ein Bier?«, fragt Sam.

Ich schüttele den Kopf und deute auf das Wasser in meiner Hand. »Ich fahre.«

»Bist du sicher? Wenn du das hier nicht magst, hat Richards glaube ich noch einen anderen Kasten im Wagen.«

»Nein, alles gut. Ehrlich«, füge ich hinzu, als Sam mich unsicher ansieht.

Schließlich zuckt er die Schultern und trinkt sein eigenes Bier aus.

Ich kann mir nicht erklären, warum zum Teufel heute Abend alle so gesprächig sind. Man könnte annehmen, sie hätten mich seit Jahren und nicht nur seit Monaten nicht gesehen.

Davis erzählt alte Footballgeschichten von der Highschool – von allen meinen großen Auftritten –, Richards hat mir ziemlich unterbelichtete Fragen zu meiner Arbeit gestellt, und Sam bietet mir den ganzen Abend über Essen und Bier an.

Was zur Hölle ist nur los?

Richards, der wie immer betrunken ist, blickt zwischen trockenen Witzen und ruhmreichen Geschichten zu mir herüber. Wenn irgendjemand heute Abend zusammenbricht, wird mit Sicherheit er es sein. Ich gehe zu ihm, stehe einen Augenblick neben ihm und warte, bis die Stille zwischen uns zu unangenehm wird, um sie zu ignorieren.

»Hey«, sagt er und trinkt einen Schluck Bier.

»Hey.«

»Also … ich weiß, das habe ich dir noch nie gesagt«, hebt er an, »ich bin ein ziemlicher Idiot, ich weiß, aber … es tut mir leid, Mann. Wegen Charity.«

Ich nicke verblüfft. »Oh, danke. Das kommt … überraschend.«

Er zuckt die Schultern. »Na ja, ich habe heute Sarahs Narbe gesehen …«

»Heilige Scheiße! Du hast sie auch gesehen?«, quatscht Sam betrunken dazwischen. »Das war krass. Ein Jammer. Sie hat diesen wahnsinnigen Körper, und dann, *bam*, hat sie diesen heftigen Schnitt zwischen ihren Titten.«

Mein Herz fällt in den Dreck.

»Sprecht ihr von Sarah?« Davis kommt dazu und schüttelt den Kopf. »Ich konnte es nicht fassen.«

»Ich auch nicht«, sagt ein anderer Kerl, den ich nie zuvor gesehen habe.

Ich umklammere mein Wasser so fest, dass ich die Dose dabei zusammendrücke. »Wann habt ihr das gesehen?«

»Na, heute, Mann«, antwortet Sam. »Sie ist voller Stolz in diesem pinkfarbenen Bikini herumstolziert. Hat ihre ruinierte Haut zur Schau gestellt und den Leuten in die Augen gesehen.« Er schüttelt sich. »Verdammt heftig.«

Ich bemühe mich, keine Miene zu verziehen, als ich meine peinlich berührten Freunde anblicke. Benimmt sich deshalb heute Abend jeder so verrückt mir gegenüber? Weil Pixie heute zu Charitys Gedenken am Ufer entlangmarschiert ist?

Beinahe muss ich laut lachen. Dafür könnte ich sie küssen. Für ihre Unerschrockenheit, ihren Starrsinn und ihren Stolz. Sie ist unglaublich. Ich wünschte, ich hätte es auch gesehen …

Mein Magen rutscht ebenfalls nach unten und gesellt sich im Sand zu meinem Herzen, als mir klar wird, warum ich es nicht gesehen habe. Pixie hat sich vorhin so seltsam verhalten, weil sie ihre Narbe vor mir versteckt hat.

Sie hat ihre Narbe versteckt. Vor *mir.*

Ich werfe meine Wasserdose weg.

Erst als ich den Strand bereits halb überquert habe, realisiere ich, dass ich auf dem Weg zu Pixie bin. Ich habe die Hände zu Fäusten geballt, und das saure Gefühl in meinem Magen schwappt bei jedem Schritt hin und her.

Ich finde sie bei einigen ihrer Highschool-Freunde. Sie lächelt zwar nicht, aber sie ist Teil der Gruppe. Die pinkfarbenen Bänder ihres Bikinis lugen unter dem Kleid hervor, das sie sich übergezogen hat.

Als sie mich entdeckt, sieht sie aus, als wüsste sie, dass ich zu ihr will.

»Wir müssen reden«, sage ich, als ich in Hörweite bin, meine Stimme bebt leicht.

Sie löst sich von der Gruppe und kommt mit, als ich mich vom Feuer und der Musik und den betrunkenen Menschen entferne. Ihr Schatten folgt mir in die Dunkelheit beim Kliff, als die erste Rakete in den Himmel schießt und damit das Feuerwerk eröffnet wird. Während wir weiter in die Dunkelheit vordringen, ertönen hinter uns Jubel und Klatschen.

Als wir eine abgeschiedene Stelle finden, drehe ich mich zu ihr um, und einen Augenblick starren wir einander an. Weitere Raketen schnellen in den Himmel und beleuchten ihr erwartungsvolles Gesicht.

Plötzlich bin ich verrückt vor Angst, darüber zu sprechen.

»Zeig sie mir«, sage ich, meine Stimme klingt brüchig.

Sie verschränkt die Arme über der Brust und tut nicht einmal so, als wüsste sie nicht, wovon ich spreche. »Nein.«

Ich blinzele und bin mir nicht ganz sicher, wie ich darauf reagieren soll. »Was dann? Willst du sie für den Rest deines Lebens vor mir verstecken?«

»Ich werde mich ganz sicher nicht hier auf der Stelle für dich entkleiden, damit du siehst, wie zerstört meine Haut ist.«

»Aber du zeigst es der ganzen Stadt?«

»Wäre es dir lieber, ich würde mich wie ein Eremit vergraben?«

»Nein! Natürlich nicht. Das ist nicht …« Ich schürze die Lippen. »Du weißt, dass ich das nicht gemeint habe. Ich will … ich will nur nicht, dass du deine Narbe vor mir versteckst, weil du mich vor der Realität schützen willst. Du musst mich nicht beschützen.«

Sie kneift die Augen zu schmalen Schlitzen zusammen. »Du kannst es ja noch nicht einmal ertragen, mich im Handtuch zu sehen.«

»Das ist *mein* Problem, Pixie. Nicht deins.«

»Blödsinn! Warum ist das nicht mein Problem? Du hast neulich ausgesehen, als würdest du dich übergeben müssen – und dabei hast du nur den Anfang der Narbe gesehen.«

»Das war, weil ich sie noch nie gesehen hatte.«

»Tja, vielleicht hättest du den frischen Schnitt betrachten können, wenn du mich im Krankenhaus besucht hättest, als ich um *mein Leben gekämpft habe,* und würdest dich dann jetzt nicht so ausgeschlossen fühlen.« Ihre Augen weiten sich ein wenig, als hätte sie das vielleicht nicht laut aussprechen wollen, doch nun ist es zu spät.

Ihre Worte treffen mich wie Eisenpfähle, bohren sich in mich und treiben tiefe Wut und Bedauern in meine Lunge. Ich mache einen Schritt nach vorn. »Ich habe dich nicht im Krankenhaus besucht, weil ich dich fast getötet hätte. Ich dachte, du willst mich nicht sehen.«

»Du hattest nicht das Recht, dich so zu entscheiden.«

»Ich wollte respektvoll sein.«

Sie hebt das Kinn. »Hast du mich deshalb auch verlassen? Aus *Respekt*?«

»Dich verlassen?« Ich schüttele den Kopf. »Wovon redest du?«

»Du hast mich *verlassen.* Charity ist gestorben, und du bist einfach verschwunden, als wäre ich nicht mehr als ein Anhängsel aus deiner Vergangenheit. Ich habe Charity verloren, und dann habe ich DICH verloren. Hast du auch nur einen Augenblick darüber nachgedacht, wie allein ich damals war, während du auf Studentenpartys gegangen bist und Football gespielt hast?«

Das Feuerwerk entlädt sich am Himmel; orangefarbene und blaue Blitze spiegeln sich auf ihren Wangen, während ich sprachlos vor ihr stehe.

Sie zuckt wütend die Schultern. »Hast du nur eine Minute

darüber nachgedacht, dass ich vielleicht jemanden gebraucht hätte, der mit mir trauert? Oder warst du zu sehr mit deinem eigenen Schmerz beschäftigt? Ich habe sie nämlich auch verloren, weißt du? Ich habe Charity verloren und deine Eltern und dein Zuhause – genau wie du –, aber ich konnte nicht weglaufen. Ich musste in dieser gottverdammten Stadt bleiben und miterleben, wie die Leute taten, als hätte Charity nie existiert, bis ich gesund genug war, um aufs College zu gehen. Du hast nicht an mich gedacht oder nach mir gesehen und das tut weh, Levi. Es tut so weh und …«, sie macht ein schmerzverzerrtes Gesicht und schüttelt den Kopf, »weißt du, was, vergiss es. Es ist egal.« Sie winkt ab, macht auf dem Absatz kehrt und geht, während weitere Farben vom Himmel regnen.

Ich bleibe wie angewurzelt stehen und kann nichts sagen. Sie hat vollkommen recht. Ich habe sie verlassen.

Oh nein!

Ich habe sie tatsächlich verlassen!

»Pix!«, rufe ich. »Warte, *warte.«* Ich laufe hinter ihr her, aber sie hat einen Vorsprung und schlängelt sich schnell zwischen den dunklen Felsen hindurch. Alle paar Sekunden wird sie von dem Feuerwerk über uns angeleuchtet, dann taucht ihre Gestalt wieder in der Dunkelheit unter, bis sie schließlich ganz verschwunden ist. In der Menschenmenge am Strand. Verborgen in den Schatten aus Lachen und Musik und Lärm. Weg.

Und dann bricht der Himmel auf.

39
Pixie

Strömender Regen wirkt sich nicht gerade günstig auf ein großes Feuerwerk aus, aber eindeutig auf eine fröhliche Gruppe betrunkener Menschen.

Manche schwimmen sogar im See. Verrückte.

Ich kann nicht glauben, dass ich Levi so beschimpft habe, aber ich fühle mich irgendwie ein wenig leichter. Mir war bis jetzt nicht klar, wie wütend ich auf ihn bin. Aber ich bin wütend. Und verletzt. Aber vor allem wütend.

Ich will unbedingt hier weg, weit weg von Levi und all der Wut und den Rissen in mir, ich bin jedoch auch nicht in der Stimmung, mich zu betrinken oder von einem Blitz getroffen zu werden, also suche ich nach einem Unterschlupf.

»Sarah!« Daren steht mit unseren Freunden beim Lagerfeuer und ruft nach mir. »Wo bist du gewesen? Du hast das Feuerwerk verpasst!«

Ich weiß nicht, wie ich die gigantische pyrotechnische Vorstellung von vor dreißig Sekunden irgendwie »verpasst« haben könnte. Ganz klar, Daren ist nicht mehr nüchtern. Aber sein Rufen erinnert mich daran, dass sein Wagen in der Nähe parkt. Dorthin begebe ich mich und ignoriere sorgsam sein fernes Flehen, zurück zu all dem Feuerwerk-Blitz-Gewitter-Spaß zu kommen.

Ich steige in den Wagen und schließe die Tür. Ich sitze auf dem Beifahrersitz und bin vor dem Regen geschützt. Dann hole ich mein Telefon hervor und schreibe Ellen eine SMS, dass sie mich bitte abholen soll.

Ich will sie gerade abschicken, als Daren mit einem breiten Grinsen auf den Fahrersitz springt. »Sarah!«, jubelt er. »Ich habe dich eingeholt!«

Juhu!

»Was machst du in meinem Auto?«

»Vorübergehender Regenschutz«, sage ich. »Ich glaube, ich gehe nach Hause. Ich bin müde.«

»Nein!« Sein Protest klingt äußerst dramatisch und mir wird klar, dass er betrunken ist. »Bleib noch ein kleines bisschen länger.«

Ich schüttele den Kopf. »Ich bin müde. Ich will nach Hause.«

»Nein. Du bleibst bei mir.« Er lächelt, zieht die Tür zu und schließt sich mit mir ein.

Der Geruch von Alkohol steigt mir in die Nase, und jetzt bin ich genervt. »Mir ist heute Abend einfach nicht danach, Daren. Tut mir leid.« Er steckt den Schlüssel ins Zündschloss und startet den Wagen. Meine Handflächen werden feucht. »Was machst du da?«

Die Panik in meiner Stimme ist offensichtlich. Ja, vielleicht bin ich eine kleine Dramaqueen, wenn es um Alkohol am Steuer geht, aber ernsthaft?

»Beruhig dich.« Er grinst mich schief an. »Ich bringe dich nur zu Shannons Haus.«

Shannon … Shannon … wer ist Shannon?

»Ich will nicht zu Shannon«, protestiere ich und versuche, die Beifahrertür zu öffnen. Dumme Kindersicherung. »Lass mich raus.«

»Nein.« Er lächelt noch immer, und ich merke, dass er betrunkener ist, als ich dachte. Ein betrunkener Daren – sogar ein sehr betrunkener Daren – würde mich nie mit sich im

Wagen einschließen. Er kennt meine Geschichte. Verdammt, er war sogar daran beteiligt.

Aber dies ist kein normal betrunkener Daren. Dieser Daren ist sturzbetrunken, und jetzt raste ich aus.

Ich rüttele erneut an dem Türgriff. »Mach die verdammte Tür auf, Daren.«

»Nein.« Er fährt das Fenster auf der Fahrerseite herunter und ruft seinen Freunden, die gerade den See verlassen, zu: »Sarah und ich treffen euch bei Shannon, okay?«

»Nein, das werden wir nicht!«, rufe ich aus dem Fenster, während Regentropfen in den Wagen fallen. Dann blicke ich zu Daren. »Ich lasse dich auf gar keinen Fall betrunken fahren. Wenn wir irgendwohin fahren, dann fahre ich.«

Ich beuge mich aus meinem Sitz zu ihm hinüber und versuche, den Schlüssel aus dem Zündschloss zu ziehen.

Er legt seine Hand darüber, als wäre das alles ein großer Spaß. »Beruhig dich, Sarah. Ich habe alles im Griff.«

»Nein. Du bist betrunken. Lass mich fahren.«

»Nein.«

Er fummelt mit den Gängen herum, bis er den Rückwärtsgang gefunden hat.

Oh, Gott!

»Ellen holt mich ab. Lass mich raus!« Da Darens Fenster nach unten gefahren ist, hören die Leute mich schreien, und ein paar von ihnen starren jetzt zu uns herüber.

Er setzt den Wagen zurück. »Sag Ellen, du bist bei Shannon.« Er schaltet und rollt langsam vorwärts.

»Halt an. Ich weiß nicht, wer zum Teufel Shannon ist, und es ist mir auch egal. Halt an!«

Der Wagen hält, aber nicht wegen meines Protestes.

Levi steht vor uns und hat derart kräftig die Hände auf die Motorhaube geschlagen, dass ein enormer Knall durch den Wagen gehallt ist.

»Was zum Teufel?« Daren stellt die Schaltung auf Parkposition und streckt den Kopf aus dem Fenster. »Levi?« Er lächelt betrunken. »Ich wusste nicht, dass du auch hier bist. Kommst du mit zu Shannon?«

Mit wütender Miene baut sich Levi neben Darens Fenster auf. Er blickt zu mir, dann zu Daren. »Warum hat Pixie dich gerade gebeten anzuhalten?«

Er winkt ab. »Ach, sie meint, ich sei zu betrunken, um zu fahren.«

Levi weicht vor seinem Atem zurück. »Das denke ich auch.«

»Kein Stress, Mann. Mir geht's gut.«

»Lass Pixie aus dem Wagen.«

Er deutet mit wackeligem Finger auf Levi. »Nein, Mann. Sie gehört dir nicht.«

»Dir ganz bestimmt auch nicht.«

»Ich gehöre niemandem! Gott!« Ich bin wütend und habe Angst. »Lass mich einfach aussteigen, Daren.«

Er wendet sich zu mir. »Hör auf zu zicken, Sarah.«

Und dann ist Daren nicht mehr im Wagen.

Levi hat ihn am Kragen gepackt, ihn *aus dem Fenster* gezerrt und um den Wagen herumgeschleift. Darens Körper macht ein hohles Geräusch, als Levi ihn auf die Motorhaube wirft und ihn würgt.

Heilige Scheiße! Jetzt wird es ernst.

Ich sitze wie angewachsen auf dem Beifahrersitz und starre durch die regennasse Windschutzscheibe, während alle auf dem Parkplatz gespannt darauf warten, was in der filmreifen Superheldenszene als Nächstes passieren wird.

Daren versucht, Levis Hand von seinem Hals zu lösen, aber Levi lässt nicht locker, sein Körper ist unnachgiebig und groß. Es ist so lange her, dass ich Levi neben irgendeinem Mann gesehen habe, der kein Footballspieler ist, dass ich vergessen habe, *wie* groß er ist. Daren hat keine Chance.

»Drei Dinge, Arschloch«, sagt Levi so lässig, als würde er jeden Tag einen Mann aus einem Autofenster zerren. »Erstens«, er blickt Daren gelassen an, »kein Alkohol am Steuer. Das ist vollkommen unterbelichtet.«

Daren keucht.

»Zweitens.« Levi streckt seinen Nacken. »Wenn ein Mädchen Nein sagt – egal, zu was –, dann heißt das auch Nein.«

Daren schlägt nach Levis starkem Arm.

»Und drittens«, Levi beugt sich beängstigend dicht zu Daren hinunter und senkt die Stimme, »Pixie. Gehört. Dir. Nicht. Und wenn ich noch einmal höre, dass du so mit ihr sprichst, reiße ich dir die Zunge aus dem Hals.«

Mit einem letzten Stoß lässt Levi Daren los und strafft seine Schultern. Daren hustet und keucht. Ich bin sprachlos.

Ohne mich anzusehen, öffnet Levi die Fahrertür und wartet. Ich krabbele über die Konsole und aus dem Wagen, wobei mir durchaus bewusst ist, dass uns jeder auf dem Parkplatz anstarrt.

Ich bin immer noch wütend auf ihn, folge ihm aber trotzdem durch den Nieselregen. Denn dies ist Levi. Dies ist mein Held. Und seinem Helden folgt man immer, auch wenn man wütend ist, auch wenn man ihn lieber schlagen würde. So funktioniert Vertrauen. Vertrauen ist blind und bedingungslos, und es führt einen an Orte, an die man alleine nicht gelangen kann.

Wie die Liebe.

Mein Herz krampft sich zusammen, und ich richte den Blick auf das nasse Pflaster. Während wir über den Parkplatz zu seinem Truck gehen, sprechen wir kein Wort miteinander.

Ich schnalle mich an und starre auf das Armaturenbrett.

»Wo ist deine Freundin Jenna?«, fragt Levi und schnallt sich ebenfalls an.

»Sie ist schon gegangen.« Ich räuspere mich. »Wo ist Zack?«

»Er ist mit Sierra Umbridge nach Hause gefahren.«

Ich nicke und damit ist unser Gespräch beendet. Er startet den Motor, und wir verlassen den See.

Nur unterbrochen vom rhythmischen Schwingen der Scheibenwischer fällt der Regen friedlich auf die Windschutzscheibe.

Warum sieht Regen immer so traurig aus, klingt aber gleichzeitig so friedvoll?

Ich stütze mich mit einem Fuß am Armaturenbrett ab, wie ich es immer getan habe, als das Leben noch in Ordnung war, und mein farbbefleckter Schuh erinnert mich an das erste Mal, als ich mit diesem Truck gefahren bin.

Levi hatte Charity und mich von der Schule abgeholt, und wir fühlten uns wie Rockstars, als wir in den Truck ihres großen Bruders stiegen. Er war so stolz, dass er seinen Führerschein hatte. So selbstsicher und glücklich. Es ist wunderschön, wenn Levi glücklich ist.

Ich hatte in der letzten Stunde Kunst gehabt und mir Farbe auf den Schuh gekleckst. Als ich in den Wagen stieg, hinterließ ich versehentlich einen blauen Schuhabdruck auf der Fußmatte seines neuen Wagens, und Levi war sauer.

Ich fühlte mich superschlecht, aber ich musste gleichzeitig laut lachen, als er versuchte, wütend zu gucken. Er konnte mir nie lange böse sein. Ich zog meine Schuhe aus und hielt sie die ganze Fahrt über auf meinem Schoß fest, meine nackten Füße fühlten sich seltsam intim auf dem weichen Teppich an.

Das scheint eine Ewigkeit her zu sein.

Die Wischer schwingen erneut über die Windschutzscheibe, und ich blicke hinunter zu meinen Füßen. Der blaue Schuhabdruck ist immer noch da. Er ist mit der Zeit ein wenig verblasst und schmutzig geworden, aber ich erkenne ihn noch. Er erinnert an mich.

Ich beuge mich nach unten und berühre mit dem Finger den blauen Fleck. Der Teppich ist schmutzig und dreckig, aber ich kann nicht anders.

Wir halten an einer roten Ampel, und ich spüre Levis Blick auf mir, als ich über den blauen Fleck streiche. Er hält mich wahrscheinlich für verrückt. Vielleicht bin ich das.

Warum hat er nicht einfach eine neue Fußmatte gekauft?

Ich setze mich zurück und riskiere einen Blick zu ihm hinüber. Während das Licht der roten Ampel in den Wagen scheint, starren wir einander an und lauschen dem Regen, der fest und stetig auf die Scheibe fällt.

Die Ampel springt auf Grün, und wir lösen die Augen voneinander.

40

Levi

Seit der Nacht des Unfalls habe ich nicht mehr mit Pixie in einem Wagen gesessen, und alles kommt mir viel zu vertraut vor. Ich umklammere das Lenkrad so fest, dass meine Schultern verspannt sind und sich meine Knöchel weiß färben.

Ich räuspere mich. »Es tut mir leid. Dass ich abgehauen bin, nachdem Charity gestorben ist. Ich hätte nicht weggehen sollen.« Ich räuspere mich erneut, weil meine Kehle sich immer enger zuschnürt. »Ich hätte dich niemals verlassen dürfen.«

Sie betrachtet mich einen Augenblick. »Es ist okay. Es ist ja auch nicht so, dass ich an *deiner Seite* geblieben wäre. Ich schätze, in gewisser Weise haben wir uns gegenseitig verlassen.«

»Es tut mir trotzdem leid.«

Stille.

Ich atme tief ein und versuche, etwas leichte Konversation zu betreiben. »Ellen meint, du gehst im Herbst vielleicht nach New York.«

»Ja. Vielleicht. Wenn ich angenommen werde. Was ist mit dir?«, fragt sie. »Ellen hat mir erzählt, dass du zum Saisonende aus dem College ausgestiegen bist und noch keine Wiederaufnahme beantragt hast. Was ist passiert?«

Ausgestiegen. Das ist nett ausgedrückt.

»Studieren stand letzten Herbst nicht gerade ganz oben auf

meiner Prioritätenliste, und ich weiß nicht, ob ich wirklich zurückwill.«

Es folgt eine lange Pause, in der wir beide auf die dunkle Straße und den niederprasselnden Regen starren. Ich schaffe es, Pixie zurück zum Inn zu bringen, ohne sie noch mehr zu verkrüppeln, und biege langsam in eine Parklücke ein. Ich mache keine Anstalten auszusteigen, sie ebenso wenig. So sitzen wir im Dämmerlicht, das von der Veranda durch die Windschutzscheibe hereinfällt. Ich rieche ihr Lavendelshampoo.

»Danke fürs Mitnehmen«, sagt sie, rührt sich jedoch noch immer nicht.

Ich nicke. »Tut mir leid wegen heute Abend. Dass ich angedeutet habe, du würdest mir gehören. Das war dumm. Ich weiß, dass du niemandem gehörst. Ich wollte kein Neandertaler sein, ich schwöre. Ich war nur … Gott, ich war so sauer, dass Daren dich in dem Wagen gefangen gehalten und dir solche Angst eingejagt hat und …«

»Ich bin froh, dass du da warst.« Sie lächelt und rutscht unruhig auf ihrem Sitz hin und her. »Es tut mir leid, dass ich meine Narbe vor dir versteckt habe. Das war … unreif.«

Ich schüttele den Kopf. »Ich weiß nicht, warum ich dich deshalb angegriffen habe. Es geht mich wirklich nichts an.«

Mehr Schweigen. Mehr Regen.

Sie verändert erneut ihre Haltung. »Willst du sie noch immer sehen?«

Ich blinzele, dann nicke ich, obwohl mir die Vorstellung eine Heidenangst einjagt.

Langsam löst sie die Bänder von ihrem Kleid und schiebt es über ihre Schultern nach unten, bis sie nur noch ihr Bikinioberteil trägt. Ich habe eine fette Diagonale quer über ihren Oberkörper geschnitten. Die rote, gezackte Narbe wirkt völlig deplatziert auf der sonst makellosen Haut ihrer Brüste und ihres Bauchs.

Ich kann den Blick nicht abwenden. Ich kann nicht.

»Levi.«

Ich habe sie zerstört. Ich habe alles zerstört.

Ich höre mein Herz laut in meinen Ohren pochen.

»Levi«, sagt sie erneut und begegnet meinem Blick. »Mir geht es gut.«

»Es tut mir leid.« Meine Stimme bricht, und ich blicke erneut auf die Narbe. Ich kann nicht anders, ich muss ihre Haut berühren. Ich lege meine Hand flach mitten über ihre Brust, meine Finger parallel zu der Diagonale, und fühle ihren Herzschlag.

Sie legt ihre Hand auf meine. »Es geht mir gut.«

Einen Augenblick starre ich auf ihre kleine Hand, die auf meiner liegt. Plötzlich werde ich von meinen Gefühlen überwältigt und ziehe sanft meine Hand unter ihrer hervor.

Sie blickt nach unten, legt ihre Hand auf den Türgriff, beißt sich auf die Lippe, dann sieht sie wieder zu mir.

»Und ich gehöre dir«, erklärt sie leise. »Auch wenn du mich nicht willst. Ich gehöre dir trotzdem.«

Sie steigt aus dem Truck und geht ins Haus, während der Regen weiter auf die Windschutzscheibe prasselt.

41
Pixie

Ich bereue es nicht.

Ich hatte solche Angst, dass Levi meine Narbe sieht, dass die Erinnerung an Charity ihn zerstören würde. Dabei habe ich ganz übersehen, wie heilsam es für mich sein könnte, sie ihm zu zeigen. Der Anblick meiner Narbe mag Levi erschüttert haben, aber es hat eine blutende Wunde in meiner Seele gestillt, von der ich nicht erwartet hatte, dass sie sich jemals schließen würde. Den Teil in mir, der sich geweigert hat, Charitys Tod mit Levis Augen zu sehen, der seinen Schmerz nicht wahrhaben wollte.

Ich bereue es nicht.

Auch jetzt, zehn Tage später, da Levi mich immer noch nicht ansieht oder mit mir spricht, bereue ich es nicht. Charity ist tot. Ich habe eine Narbe. Levi lässt es nicht los.

Das ist die Realität, die Wahrheit.

Und mit der Wahrheit kann man freier atmen. Sie ist vielleicht hässlicher. Aber anders als die Wolke der Verleugnung, in die ich mich gehüllt habe, erstickt sie mich nicht. Verleugnung ist zäh und süß, und das letzte Jahr über hat sie meine Lunge gefüllt, bis sie zu platzen drohte. Doch die Wahrheit ist sauber und rein. Und ja, es schmerzt, sie einzuatmen, es schmerzt, den süßen Rauch aus meiner Lunge zu entfernen, aber das Ausatmen fühlt sich an wie ein neues Leben.

Mit schwarzer Farbe an den Fingern trete ich von der kleinen Leinwand zurück, an der ich den ganzen Morgen über gearbeitet habe. Das Bild ist nicht perfekt. Noch nicht einmal annähernd. Es ist ein Durcheinander aus Grau, schwarzen Scherben und weißen Rissen, aber es ist genau das, was ich sehen möchte.

Vorsichtig hänge ich die Leinwand zum Trocknen neben drei ähnliche Bilder, an denen ich in den letzten Tagen gearbeitet habe.

Vier Bilder. Ein Thema. Eine Million unausgesprochene Dinge.

42

Levi

Als Pixie neun Jahre alt war, fand sie einen Hund am Straßenrand und brachte ihn aus Mitleid mit zu uns nach Hause. Sie fand häufig herumstreunende, vernachlässigte Tiere und kümmerte sich um sie, als sei sie der rettende Engel aller Lebewesen.

Natürlich verliebten wir uns augenblicklich in den verlausten Welpen, und Maverick – Charity taufte den Köter Maverick – wurde ein Mitglied unserer Familie. Doch zwei Jahre später starb Maverick und alle, einschließlich mir selbst, waren erschüttert.

In der Nacht, in der wir Maverick verloren, schlichen Charity und Pixie in mein Zimmer und krabbelten mit tränenüberströmten Gesichtern in mein Bett, überzeugt davon, dass es weniger wehtäte, wenn wir drei zusammenhielten und nebeneinander schliefen. Sie hatten recht.

Und auf der Junior High, als Charity und Pixie sich in einen Horrorfilm geschmuggelt hatten und Angst bekamen, dass nachts ein Mörder mit der Axt hinter ihnen herjagen könnte, krabbelten sie erneut in mein Bett und schliefen tief und fest, weil sie sich einbildeten, ich würde sie beschützen können. Sie kamen zu mir, weil sie mich für tapfer und stark hielten.

Ich fühle mich nicht mehr tapfer und stark.

Es ist früh am Morgen und ich repariere im Garten eine

bepflanzte Steinmauer, die seit zwei Monaten schief ist. Ellen hat sie zwar nicht auf meine To-do-Liste gesetzt, aber sie macht mich verrückt. Deshalb wird die Mauer heute repariert.

Ein älterer Gast namens Paul sitzt auf einer Gartenbank daneben und sieht zu, wie ich die Steine für die Wand neu aufschichte.

»Früher habe ich auch gegärtnert«, sagt Paul, während er mich gründlich beäugt. »Eigentlich noch immer. Aber nur zu bestimmten Jahreszeiten. Gärtnern Sie gerne?«

Ich lege einen neuen Stein auf. »Nicht wirklich. Ich bin eher der Reparaturtyp.«

Er lacht, und es klingt heiser und rau, als würde er seit fünfzig Jahren rauchen. »Im Grunde *ist* Gärtnern auch Reparieren. Man zieht eine Pflanze auf – man wässert sie monatelang und schützt sie vor Sonne und Ungeziefer –, und dann fängt sie eines Tages an zu welken und man muss sie reparieren.«

Meine Gedanken wandern zu Charity. Ich verdränge sie.

Dann zu Pixie, und ich verdränge sie nicht.

Paul beugt sich auf seinen Stock gestützt nach vorne. »Eine sterbende Pflanze ist das Schlimmste überhaupt. Aber das ist das Schöne am Gärtnern, mein Sohn. Man kann Dinge, die vergehen, wiederbeleben.«

Ich lege einen weiteren Stein auf die Mauer und schaufele etwas Erde vom Blumenbeet in die Hohlräume. »Klingt nach einer bereichernden Arbeit.«

»Oh, das ist es. Das ist es.« Er schweigt so lange, dass ich denke, er ist eingeschlafen, doch als ich zu ihm hinüberblicke, ist er hellwach und sieht zu, wie ich den letzten Stein platziere.

Fertig. Ich stehe auf, klopfe mir die Hände an meiner Jeans ab und sammele mein Werkzeug ein.

»Sie sind stärker, wissen Sie.« Paul blickt zu mir hoch.

Gegen die Morgensonne halte ich schützend eine Hand über meine Augen. »Was ist stärker?«

»Pflanzen, die man wiederbelebt hat«, antwortet er. »Wenn man etwas vor dem Tod bewahrt hat, kämpft es danach umso härter darum, wieder zu wachsen.« Paul stützt sich wieder auf seinen Stock und lächelt: »So ist wohl der Lauf des Lebens.«

»Ellen sagt, du hättest noch immer die Ersatzschlüssel?« Ich stehe vor Pixies offener Zimmertür. Es ist das erste Mal seit der Feier zum Vierten Juli, dass wir miteinander sprechen.

»Oh. Ja«, erwidert sie. »Ich habe meine eigenen gestern wiedergefunden. Aber wo habe ich die Ersatzschlüssel hingetan?« Sie blickt sich um. »Komm ruhig rein. Es kann einen Augenblick dauern.«

Ich trete in Pixies Zimmer, nicht sicher, ob ich dort sein will. Es fühlt sich intim an. Und es riecht nach ihr, was ein seltsames Gefühl in meiner Brust weckt.

Es hängt eine Spannung in der Luft, die ich die ganze Zeit zu ignorieren versucht habe, aber sie wächst von Minute zu Minute.

Ich will nicht darüber nachdenken, also konzentriere ich mich auf alltägliche Dinge, während sie nach den Schlüsseln sucht.

Schmutzige Kleidung auf dem Boden.

Pinsel in Gläsern. Fleckig. Abgenutzt. Mit abgekauten Enden.

Sie ist schon immer so unordentlich gewesen. Ich mag das.

Mein Blick fällt auf vier Bilder, die an der Wand aufgespannt sind, und ich bewege mich automatisch darauf zu. Blinzelnd betrachte ich das dunkelhaarige Mädchen mit den leuchtenden Augen und dem frechen Lächeln. Sie ist furchtlos und nachdenklich. Lachend und frei. Sie ist alles, an das ich mich erinnere, und noch mehr.

Charity.

Ich empfinde Sehnsucht, aber nicht auf eine traurige, sondern auf eine bedeutungsvolle Weise. Die Art Sehnsucht, die man empfindet, wenn man an seine erste Achterbahnfahrt oder sein erstes perfektes Spiel denkt. Die Sehnsucht, bei der man sich wünscht, die Erfahrung noch einmal zu machen, aber vor allem dankbar ist, dass man sie überhaupt gemacht hat.

Ich streiche mit dem Finger über ein Bild. »Die sind wunderschön.«

Pixie zögert. »Danke. Manchmal sehe ich sie und möchte mich einfach erinnern.«

Ich nicke, weil ich es verstehe. »Es ist schön, dass du dich erinnerst.«

Sie sucht meinen Blick, und alles, was ich sehe, ist ein trauriges kleines Mädchen, das ihre Freundin verloren hat. Mit jeder Faser meines Körpers sehne ich mich danach, den Abstand zwischen uns zu überwinden und sie in die Arme zu schließen. Das letzte Mal habe ich bei Charitys Beerdigung so empfunden. Überall waren Menschen in dunkler Kleidung und sagten Dinge zu mir, die ich nicht hörte. Tränen und Gebete füllten den Friedhof. Und dann war da Pixie.

Sie saß fünf Leute weiter in einem Rollstuhl, hatte Wunden im Gesicht und oben aus ihrem violettfarbenen Kleid lugte ein dicker Verband. Das Mädchen trug Violett. Charitys Lieblingsfarbe. Tränen liefen ihr über die Wangen, doch ihr Gesicht war ausdruckslos.

Damals wollte ich sie umarmen. Ich wollte sie an mich ziehen und mit ihr verschmelzen. An einem Ort, wo niemand anderes um Charity trauerte. Nur wir. Weil es niemand anderes verstand. Nur wir.

»Ich habe die Schlüssel gefunden.« Pixie blickt zu mir hoch, und auf einmal sehe ich Charity.

Ich sehe, wie sie mit Puppen spielt und sich als Prinzessin verkleidet und sich jedes Jahr zu Weihnachten ein Kätzchen wünscht. Ich höre, wie sie mich verrät, weil ich Knallfrösche im Garten gezündet habe, und jammert, weil ich länger aufbleiben darf als sie. Ich sehe, wie sie an ihrem ersten Tag auf der Junior High weint, weil irgendwelche Mädchen sich über ihre Kleidung lustig gemacht haben, und wie sie sich in ihr Zimmer einschließt, weil Jason Hampton mit ihr Schluss gemacht hat. Ich sehe, wie sie erwachsen wird, ich teile meine Banana Splits mit ihr, ich gucke oben in meinem Zimmer mit ihr Gruselfilme, damit Mom und Dad uns nicht hören. Ich fahre sie mit dem Wagen zu einem Einkaufszentrum und schreie sie an, weil sie meine Kreditkarte benutzt hat. Ich sehe Charity, und sie ist wunderschön und glücklich. Und jede Erinnerung ist es wert, sie noch einmal zu durchleben.

Ich blinzele, und Pixie starrt mich an.

»Ich vermisse sie«, stoße ich hervor.

Es ist das erste Mal, dass ich mich sicher genug fühle, es vor jemand anderem zuzugeben. Es ist das erste Mal, dass ich es aussprechen kann, ohne mich dabei schuldig zu fühlen.

Pixie nickt, als würde sie mich voll und ganz verstehen. »Ich vermisse sie auch.«

Sie versteht es.

43

Pixie

Es ist nichts Besonderes an diesem Tag.

Es ist nur ein Tag. Ein Samstag Ende Juli, um genau zu sein. Draußen zwitschern die Vögel ihr Morgenlied. Der Wind weht durch die Felder. Und ich lebe.

Ich liege im Bett, drehe mich auf die Seite und starre auf die vier grauen Bilder an der gegenüberliegenden Wand. Anders als erwartet, überkommt mich keine Traurigkeit. Auch keine Wut oder Ruhe. Das Einzige, was ich empfinde, als die erwachenden Sonnenstrahlen auf meine Bettdecke fallen, ist Sehnsucht. Tiefe, schreiende Sehnsucht.

Nicht nach dem Mädchen in Grau – das Mädchen ist heil und hat ihren Frieden –, sondern nach dem Jungen nebenan, der alles andere als das ist. Doch der Junge nebenan scheint weiter entfernt als das Mädchen in Grau.

Während ich Charitys Gesicht betrachte, stoße ich langsam die Luft aus. Heute ist sie genau ein Jahr tot. Ein Jahr ist vorüber, aber irgendwie ist keine Zeit vergangen. Ich bin noch immer da, am Beginn meiner Zukunft, und warte darauf, dass das Leben passiert. Noch immer bin ich das gebrochene Mädchen, das ohne ihre beste Freundin und ohne ihren Helden im Krankenhausbett aufgewacht ist.

Ich dachte, für mich sei die Zeit stehengeblieben, aber Zeit ist nichts, was ich je besessen habe oder je besitzen werde. Sie ist einfach. Sie fängt niemals an. Sie endet niemals. So geht die Sonne auf und unter, und meine Narbe heilt und verblasst, und morgens zwitschern weiterhin die Vögel.

Es ist nichts Besonders an diesem Tag, außer dass er da ist und ich ihn erlebe.

Aber vielleicht ist es genau das, was ihn außergewöhnlicher als jeden anderen Tag zuvor macht.

Ich atme tief ein und stehe auf.

44

Levi

Ich sitze an einen Baumstamm gelehnt am Rand des Lavendelfelds. Die Luft riecht nach Pixie.

Die meisten Lichter im Inn sind erloschen und überlassen die Nacht der Dunkelheit, die die vielen Sterne am klaren Himmel erstrahlen lässt. Es ist still hier draußen, keine Gäste laufen über das Gelände oder machen abendliche Spaziergänge, kein Sturm zieht auf.

Ich zünde die Zigarette in meiner Hand an, nehme einen Zug, lege beim Ausatmen den Kopf in den Nacken und blicke zu den Sternen hinauf.

Heute haben alle einen großen Bogen um mich gemacht, keiner war mutig genug, ein Gespräch mit mir zu beginnen oder mir direkt in die Augen zu blicken. Ich bin mir nicht sicher, wovor sie Angst hatten. Dass ich in Tränen ausbreche?

Angelo war der Einzige, der überhaupt bestätigt hat, dass heute ein beschissener Tag ist, und auch er hat keine Worte dafür benutzt. Er ist nach Feierabend nur an mir vorbeigegangen und hat mir eine Zigarette und ein Feuerzeug hingehalten.

Er ist ein angsteinflößender Mistkerl, aber er hat ein Herz.

Ich bin kein Raucher. Ich bin immer Sportler gewesen, und rauchende Sportler sind schwache Sportler. Doch jetzt bin ich kein Sportler mehr. Und der heutige Tag tut weh.

Also rauche ich.

In der Ferne zirpen die Grillen, und der Wind streicht durch die violetten Felder.

Ich bin allein. Ich denke. Ich wünschte, ich würde nicht denken.

Ich höre die Küchentür zuschlagen, und eine Gestalt mit einem Müllbeutel tritt heraus. Ich kenne diese Gestalt. Ich habe diese Gestalt an meinem Körper gespürt.

Pixie will gerade umdrehen, erstarrt jedoch, als sie mich in der Dunkelheit bemerkt. Ich weiß nicht genau, wie sie mich entdeckt hat, aber sie ist auf dem Weg zu mir.

Ich bleibe sitzen und reibe mir übers Gesicht.

Sie kommt langsam und entschlossen auf mich zu und bleibt neben mir stehen. Sie trägt noch ihre Arbeitskleidung, denn obwohl wir heute frei gehabt hätten, haben wir beide beschlossen zu arbeiten. Die Arbeit hält die Dämonen fern.

Sie betrachtet einen Augenblick schweigend den Rauch. »Hast du eine für mich?«

Ich stoße eine Rauchwolke aus. »Nein.«

Sie nimmt mir die glühende Zigarette aus der Hand. Zuerst denke ich, sie würde sie austreten und mir einen Vortrag über die gesundheitlichen Folgen des Rauchens halten. Doch das tut sie nicht. Stattdessen zieht sie selbst genüsslich daran und inhaliert den Rauch, bevor sie mir die Zigarette zurückgibt.

Ich nehme sie und bin zugleich gereizt und erregt. »Du solltest nicht rauchen.«

Sie setzt sich auf einen Stein vor mich, nur einen Fuß von mir entfernt, und ich spüre, wie mein Körper auf ihre Nähe reagiert.

»Ich sollte vieles nicht tun.« Sie blickt zu den Sternen. »Charity hat Zigaretten gehasst.«

Ich lehne mich zurück gegen den Stamm.

»Sie hat immer versucht zu rauchen, aber jedes Mal gehustet und gewürgt.« Sie steckt sich eine lose Haarsträhne hinter das Ohr. »Es war lustig, ihr dabei zuzusehen.« Ein zartes Lächeln umspielt ihre Lippen.

Ich ziehe noch einmal an der Zigarette und beobachte Pixie aufmerksam. »Daran erinnere ich mich nicht.«

»Tja. Ich glaube nicht, dass sie wollte, dass du sie bei dem Versuch erwischst. Du warst ihr Held, weißt du?« Sie spielt mit dem Schnürsenkel ihres Schuhs.

»Daran erinnere ich mich auch nicht.« Meine Lunge zieht sich zusammen und ich bekomme kaum genügend Luft; meine Augen brennen.

»Du warst auch *mein* Held«, sagt sie leise. »Das bist du noch immer.«

Sie sieht mir in die Augen, und all die Erinnerungen, vor denen ich weggelaufen bin, all die Gedanken sind mit einem Schlag wieder da und packen mich mit ihren scharfen Krallen.

Es fühlt sich an, als wäre Charity hier und säße zwischen uns. Die Atmosphäre ist angespannt und schwer, aber irgendwie fühlt es sich nicht falsch an. Pix scheint es auch zu spüren, denn sie verändert ihre Haltung auf dem Stein.

Ich wünschte, ich könnte sie für immer vor allem Schlechten beschützen. Ich möchte sie davor beschützen, betrunken Auto zu fahren, und natürlich vor Männern, die sich wie Arschlöcher benehmen. Aber ich will sie auch vor der Traurigkeit darüber beschützen, dass sie Charity verloren hat. Vor der Schuld.

»Es ist nicht deine Schuld«, sage ich.

Ihr Blick gleitet in der Dunkelheit zu meinen Augen.

»Was mit Charity passiert ist«, füge ich hinzu, »war nicht deine Schuld. Überhaupt nicht.«

Als Charitys Name meine Lippen verlässt, geht ein Ruck durch die Atmosphäre, und zuerst macht mir das Angst. Als hätte ich ein emotionales Höllenfeuer in meiner Seele entfacht, für das ich ein Jahr brauchen würde, um es wieder zu löschen.

Doch dann atme ich ein, und meine Brust ist ganz frei, weil es sich gut anfühlt, Charitys Namen auszusprechen. Nein. Es fühlt sich sicher an.

Sicher mit Pixie.

Sie beugt sich auf ihrem Stein vor, sodass unsere Gesichter sich direkt voreinander befinden und sieht mir stumm in die Augen. Es ist nicht erotisch. Es ist nicht spielerisch. Pixie bittet mich um meine volle Aufmerksamkeit, und die hat sie jetzt.

»Es ist auch nicht deine Schuld«, sagt sie.

Ich blicke hinunter auf ihre Narbe.

Sie folgt meinem Blick, nimmt mein Gesicht in ihre Hände und hebt mein Kinn an, sodass ich in ihr weiches Gesicht blicken muss. »Und was mir passiert ist, ist auch nicht deine Schuld.«

Ich ziehe meinen Kopf zurück und blicke auf den Boden.

»Es war nicht deine Schuld…«

»Hör auf, Pix«, entgegne ich leise.

Sie schweigt ein paar Minuten, dann gleitet sie von dem Stein und kniet mit ihrer Schürze vor mir auf dem Boden.

»Ich vergebe dir.« Ihr fester Blick wartet darauf, dass ich ihn erwidere, und hält mich unter den Sternen gefangen. »Es gibt nichts zu vergeben«, erklärt sie, »aber ich vergebe dir trotzdem. Vergibst du mir auch?«

Ich starre sie schockiert an. »Was?«

»Dass ich mich mit Charity auf der Party betrunken habe. Dass ich sie ermuntert habe zu gehen. Dass ich sie betrunken habe fahren lassen.«

Sie ist verrückt. Nichts davon ist ihre Schuld. Nichts davon war…

»Ich vergebe dir«, wiederholt sie. »Vergibst du mir bitte?«

Der Ausdruck in ihren Augen sagt mir, dass wir hier nicht

von Schuld sprechen. Wir sprechen von gebrochenen Herzen und Verlust und all den Dingen, mit denen wir nicht umzugehen wissen.

»Ich vergebe dir«, sage ich und meine es so, obwohl es nichts zu vergeben gibt, und ich blicke auf die kleine Pixie, die fünf Jahre alt ist und meine Transformers gestohlen hat. Die fünf Jahre alt ist und mein Herz erobert hat. Sie ist noch immer da, in meinem Herzen, als würde sie mir gehören. Und vielleicht tut sie das auch.

Plötzlich ist alles weg. Die Schuld, die Schwere. Die Angst, nicht glücklich sein zu dürfen, nicht lieben zu dürfen. Alles ist weg. Weil Pixie mir vergeben hat. Und vielleicht habe ich mir schlicht selbst vergeben.

Die Luft um uns herum ist frei. Es ist, als würden sich unzählige kleine Gewichte von meiner Brust in den Himmel erheben, ich wusste nicht, dass ich eine so große Erleichterung empfinden könnte.

Pixie setzt sich neben mich, und mein Körper spannt sich an, als ihrer an meinem hinuntergleitet und sie sich ebenfalls an den Baum lehnt. Sie streckt die Hand aus, nimmt mir erneut die Zigarette ab und steckt sie sich zwischen die Lippen. Ein kleiner roter Aschepunkt glüht in der Dunkelheit, als sie den Rauch in ihre Lunge zieht und den Kopf gegen den Stamm sinken lässt, um die Sterne am Himmel zu betrachten.

Ich neige mich etwas zu ihr, bis unsere Schultern sich auf einer Höhe befinden, lehne meinen Kopf ebenfalls zurück und blicke in den Himmel, während Pixie langsam neben mir ausatmet. Eine graue Rauchwolke schwebt über uns und versperrt die Sicht auf den Nachthimmel, bis sie sich in der Dunkelheit auflöst und den Blick auf den Himmel erneut freigibt.

Wir blicken einen langen stillen Augenblick zum Himmel und die einzigen Geräusche, die ich höre, sind die zirpenden Grillen und Pixies gleichmäßiger Atem.

Ich fühle mich wieder wie als Kind. Die Sterne über mir und Pixie neben mir. In der Stille zwischen uns liegt etwas Tröstliches und ich frage mich, ob sie das auch so empfindet. Ich könnte die ganze Nacht hierbleiben, wo der Himmel größer als alles in meinem Leben ist und Lavendelduft in der Luft hängt. Ich könnte für immer hierbleiben.

Ich höre, dass Pixie lächelt, als sie sagt: »Erinnerst du dich daran, als Charity und ich versucht haben, vom Verandadach zu springen, und du total sauer warst?«

Ich schnaube. »Wie alt seid ihr da gewesen? Sechs?«

»Ja. Wir waren Feen, weißt du noch? Wir hatten unsere Halloweenkostüme angezogen und wollten fliegen«, sagt sie übertrieben verwundert und ich lache. Tatsächlich, ich lache.

Charity war eine Nervensäge und nicht leicht zu beschützen. Da war nicht nur die Sache mit dem Verandadach. Das Mädchen kletterte auf Bäume und sprang von Felsen und solche Sachen. Aber die Sache mit den Feen war der Beginn von allem. Charity und Pix hatten sich mit dem Make-up meiner Mutter geschminkt und trugen diese albernen Zauberstäbe. Sie waren schrecklich nervig.

»Ich habe euch nicht fliegen lassen«, sage ich.

»Nein. Du hast uns verraten.«

Ich lächele. »Na, klar.«

Und dann schweigen wir einen Augenblick, aber die Luft ist nicht mehr ganz so nebelig, und ich fühle mich auf einmal nicht mehr ganz so schwer.

»Da hast du mich zum ersten Mal Pixie genannt«, bemerkt sie leise.

Ich atme ein und denke an die kleine Sarah, die als rosa Fee verkleidet keck in unserem Garten stand. »Stimmt.«

Sie zögert. »Ich bin gern Pixie.«

Ich sage nichts, aber ich lächele.

45

Pixie

Einatmen.

Ich spüre die scharfe Hitze und den bitteren Geschmack der Zigarette auf meinen Lippen, meine Lunge brennt und mein Blick verschwimmt, als sich der Rauch in mir ausbreitet. Ich will nicht reden. Ich will nicht weinen. Ich möchte einfach nur hier sitzen, neben meinem Helden, und mich erinnern.

Ausatmen.

Der Rauch fließt in Kringeln aus meiner Lunge in den stillen Sommerhimmel über uns und vernebelt die Sterne.

Ich will die Zigarette erneut an meine Lippen führen, doch Levi nimmt sie mir sanft aus den Fingern. Er drückt die brennende Spitze geschickt in der Erde aus, während der Rauch über uns dünner wird, bis er sich ganz auflöst.

Einatmen.

Die Sterne sind viel schöner, wenn der Rauch nicht ihr Funkeln verdeckt.

Ausatmen.

Viel, viel schöner. Wirklich.

So verharren wir unendliche Minuten, Schulter an Schulter, den Blick nach oben gerichtet.

Einatmen.

Lavendel. Sommerluft. Minze.

Ausatmen.

Hier draußen gibt es keine Monster.

46

Levi

Heute Morgen fühle ich mich wieder ganz. Als ich fertig geduscht habe und über den Flur zu meinem Zimmer gehe, habe ich das Gefühl, meine Lunge ist gewachsen und macht meine Brust zu einem Paradies für Sauerstoff.

»Siebenunddreißig Minuten!«, schreit Pixie von nebenan. Ihre Stimme klingt so unbeschwert wie schon lange nicht mehr, was in mir den Wunsch weckt, sie möge weitersprechen, auch wenn sie mich beschimpft.

»Du brauchst ein neues Hobby!«, rufe ich zurück.

»Blödmann.«

Ich lächele die Wand an. »Meckerziege.«

Und der Tag beginnt.

Ich ziehe mich an und hole bei Ellen meine To-do-Liste ab. Als ich die einzelnen Punkte durchgehe, starre ich sie wütend an. »Schon wieder ein Kronleuchter?«

Sie lächelt. »Der im Flur vom Westflügel.«

»Den hast du seit zehn Jahren nicht mehr benutzt.«

»Richtig. Weil er kaputt ist.«

»Der Flur ist bereits gut ausgeleuchtet. Du brauchst ihn nicht.«

»Ja, aber er ist hübsch. Also reparier ihn.«

Ich schüttele lächelnd den Kopf. »Na gut.«

Sie grinst. »Viel Spaß.«

Spaß ist das genaue Gegenteil von dem, was ich in den

nächsten Stunden haben werde, in denen ich Ellens wertvolles Höllenstück reparieren muss, aber ich bin nicht schlecht gelaunt. Ich erledige alle Arbeiten auf meiner Liste schneller als üblich und gehe zurück zum Empfang, um Ellen zu sagen, dass ich Feierabend mache.

Sie legt den Kopf schief. »Du wirkst so vergnügt.«

»Vergnügt?«

»Ja. Glücklich. Fröhlich.« Sie sieht mich skeptisch an, dann lächelt sie.

»Was?«

Sie lächelt weiter. »Nichts.«

Ich starre sie an, aber sie sagt nichts mehr, und die Situation wird ein wenig unangenehm.

»Und?«, frage ich. »Hast du noch etwas für mich zu tun, bevor ich Schluss mache?«

»Nein. Ach, warte. Kannst du den Pixie geben?« Sie reicht mir einen weißen Umschlag. »Der ist heute mit der Post gekommen und ich habe vergessen, ihn ihr zu geben. Und wenn du schon einmal dort bist, kannst du dir den Müllzerkleinerer ansehen. Mable sagt, er würde gurgeln.«

»Gurgeln. Klar.« Ich nehme den Brief und gehe Richtung Küche.

Als ich eintrete, blickt Pixie von einem Haufen Backutensilien auf und lächelt. Ich lächele zurück. Ein Teil in mir, von dessen Existenz ich bisher nichts wusste, wird auf einmal angenehm warm.

»Hey, Hübscher.« Mable lächelt mir zu. »Dich habe ich heute noch gar nicht gesehen.«

»Weil Ellen krankhaft besessen von Kronleuchtern ist.«

Pixie schnaubt. »Sie ist krankhaft besessen von allem, was alt und unpraktisch ist.«

»Erzähl mir was Neues. Ellen wollte, dass ich dir den hier gebe«, sage ich und reiche ihr den Brief.

»Danke.« Pixie nimmt den Umschlag und deutet mit dem Kopf auf zwei Teller – einen roten und einen blauen – mit Schokoladenkuchen. »Willst du einen Brownie?«

»Klar.«

Sie schiebt mir den roten Teller hin, und ich nehme den Brownie und gehe zum Spülbecken. Als ich den Müllzerkleinerer erreiche, nehme ich einen großen Bissen und …

»Heilige Mutter Gottes!« Ich würge und spucke das widerliche Zeug ins Spülbecken. »Was zum …« Ich fange an zu husten und starre auf das scheußliche braune Stück in meiner Hand.

Mable senkt lächelnd den Blick.

Pixie verschränkt die Arme und hebt amüsiert eine Braue. »Das hast du verdient«, erklärt sie und wirkt äußerst zufrieden mit meinem Würgen und Husten.

»Warum?« Gott, das ist das Schlimmste, was ich je gegessen habe. Ich würge erneut.

»Dafür, dass du all die Jahre Zucker und Salz vertauscht und Essig zur Vanille gegeben hast, sodass meine Brownies wie saure Salzriegel geschmeckt haben. Heute Morgen habe ich es endlich herausgefunden und schnell ein paar gemacht, um dir einen Geschmack deiner eigenen Medizin zu geben.«

Ich spucke erneut und lächele. »Du hast so lange gebraucht, um es herauszufinden? Du lieber Himmel, Pix. Von einer Zukunft als Kommissarin kannst du dich wohl verabschieden.« Ich werfe den Rest des ekligen Brownies weg und würge noch einmal. Würge richtig, als würde ich mich gleich übergeben.

»Und wie es aussieht, kannst *du* dich gleich von deinem Mittagessen verabschieden«, erwidert sie. »Bitte übergib dich nicht in meiner Küche.«

Daraufhin muss ich nur noch stärker würgen.

»Gott.« Sie verdreht die Augen und nimmt den Brownie von dem blauen Teller. »Das hier sind die Guten. Ich schwöre.«

»Geh bloß weg, du gemeiner Kuchenteufel.«

Sie lacht. »Gemeiner Kuchenteufel? Wow. Na, da fällt dir aber noch etwas Besseres ein.«

»Böser Dessertdämon?«

»Noch immer schwach.«

»Schokoladenverführerin des salzigen Todes.«

»Jetzt hast du es. Hier«, sie nimmt etwas in die Hand, »erspar deinem Mund künftige Unannehmlichkeiten.« Sie presst einen weiteren salzig-sauren Brownie gegen meinen Mund, und ich fange erneut an zu keuchen.

Lächelnd reißt sie den Umschlag auf. Sie studiert den dicken Briefbogen, und ihre Mundwinkel sinken nach unten.

Ich höre auf zu würgen und wische mir den Mund ab. »Was ist los?«

Ein verwirrter Ausdruck erscheint auf ihrem Gesicht. »Ich bin an der NYU angenommen. Ich darf zum Herbst dorthin wechseln. In zwei Wochen soll ich dort sein.«

»Wow«, sage ich.

Wow.

»Das ist wundervoll, Süße«, sagt Mable, dann runzelt sie die Stirn über Pixies verblüfftes Gesicht. »Alles okay?«

»Ja. Ja, ich bin nur… Ich weiß auch nicht.« Pixie lächelt und runzelt die Stirn und beißt sich auf die Lippe. In dieser Reihenfolge. »Ich bin überrascht, das ist alles.« Sie lächelt wieder.

Ich lächele ihr zu, aber aus irgendeinem Grund habe ich ein hohles Gefühl im Bauch.

47

Pixie

Ich bin fassungslos. Verwirrt. Sogar schockiert. Aber nicht, weil ich an der NYU angenommen worden bin, sondern weil ich mich nicht mehr freue, dorthin zu gehen.

Das ganze letzte Jahr habe ich versucht, an eine andere Uni zu wechseln, und jetzt, wo meine Chance gekommen ist, ist es mir egal. Ich müsste vor Freude jubelnd in die Luft springen. Oder zumindest auf eine Weise lächeln, dass Mable mich nicht mehr so besorgt ansehen muss, doch stattdessen stehe ich hier und starre auf den roten Teller mit den Brownies.

»Herzlichen Glückwunsch«, sagt Levi.

Ich blicke ihm in die Augen, und mein angespanntes Lächeln begegnet seinem.

»Danke«, erwidere ich.

»New York.« Mable lächelt. Bei ihr wirkt es nicht angespannt. »Was für eine wundervolle Stadt. Ich bin erst ein Mal dort gewesen, aber es war atemberaubend. Ein großartiger Ort für Künstler.«

»Ja. Die Uni dort hat ein tolles Kunstprogramm.« Ich wische etwas Zucker mit meinen Händen zusammen und reinige die Arbeitsplatte. »Eines der besten im Land.«

»Wie aufregend.« Mable klingt aufrichtig, blickt jedoch alle paar Sekunden zu Levi.

»Das hast du dir verdient«, sagt er und presst die Lippen aufeinander.

Ich nicke. Nichts weiter. Ich nicke nur und streiche noch mehr Zucker zusammen.

Er räuspert sich und wischt sich ein paar Brownie-Krümel von Gesicht und T-Shirt, dann schnappt er sich sein Werkzeug und geht zum Müllzerkleinerer, wo er sich in die Arbeit vertieft.

Ich konzentriere mich darauf, die Spuren von Mehl und Salz, Backpulver und Zucker zu beseitigen, und befördere die Reste meines Backchaos in den Müll.

Bald ist der Tresen blitzsauber und es sind keine Zutaten mehr übrig, die ich wegwerfen oder wegräumen könnte. Ich packe die guten Brownies ein, stelle sie für morgen in den Kühlschrank und wundere mich, weshalb mein Magen sich zusammenkrampft.

Mable hängt ihre Schürze an einen Haken neben der Tür. »Alles klar, Liebes. Ich gehe dann. Bist du dir sicher, dass du keine Hilfe mehr brauchst?«

»Ja. Alles klar. Hab einen schönen Abend, Mable.«

»Du auch, Süße.« Sie verschwindet durch die Tür zum Speisesaal, während ich mich in der Küche umsehe. Levi steht mit gerunzelter Stirn am Müllzerkleinerer, hat ein Tuch in der Hand und ein paar letzte Krümel auf dem T-Shirt. Mables blaue Schürze schwingt an ihrem Haken leicht hin und her.

Ich nehme eine Gabel und kratze die restlichen Ekel-Brownies vom roten Teller in den Müll. Sie sammeln sich dort zu einem Stapel trügerischer Schokolade in einem weißen Meer aus Backzutaten.

Auf einmal bricht die Erkenntnis, warum mein Bauch sich wie eine Brezel krümmt, wie eine Flutwelle über mich herein.

Der Grund hat meerblaue Augen und Schokoladenkrümel am Ärmel.

48
Levi

»Nein«, sage ich.

»Ach, komm schon, Mann«, bettelt Zack am nächsten Morgen am Telefon. »Ich würde es auch für dich tun.«

»Du würdest eine Stunde fahren, um meine Ziege zu hüten?« Ich klemme das Telefon zwischen Ohr und Schulter, nehme meine Post vom Empfangstresen und gehe sie auf dem Weg nach oben durch.

»Ja.«

»Du bist ein verdammter Lügner.«

»Du schuldest mir etwas.«

»Seit wann?« Im Flur treffe ich auf Pixie und lächele angespannt.

Sie lächelt zurück, als sie in die entgegengesetzte Richtung an mir vorbeigeht. Sie ist wahrscheinlich begeistert, nach New York zu ziehen. Das sollte sie sein. Sie hat es verdient. Sie verdient etwas mehr als … nun, als das alles hier.

Zack sagt: »Seit ich dich mit Savannah, der vollbusigen Blondine, zusammengebracht habe.«

Ich betrete mein Zimmer. »Ich war gar nicht mit ihr zusammen.«

»Unwichtig. Komm jetzt her, und hol Marvin, damit ich nicht aus dem Team fliege, weil ich eine gottverdammte Ziege am ersten Tag mit zum Training bringe.«

»Ich passe nicht auf deine Ziege auf.«

»Bewege deinen Hintern hierher, Andrews. Oder ich rufe Sarah an, und erzähle ihr alles über die Nacht, als du im ersten Studienjahr total betrunken warst und die ganze Zeit vor dich hingeschwafelt hast, dass du ihre hübschen Zähne küssen und an ihren goldenen Haaren riechen willst.«

Ich bleibe stehen.

»Goldene Haare«, wiederholt er. »Du hast sie *golden* genannt.«

Ich lasse meine Post auf den Schreibtisch fallen. »Ich hasse dich.«

Ich höre seiner Stimme an, dass er lächelt: »Die besten Freundschaften entstehen aus Hass und Erpressung. Wir sehen uns in fünfundfünfzig Minuten.«

Als ich das Trainingsfeld erreiche, bin ich total sauer und habe beschlossen, dass ich Marvin in einem Anzeigenblatt zum Verkauf anbieten werde, bevor das Training zu Ende ist, damit ich nie wieder auf eine Ziege aufpassen muss. Aber ich schätze, es ist immer noch besser, als den ganzen Tag im Hotel zu sein und über den heutigen Tag nachzudenken.

Charitys Geburtstag.

Der Tag ist eindeutig nicht so schlimm wie ihr Todestag, aber leicht ist er auch nicht. Er ist ein Teil von ihr. Eine Erinnerung, dass sie nicht mehr da ist. Es ist eine grausame Fügung, dass sie nur wenige Tage vor ihrem neunzehnten Geburtstag gestorben ist. Eine von vielen.

Ich parke und gehe durch das vertraute Stadiontor und die Tunnel, um zum Feld zu gelangen, wo sich meine ehemaligen Teamkollegen aufwärmen. Ob Pixie wohl je in New York ein Footballspiel besuchen wird?

Trainer McHugh sieht mich und pfeift zu einer fünfminütigen Pause. Alle hören auf zu laufen und versammeln sich um die Bank, während der Trainer zu mir kommt.

»Was zum Teufel, Andrews? Warum steht dein Name nicht

auf meiner verdammten Liste? Und warum bist du nicht für das Training angezogen?«

Ich kratze mich im Nacken. »Weil ich Dekan Maxwell nicht geantwortet habe und nicht hier bin, um zu spielen. Wo ist Arden?«

Das Gesicht des Trainers läuft rot an, als wolle er mich anschreien, doch stattdessen schreit er über das Feld nach Zack. »Arden! Beweg deinen Hintern hierher.«

Zack läuft mit zufriedener Miene auf uns zu. »Was ist los, Levi?«

Ich starre ihn wütend an. »Wo zum Teufel ist die Ziege?«

Der Trainer blickt zu Zack. »Welche Ziege?«

Der zuckt die Schultern. »Ich habe sie in der Villa gelassen.«

»Was für eine Villa?«, fragt der Trainer.

Ich beiße die Zähne zusammen und starre Zack an. »Warum zum Teufel hast du mich dann den ganzen Weg hierherfahren lassen?«

»Weil es Zeit wird, dass du endlich wieder deinen Kram auf die Reihe bekommst.« Er blickt zu McHugh. »Trainer, ich glaube Levi ist hier, um mitzuspielen.«

Ich schüttele den Kopf. »Nein. Nein, Sir. Deshalb bin ich nicht hier.«

»Es ist Kram-wieder-auf-die-Reihe-bekommen-Zeit, und Levi fängt jetzt damit an«, erklärt Zack.

»Nein.«

»Still, alle beide.« Der Trainer mustert mich von oben bis unten. »Zieh dich um.«

»Was? Nein. Ich bin nicht hier, um zu spielen, Trainer. Ich bin noch nicht einmal an der Uni eingeschrieben.«

»Zu dumm. Du bist hier, und ich brauche Spieler. Zieh dich um.«

»Aber ich …«

»Beweg deinen verdammten Hintern!«, schreit er laut genug, dass jedes Teammitglied zu uns herübersieht, und natürlich schauen sie so, als seien sie froh, mich zurückzubekommen.

Zack grinst. Ich hasse ihn.

Aber als ich mich auf dem Feld umsehe und das frisch gemähte Gras und die aufgewühlte Erde rieche, möchte ein Teil von mir bleiben, den Wind beim Laufen spüren und werfen. Und die Vorstellung, zu laufen und zu werfen und mit jemandem zusammenzustoßen, scheint verlockend.

Langsam drehe ich mich zum Trainer um und gebe nach. »Gut. Ein Spiel.«

Der Trainer sieht mich warnend an. »Wie bitte?«

»Ein Spiel, *Sir.*«

»Gut. Jetzt hör auf zu quatschen, und zieh dich verdammt noch mal um!«

»Ja, Sir«, erwidere ich und verkneife mir ein Lächeln, als ich davonlaufe, um mich für das Training umzuziehen.

49
Pixie

Ich öffne das quietschende Fliegengitter der Küchentür, um den letzten Müllbeutel für heute hinauszubringen. Mable ist früh gegangen, sodass ich die letzten Stunden allein war, und das war gut so. Mir war heute nicht nach Unterhaltung.

Einerseits, weil heute Charitys Geburtstag ist und ich mich ganz meinen Erinnerungen hingeben wollte. Aber vor allem, weil ich mich heute Morgen wegen New York entschieden habe und ich mir noch nicht ganz sicher bin, wie ich das finde.

Ich habe das letzte Jahr mit meinen Collegeplänen gehadert, weil mir das Planen an und für sich sinnlos erschien. Warum eine Zukunft planen, wenn sich alles im Leben jeden Augenblick ändern kann?

Aber das Leben passiert, auf welche Art auch immer. *Nicht* zu planen, hält die Zukunft nicht davon ab zu passieren. Also kann ich genauso gut etwas versuchen – oder besser noch, auf etwas hoffen –, das mein Herz will.

Deshalb habe ich jetzt einen Plan. Und er macht mir eine Heidenangst. Aber ich fühle mich auch lebendig.

Ich höre Reifen auf dem Kies vor dem Inn, dann schlägt eine Autotür zu. Levis Truck. Ich würde das Geräusch überall heraushören.

Ich werfe gerade den Müllbeutel in den Container, als er um die Ecke biegt. Er sieht mitgenommen und verschwitzt aus, aber auf eine gute Art. Die Art, die einen frei und stark macht und einen nachts tief schlafen lässt.

»Hey«, sagt er.

»Hey«, erwidere ich und bemerke, dass unter seinem Arm ein Football klemmt. »Wo bist du gewesen?«

»Äh, beim Training.«

Ich hebe die Brauen. »Beim Footballtraining?«

»Ja.«

»Oh. Wow. Gut. Okay. Gut.« Ich klinge fassungslos. Bin ich auch.

Er lacht. »Ich war auch überrascht. Zack hat mich dorthin gelockt.«

»Gut von ihm.« Ich strecke die Hände aus, und er wirft mir den Ball zu. »Wow«, sage ich, als ich den Ball fange und ihn in meinen Händen drehe. »Ich habe lange keines dieser Babys mehr gehalten.«

»Fühlst du dich stark?«

»Wie ein Gott. Geh weit weg.«

Er blinzelt mich an und lächelt. »*Geh weit weg?*«

»Ja. Geh. Weit. Weg.« Ich hebe den Arm, um zu werfen, und warte, dass er zurückgeht.

Er zuckt die Schultern und geht vielleicht vier Schritte zurück.

»Ernsthaft?«, frage ich. »Beleidige mich nicht.«

Er hebt abwehrend die Hände und geht noch ein paar weitere Schritte zurück. »Ich werde doch keinen Gott beleidigen.«

»Weiter.« Ich lotse ihn noch weiter und weiter, bis er ein ganzes Stück vom Lavendelfeld entfernt steht. Dann werfe ich den Ball in einem perfekten Bogen zu ihm.

»Verdammt, Kleine.« Lächelnd fängt er den Ball. »Wer hat dir beigebracht, so zu werfen?«

Ich zucke die Schultern. »Irgendein heißer Quarterback, den ich auf der Highschool kannte.«

Er wirft den Ball zu mir zurück. »Klingt nach einem ziemlich talentierten und gut aussehenden Typen.«

»Na ja.« Ich fange den Ball. »Er war okay. Er war ein anständiger Ballspieler, aber ein schrecklicher Künstler. Der Junge konnte noch nicht einmal ein Strichmännchen malen.« Ich grinse und werfe den Ball zurück.

Er fängt ihn mit einer Hand. »Strichmännchen sind überschätzt.«

»Quarterbacks auch.«

Er schüttelt lächelnd den Kopf und wirft erneut den Ball. Ich fange ihn.

»Heute ist Charitys Geburtstag«, sagt er.

Ich war mir nicht sicher, ob einer von uns das Gespräch darauf bringen würde. Aber jetzt ist es raus. Es ist angenehm. Es fühlt sich nicht traurig an. Nur wahr.

Ich werfe ihm wieder den Ball zu. »Ich weiß. Sie wäre zwanzig geworden.«

Er fängt ihn. »Ja. Und wahrscheinlich wäre sie festgenommen worden.«

Er wirft erneut. Ich fange. »Oder aus einer Bar geflogen.«

Ich werfe. Er fängt. »Oder nach Vegas durchgebrannt, um zu heiraten.«

Werfen. Fangen. »Oder alles zusammen.«

Er lacht. »Ja, wahrscheinlich alles zusammen.«

Mit zweitausend Lavendelpflanzen zwischen uns stehen wir in der untergehenden Sonne, lächeln bei der Erinnerung an den uns liebsten Menschen, und es tut nicht weh. Überhaupt nicht.

»He, Pix?« Levi hält den Ball fest und sieht mich an. »Du hast mir gefehlt.«

Ich lächele. »Du mir auch, Levi.«

50

Levi

Charitys Geburtstag ist fast vorüber.

Ich lege mich aufs Bett und starre an die Decke. Zwei Minuten später geht meine Zimmertür auf, und Pixies Silhouette erscheint im Türrahmen.

Wortlos tappt sie durch das hereinfallende Mondlicht zu meinem Bett und krabbelt neben mich. Sie kuschelt sich an meine Seite, legt ihren Kopf in meine Armbeuge und ihre Hand auf meine Brust.

Mein Herz fühlt sich komisch an, und ich weiß nicht, was ich tun soll, aber ich weiß, dass ich sie nicht loslassen will. Also lege ich meinen Arm um sie, ziehe sie dichter an mich und lege meine Wange an ihren Kopf, als wären wir wieder Kinder und niemals von einer Tragödie getroffen worden.

Charity ist nicht hier, aber Pixie. Und dadurch ist alles okay.

Nicht perfekt, aber okay.

Ich ziehe die Decke über uns, und während ich das Beste an der schlimmsten Sache, die mir je passiert ist, in den Armen halte, schließe ich die Augen und schlafe ein.

51

Pixie

Levis Herz schlägt gleichmäßig an meinem Ohr, und ich bin ganz in seine Körperwärme gehüllt. Sein Zimmer ist dunkel und still, während ich langsam und tief einatme.

Gott, ich habe ihn so vermisst. Seine Kraft. Seine Freundschaft. So sehr, dass ich jetzt weinen könnte. Bis zu diesem Moment war mir nicht bewusst, wie sehr ich das – wie sehr ich IHN – gebraucht habe. Ich kuschele mein Gesicht an sein weiches Baumwoll-T-Shirt, wo es sicher und warm ist und nach einem Jungen riecht, der zu allen meinen Erinnerungen gehört.

52

Levi

Drei Tage und unzählige Spiele später bin ich verschwitzt und erschöpft und fühle mich lebendiger als seit Monaten. Gott, es fühlt sich gut an, etwas zu tun, das ich gut kann, und eine Aufgabe außerhalb des Inn zu haben.

Ich wollte nicht weiter zum Training kommen, aber der Trainer hat mich immer wieder gefragt, und mein dummer Mund hat immer wieder Ja gesagt. Also bin ich wieder hier und schwitze mir nach drei Stunden mörderischen Workouts und Laufspielen den Hintern ab. Und ich liebe es.

Ich rede noch ein bisschen Unsinn mit den anderen, dann fahre ich nach Hause. Unterwegs kündigt sich ein weiteres Unwetter an. An der dunkelvioletten Farbe der Wolken und den intensiven Orangetönen des Sonnenuntergangs erkenne ich, dass es ziemlich heftig werden wird.

Als ich parke, regnet es bereits wie aus Kübeln, und der Parkplatz ist eine einzige riesige Matschpfütze. Ich laufe durch den Schlamm zum Hintereingang der Küche – nicht zum Vordereingang, denn Eva hasst es, wenn ich Matsch hereintrage – und trete durch die Tür, als die violetten Wolken sich grau färben und den Sonnenuntergang vollständig verdecken. Draußen ist es dunkel und stürmisch, das Küchenlicht flackert und geht an und aus. Ich streife meine Füße auf der Matte ab, laufe den hinteren Flur hinunter und renne in Pixie hinein.

Ihre Kurven drücken sich an meinen durchnässten Körper und schmiegen sich warm an mich, als sie erschrocken durch ihre langen Wimpern zu mir hochsieht.

»Tut mir leid«, sage ich schnell und weiche in dem engen Flur vor ihr zurück. Die Vorderseite ihres weißen T-Shirts ist komplett nass und klebt auf eine Weise an ihren Brüsten, die in meinem Körper Verlangen weckt und mich an unanständige Dinge denken lässt.

»Kein Problem.« Sie befeuchtet ihre Lippen.

Noch mehr unanständige Dinge kommen mir in den Kopf.

»Wieder Training?«, fragt sie und mustert meine nassen Sachen.

»Ja.« Ich blicke auf die Farbflecken auf ihrem T-Shirt und die grauen Schlieren auf ihren Wangen. »Malst du?«

»Ja, ein bisschen. Gewitter eignen sich hervorragend zum Malen.«

Ich nicke. »Ich erinnere mich. Das hast du früher immer gesagt und bist schnell nach Hause gerast, um zu malen, bevor der Regen wieder aufhörte.« Ich schlucke, weil ich damit vielleicht zu erkennen gegeben habe, wie viel ich über sie weiß und wie genau ich mich an alles erinnere.

»Oh. Ja. Das stimmt.« Erneut fährt sie sich mit der Zunge über die Lippen.

Ich muss unbedingt von ihr weg, sonst fange ich auch noch an, mir die Lippen zu lecken.

Ich räuspere mich und gehe an ihr vorbei. »Entschuldige noch mal, dass ich dich umgerannt habe.« Von ihren nassen Brüsten und ihren glänzenden Lippen befreit, eile ich nach oben ins Bad. Nachdem ich mir den Schweiß vom Training abgeduscht habe, schließe ich mich in mein Zimmer ein und starre seit langer Zeit zum ersten Mal auf eine leere Seite auf meinem Computerbildschirm.

Ein Aufsatz übers Siegen. Das schaffe ich.

Ich starre weiter auf den Bildschirm. Nichts.

Gedankenverloren öffne ich meinen E-Mail-Eingang, sicher, dass ich eine Antwort von meinen Eltern dort vorfinde. Und tatsächlich, sogar vier Stück – alles Rundmails.

Ich lese.

Levi,
zuallererst, bitte sei nett zu deiner Mutter. Sie hat dir geschrieben, weil sie sich um dich sorgt.
Zweitens, unsere Sorge um dich – wenn sie auch etwas spät kommen mag – ist aufrichtig. Du bist unser Sohn, und wir lieben dich mehr, als wir dir sagen können.
Aber drittens, und das ist am allerwichtigsten, WIR GEBEN DIR NICHT DIE SCHULD an Charitys Tod. Und das haben wir auch nie getan. Nicht einen Augenblick. Was Charity passiert ist, war ein schrecklicher Unfall, und deine Mutter und ich sind froh, dass du nicht auch gestorben bist. Wenn wir dir auf irgendeine Weise Schuldgefühle wegen Charitys Tod gemacht haben, dann haben wir dich im Stich gelassen.
Es war falsch und selbstsüchtig von uns, dich einfach allein zu lassen. Bis du es uns geschrieben hast, habe ich tatsächlich nie darüber nachgedacht, dass wir dich verlassen haben. Du warst ein junger Mann auf dem College, und ich habe wohl gedacht, dass das bedeutet, du würdest schon damit zurechtkommen. Aber wenn ich mir überlege, dass ich selbst auch nicht wusste, wie ich damit zurechtkommen sollte, war das ein ziemlich dummer Gedanke. Und nicht zu entschuldigen. Wir hätten als Familie zusammenbleiben sollen. Bitte vergib mir.
Dad

Levi,
oh, Liebling! Wir machen dich überhaupt nicht für das verantwortlich, was mit Charity passiert ist. Ich fühle mich schrecklich, dass mein kleiner Junge das auch nur eine Sekunde lang gedacht hat. Und es tut mir leid, dass ich dich allein gelassen habe. Ich war so sehr mit meiner eigenen Trauer beschäftigt, dass ich überhaupt nicht darüber nachgedacht habe, dass wir dich beide verlassen haben. Und Sarah! Oh, mein Gott, ich habe bis zu diesem Moment überhaupt nicht an Sarah gedacht. Geht es ihr gut? Das arme Ding haben wir auch einfach zurückgelassen. Oh, Mark – wie konnten wir das nur zulassen?
Ich habe ein paar schreckliche Fehler als Mutter gemacht, und ich weiß nicht, wie ich sie wiedergutmachen soll. Bitte vergib mir, dass ich dich verlassen habe. Es tut mir so leid. Ich liebe dich, mein Herz. So sehr!
Mom

Linda,
wir müssen ein paar Fehler wieder gutmachen, was Levi und auch Sarah angeht. Vielleicht sollten wir telefonieren? Hast du meine Nummer noch? Ich lese meine E-Mails nur dienstags.
Mark

Mark,
einverstanden. Ein gutes, ausführliches Telefongespräch ist längst überfällig. Ja, ich habe deine Nummer noch. Ich rufe dich diese Woche an.
Linda

Ich setze mich zurück und starre auf den Bildschirm. Okay. Meine Eltern sprechen miteinander – vielleicht sogar am Telefon. Das ist gut. Das ist ein Anfang.

Mom und Dad,
ich glaube, wir müssen uns alle von einer Menge Schuldgefühlen und Vorwürfen befreien. Charitys Tod war für uns alle schwer. Ich vergebe euch, weil ich verstehe, warum ihr weggegangen seid. Wir sind alle nur Menschen. Und es ist auch nicht so, als wäre ich das letzte Jahr ein vorbildlicher Sohn gewesen, aber das will ich wieder in Ordnung bringen. Vielleicht können wir die Tage alle zusammen telefonieren? Oder auch nicht. E-Mail ist auch gut.
Levi
PS. Sarah geht es gut. Sie vermisst euch.

Ich drücke auf »Senden« und fühle mich wie schon lange nicht mehr: glücklich.

53
Pixie

Während draußen das Unwetter tobt, starre ich auf die Flasche mit roter Farbe. Eine wilde und furchtlose Seite in mir wünscht sich nichts sehnlicher, als nach draußen in die Nacht hinauszulaufen und den Sturm auf meiner Haut, den Regen in meinem Haar, den Donner in meinen Knochen zu spüren.

Genau deshalb ist dies das perfekte Wetter zum Malen.

Seit letztem Sommer habe ich nicht mehr mit Farben gemalt.

Aus keinem anderen Grund außer dem, dass ich mich nicht farbig fühlte. Doch in den letzten Tagen ist etwas in mir gewachsen. Etwas lebendig geworden. Ist Verlangen in mir erwacht. Und ich kann es nicht länger ignorieren.

So habe ich die zahlreichen ungeöffneten Kartons in meinem Zimmer entstaubt und sie durchwühlt, bis ich meine bunten Farben gefunden habe. Dann habe ich Musik angestellt, und nun stehe ich hier vor dieser leeren Leinwand und habe keine Idee, was ich malen will.

Erneut blicke ich hinunter auf die Flasche.

Rot. Das ist ein Statement. Leidenschaftlich. Unvermeidlich.

Ich drehe die Flasche auf den Kopf und drücke einen Tropfen auf meine Palette. Da ist es. *Rot.*

Jetzt muss ich nur noch den Pinsel hineintupfen – ach, was soll's.

Ich drehe meine Hand um, drücke einen großen Klecks Farbe in meinen Handteller und schmiere sie auf die Leinwand. Sie wirkt hart und störend auf der weißen glatten Fläche. Wie ein Makel. Ich ziehe einen Mundwinkel nach oben, drücke noch mehr Rot in meine Hände und verteile es in alle Richtungen auf der Leinwand, bis dort kein weißes Viereck mehr zu sehen ist, sondern eine Sammlung roter Bewegungen.

Nachdem das Rot leer ist, nehme ich eine blaue Tube, fülle meine Hände mit der Farbe des Friedens und der Ruhe und wische sie neben das Rot.

Dann Grün. Leben. Anfang. Heilung.

Dann Gelb. Glück.

Violett. Hoffnung.

Ich sehe nur noch Farben, bis ich mir nichts mehr ohne sie vorstellen kann. Mein Herz steht in Flammen, als sei es lange gefroren gewesen und würde gerade in der Glut des … oh Gott, des *Lebens* auftauen.

Ich drücke Farben in meine Hände, während es draußen blitzt und donnert. Irrsinn, draußen wie drinnen. Und es ist wunderschön.

Dann höre ich, dass Levi den Fernseher einschaltet.

54
Levi

Ich sehe fern und versuche nicht daran zu denken, was das Mädchen nebenan trägt, während sie malt. Dass sie malt, weiß ich, weil ich die Musik höre – ihre Mal-Musik.

Es klopft dreimal an meine Wand.

»Stell das leiser!«, schreit sie.

Ich drehe die Lautstärke noch etwas weiter auf.

Erneutes Klopfen. »Stell es leiser!«

»Schhh!«, rufe ich. »Bei diesem Klopfen verstehe ich meine Sendung nicht!«

»Aaaaah!«

Der Sieg ist meiner.

Als ich mich wieder meiner Sendung zuwende, jault der Wind draußen, und ich blicke stirnrunzelnd zum Fenster. Morgen werde ich den ganzen Tag den Hof aufräumen müssen.

Plötzlich geht der Strom aus, und ich beiße die Zähne zusammen.

Pixie!

Bei Gewitter? Wirklich?

Ich stapfe aus meinem Zimmer, gehe den Flur hinunter und reiße, allerdings eher amüsiert als wütend, ihre Tür auf.

Zwei Dinge überraschen mich.

Erstens: der unschuldige Blick auf Pixies Gesicht im fahlen Licht des überwiegend verdeckten Mondes.

Zweitens: Sie hat nichts an.

Nun, zumindest kaum etwas. Sie trägt ein durchsichtiges Tanktop und einen Slip, die beide nur wenig Raum für Fantasie lassen. Sie könnte ebenso gut nichts tragen, denn alles, was ich vor mir sehe, ist eine nackte Pixie, die von oben bis unten mit Farbe bedeckt ist.

»Was zur Hölle MACHST du?« Sie ist sauer, wirkt wegen ihrer Aufmachung jedoch etwas beschämt, was mich verwirrt. »Wie kommst du auf die Idee, dass du hier einfach so hereinplatzen kannst?«

Ich schnaube. »Vielleicht genauso, wie du auf die Idee kommst, wann immer es dir gefällt, die Sicherung durchbrennen zu lassen.«

»Ich habe die Sicherung nicht durchbrennen lassen!«

»Das nächste Mal droh mir einfach mit der Sicherung, dann stelle ich den verdammten Fernseher leiser, um mir den Gang nach draußen zu sparen.«

Sie tritt einen Schritt nach vorn, sodass sie nun direkt vor mir steht. »Ich habe die Sicherung nicht durchbrennen lassen.«

Blitze erhellen den Raum, und ein lautes Donnergrollen erschüttert das Fenster. Da wird mir klar, dass der Sturm für den Stromausfall verantwortlich ist. Nicht Pixie.

Mist! Jetzt komme ich mir wie ein Idiot vor.

Sie starrt mich in dem dämmerigen Licht an, und ihre Empörung weicht … Begehren. Ich sollte gehen. Sofort. Wirklich.

Doch Pixie sieht mir in die Augen, und sie steht so dicht vor mir, dass ich offenbar zu nichts anderem in der Lage bin, als sie mit Sehnsucht, Begehren und Verlangen oder jeder anderen Art menschlicher Lust anzusehen.

Aber ich werde sie nicht küssen.

Nein!

Wenn ich sie küsse, gibt es kein Zurück mehr. Wenn ich sie küsse, werde ich sie berühren. Und wenn ich sie berühre, werde ich für immer und ewig jeden anderen Kerl umbringen müssen, der versucht sie zu berühren, und dann bin ich wirklich am Arsch.

Doch mein Kopf und mein Herz und mein Körper wollen alle dasselbe – und wann zum Teufel ist das schon einmal so gewesen?

Das ist *Pixie.*

Ich darf sie nicht begehren. Ich verdiene sie nicht. Ich darf nicht… ich sollte…

55

Pixie

Levi sieht mich voller Verlangen an, und noch nie wollte ich ein Verlangen so gern befriedigen.

Meine Brust befindet sich vor seiner. Atmen. Einatmen. Ausatmen. Leben hinein. Leben hinaus.

Meine Hände schillern in allen Farben des Regenbogens, die Farbe tropft auf den Boden, auf meine nackten Beine und Füße.

Es blitzt, und der Raum wird einen Augenblick hell, unsere Gesichter leuchten auf. Ich sehe das Zögern in Levis Augen, den Kampf zwischen Verlangen und Schuld, den Kampf, den sowohl er als auch ich seit einem Jahr verlieren.

Ich gehe zögernd auf ihn zu.

Näher.

Dann gebe ich der wilden Seite in mir nach und küsse ihn.

Ich schmiege mich an seinen Körper, presse meine Lippen auf seine, und meine Hände verschmelzen mit seiner Haut. Ich begehre ihn, nein, ich brauche ihn, und er braucht mich. Nicht nur für die Leidenschaft, sondern auch zum Leben und zum Heilen. Und hier stehen wir, während der Regen gegen das Fenster und auf die Felder prasselt. Lebendig.

Er erwidert meinen Kuss, und nichts steht mehr zwischen uns. Traurigkeit und Schmerz und Verlust und Bedauern existieren zwar noch, aber sie umfließen uns und können die

Wand aus Freundschaft und Liebe nicht durchdringen, die wir in Jahrzehnten errichtet haben.

Sein Mund streicht über meinen, während er die Hände um meinen Körper legt, mich hält und mich befreit. Meine Lippen öffnen sich, und seine Zunge gleitet hinein, heißer Atem steigt aus meiner Brust, als unsere Zungen sich treffen und verschmelzen.

Ich fasse seine Schultern und versuche, mich an seinem Körper hinaufzuziehen, um in ihm zu versinken. Er umfasst meine Taille, und seine Finger gleiten unter den Saum meines Shirts und drücken sich in meinen Rücken. Ich spüre jeden seiner Finger wie kleine Flammen, die sich in meine Hüften brennen, mein Rückgrat, meine nackte Haut.

Ich stelle mich auf die Zehenspitzen, unser Kuss ist verzweifelt und atemlos, ich streiche durch seine Haare und spüre, wie sie durch meine Finger gleiten. Es ist ein intimes Gefühl.

Seine Hände wandern unter mein Shirt und über die empfindliche Haut an meinem Bauch. Ich wimmere an seinen Lippen, als sich jeder Muskel in meinem Körper anspannt. Ich möchte meinen Rücken durchbiegen. Ich will in ihn hineinkriechen.

Sein Mund bewegt sich zu meinem Hals, wo er mich mit seinen Lippen kaum berührt. Mich nicht küsst. Nicht leckt. Nur atmet. Und – *oh Gott* – ich schmelze.

Mein Körper ist nass und voller Begehren, und ebenso wie ich schreien könnte, könnte ich weinen. Ich lege den Kopf in den Nacken und ringe um Atem, als seine Zunge brennend über meine empfindliche Haut streicht.

Ich fasse sein Gesicht und ziehe seinen Mund an meinen, um ihn erneut zu küssen und ihn festzuhalten. Sein raues Kinn liegt in meinen Händen, während ich ihn verschlinge, und ich liebe das Gefühl seiner Bartstoppeln auf meiner weichen Haut. Er verbrennt mich. Er zeichnet mich.

Er hebt mich hoch und trägt mich zum Bett. Ich liege auf dem Rücken und dränge meine Hüften gegen seine. Wir reißen gegenseitig an unserer Kleidung, an Haut und Haaren, bis er nur noch seine Jeans trägt und ich nur noch meinen Slip. Ich bin außer Atem und wild. Ich fühle mich wie ein Tier und eine Göttin zugleich, verschlinge ihn mit meiner Zunge, reiße mit meinen Nägeln an ihm und bekomme doch nicht genug. Nicht annähernd.

Seine Hand streicht an der Innenseite meines Schenkels hinauf zu genau der Stelle, an der ich sie ersehne, und meine Lider flattern. Kehlige Laute dringen aus meinem Mund, und zur Antwort knurrt er – er *knurrt* – zufrieden. *Gott!* Ich will, dass er mehr knurrt!

Ich streiche mit meinen farbverschmierten Händen über seinen gesamten Körper, während sein Mund zu meiner Brust gleitet. Er hebt den Kopf und blickt im schwachen Mondlicht hinunter auf meine Narbe, mein Körper verspannt sich.

Ich habe Angst, dass er seine Meinung ändert und mich loslässt. Doch stattdessen lehnt er sich langsam wieder hinunter und drückt einen sanften Kuss auf das obere Ende der Narbe.

»Es tut mir so leid«, flüstert er. Er setzt einen weiteren sanften Kuss direkt unter den ersten, federleicht streifen seine Lippen die rote Linie. »Es tut mir so leid, dass du das tragen musst.«

Ich streiche mit den Händen über seinen Rücken nach oben und durch seine Haare, streichele ihn ebenso sanft, wie er meine Narbe küsst, und finde es wundervoll, dass seine Lippen – *Levis* Lippen – keine Angst haben, meinen Makel zu berühren. »Mir nicht.«

Er blickt mich unter seinen dunklen Wimpern hervor an, sein Mund berührt noch immer meine zerrissene Haut.

»Meine Narbe erinnert mich an meinen Helden«, sage ich.

Erst denke ich, dass er mir widersprechen wird. Doch blitzschnell ist sein Mund erneut auf meinem, und er küsst mich, als bräuchte er mich. Und ich brauche ihn genauso.

Sein Rücken ist zu breit für mich, ich kann ihn nicht richtig halten, aber ich umfasse seine Schulterblätter, greife nach seiner heißen glatten Haut, und er küsst mein Kinn und meine Brust. Er saugt an meinem Nippel, und ich bin mir ziemlich sicher, dass ich schreien würde, wenn ich nicht so sehr damit beschäftigt wäre, um Atem zu ringen. Er saugt und umfasst meine andere Brust, während ich mich ihm entgegenbiege und ihn dichter an mich ziehe. Dann bewegt er seinen Mund weiter nach unten zu der empfindlichen Haut an meinem Bauch und zieht mir den Slip aus.

Seine Hände, sein Mund, alles liebkost mich, sucht meine Nässe, findet den Teil meines Körpers, der mich nur noch ursprüngliche Lust empfinden lässt, und dann ist sein Mund zwischen meinen Beinen.

Er berührt mich nicht, er atmet nur – was unglaublich erregend ist. Mit seinem heißen Atem kitzelt er ganz bewusst die empfindsame Haut, die sich vor ihm ausbreitet, und ich kann mich gerade noch beherrschen, nicht vor Lust zu schreien und zu weinen und mich zu winden. Ich streiche erneut durch seine Haare und halte seinen Kopf, während er mit der Zunge langsam den Spalt zwischen meiner Hüfte und meinem Oberschenkel hinauf und dann hinüber zu meinem Bauch streicht. Dann fährt seine nasse Zunge langsam, so langsam, dass ich denke, ich müsste sterben, mit drei ganz sanften Strichen über meine Mitte.

Heilige Hölle! Lieber Jesus! Ich bin im Himmel.

Bildlich. Buchstäblich.

Himmel.

Seine Zunge streicht noch zwei weitere Male über meine empfindlichste Stelle, und ich schreie auf, löse mich auf und verliere den Verstand unter dem wundervollen blendenden Gefühl seines Mundes. Meine Schenkel zittern heftig, während ich den Rücken durchbiege und mich in die Laken kralle. Ich weiß nicht, wo ich bin oder wie ich heiße oder wie man atmet, aber wer zum Teufel interessiert sich für solche Nichtigkeiten wie Atmen?

Levi Andrews hat soeben meine gesamte Welt neu erfunden. Mit seiner Zunge.

»Kondom«, keucht er atemlos.

Ich zwinge mich, die Augen zu öffnen. »Was?« Spricht da jemand mit mir? Wer WAGT es, meine Seligkeit zu stören?

»Kondom«, wiederholt er.

»Oh, ja«, sage ich. »Gute Idee. Äh …« Mein Gehirn funktioniert nicht. »Meine Tasche!« Mein Gehirn funktioniert wieder. »Meine Tasche.« Ich deute auf die Stelle, wo sie auf dem Boden liegt.

Er stolpert aus dem Bett und durchwühlt meine Tasche. »Warum hast du so viele Kondome hier drin?« Er zieht eins heraus und reißt es auf.

»Weil meine beste Freundin wie ein Pornostar unterwegs ist«, sage ich gedankenverloren, meine Muskeln ziehen sich lustvoll zusammen.

Habe ich Jenna gerade als meine beste Freundin bezeichnet?

Levi steigt zurück ins Bett. »Erinnere mich daran, dass ich dich später danach frage.«

»Klar«, antworte ich. Mein Körper bebt noch immer. »Darüber sprechen wir direkt, nachdem wir darüber gesprochen haben, dass man an Pixies Tür klopft, bevor man ihr Zimmer betritt.«

Er streift sich das Kondom über und lächelt. Als er erneut über mir schwebt, ziehe ich an seinem Körper und will ihn unbedingt in mir fühlen. Als würde meine Vagina sonst sterben. Er stützt sich über mir auf den Ellenbogen ab und liegt mit seinem Körper auf meinem, er hält inne und blickt zu mir hinunter. Ängstlich. Nervös.

Ich bewege meine Hüften und flüstere. »Bitte.«

»Bist du dir sicher?«

»Gott, ja. Ja, ja, ja…«

Er gleitet in mich hinein, und ich jaule wie ein Werwolf. Ernsthaft. Ein hundeähnlicher Ton löst sich aus meiner Kehle. Aber es ist mir egal, denn Levi ist in mir und ich fühle mich ganz.

Er zieht sich langsam zurück und gleitet erneut in mich hinein, ich stöhne ungeduldig. Ich will es nicht langsam.

Ich zerre an ihm und schlage auf seinen Rücken, damit er schneller macht, und er lächelt mich an und macht mich verrückt mit seiner Langsamkeit und seiner Zärtlichkeit.

Ich flüstere. »Bittebittebitte.«

Und dann stößt er tief in mich hinein und beginnt zu pumpen, genau wie ich es brauche. Er zieht sich zurück und stößt erneut zu, bis ich wieder kurz davor bin, den Mond anzuheulen. Ich klammere mich an seinen Rücken, stoße stöhnend die Luft aus und atme Minze und Sicherheit und Freundschaft und Hoffnung und Heilung ein.

Ein Blitz erleuchtet das Zimmer in blauem Licht, und es donnert.

Ja!

Der Regen schlägt gegen das Fenster. Davor liegt das Lavendelfeld.

Gott, ja!

Er stöhnt, und ich wimmere, und wir drängen uns gegeneinander. Wir sind zwei Schatten, die bei dem blitzenden Unwetter vor dem Fenster miteinander verschmelzen. Nichts hat sich je so richtig angefühlt wie Levis Körper in meinem, seine Arme um mich und seine Lippen an meinen.

Erneut treibt er mich an den Rand des himmlischen Glücks, und erneut löse ich mich auf, verliere den Verstand und wahrscheinlich auch meine Stimme, er stößt ein letztes Mal in mich hinein.

Blitz. Donner. Keuchen. Rasende Herzen. Regen.

Liebe.

Ich erwache in Levis Armen, die Morgensonne scheint durchs Fenster herein auf unsere Körper. Ich liege auf seiner Brust, und mein nackter Körper hebt und senkt sich mit jedem seiner tiefen, gleichmäßigen Atemzüge. Seine Haut unter meiner Wange und meinen Händen fühlt sich weich und warm an.

Alles, was vor diesem Augenblick liegt, scheint vergangen, als hätte ich vergessen, wer ich davor gewesen bin. Als wäre ich ohne Charity und Levi als meine Anker ganz allein ins Nichts gedriftet. Als wäre ich verloren gewesen.

Aber hier, in Levis warmen Armen, bin ich wieder ich. Frei. Mutig. Verunstaltet. Geliebt.

Ich möchte mich an ihn klammern, aus Angst, dass ich erneut verloren bin, wenn er mich loslässt. Ich will nicht verloren sein. Ich will nichts anderes als das, was ich genau in diesem Augenblick habe.

Ich betrachte ihn. Eine leuchtend blaue Linie prangt auf seinem Brustmuskel und ein grüner Farbtupfer ziert sein Kinn. Ich richte mich etwas auf und betrachte seinen Körper. Überall finden sich rote und gelbe, blaue und violette Streifen. Zeichen meiner farbbefleckten Hände auf seiner Haut. Ich blicke auf meine fleckigen Hände, dann auf meinen eigenen Körper und finde weitere Farbflecken auf meinen Hüften, meiner Brust und meinen Armen.

Grüne und blaue Streifen sind auf die Laken geschmiert, und ein gelber Fleck sitzt in Levis Ohrmuschel. Ich muss lächeln, als ich mit einem grünen Finger über einen blauen Streifen an seinem Schlüsselbein streiche. Wir sind ganz schmutzig. Bunt und nackt.

Nackt.

Oh, Gott! Meine Narbe.

Klar, er hat sie gestern Nacht gesehen, aber dies ist das Tageslicht. Dies ist die unerbittliche Realität.

Ich will aus dem warmen Bett gleiten, um ein Shirt oder einen Schal oder etwas anderes zu suchen, mit dem ich mich bedecken kann, doch bevor ich flüchten kann, schließen sich Levis Finger um mein Handgelenk.

Rasch lege ich meinen freien Arm über meine Brust, um auf ungeschickte Weise meine verletzte Haut zu bedecken. Allerdings nicht meine Brüste. Die liegen so frei, als wollten sie sich sonnen.

»Wohin gehst du?« Er öffnet verschlafen die Augen und sieht mich an.

In mein Zimmer! Ins Badezimmer! In eine Tierhandlung! Alles wären bessere Antworten als das, was tatsächlich aus meinem Mund kommt.

»Meine Brust sonnen.«

»Deine Brust sonnen?« Er lächelt, doch als sein Blick auf meine Brust fällt, verblasst sein Lächeln. »Pixie«, sagt er leise. »Nimm den Arm weg.«

Ich verziehe das Gesicht.

Langsam schiebt er den Arm von meiner Brust. Jetzt liegt meine Narbe frei. Zwischen uns, unter der Sonne und in blauer Farbe hervorgehoben.

Ich halte die Luft an.

Er streicht mit den Fingern meinen Arm hinauf, sanft über meinen Ellbogen, weiter nach oben über meine Schulter und hinunter zu meiner Narbe. Die Berührung ist so sanft und leicht, dass ich weinen könnte.

»Du bist so schön«, sagt er, sein Blick gleitet über meinen nackten Körper. Zum ersten Mal habe ich nicht den Wunsch, irgendetwas vor ihm zu verbergen. Nicht meine Narbe, nicht meinen Körper, nicht mein Herz, nicht meine Träume, nicht meine Ängste. Nichts. Ich möchte ganz von ihm gesehen werden und von ihm erkannt und geliebt und …

Mein Herz beginnt zu rasen.

Ich liebe ihn.

Oh, mein Gott! Ich liebe ihn.

Ich meine, ich habe ihn immer geliebt. Aber mir ist gerade klar geworden, dass ich ihn auf die schmalzige, überschwängliche Art liebe. Die unwiderrufliche Art. Die wahre Art. Die Art, die einen für immer verändert.

Und plötzlich habe ich schreckliche Angst.

»Ich muss gehen«, verkünde ich und verlasse rasch das Bett.

Ich wickele mich in ein Laken und betrachte die Farbflecken auf Boden und Wänden. *Mist!* Wir befinden uns in meinem Zimmer. Es ist schwer, würdevoll und ohne Fragen aufzuwerfen aus dem eigenen Zimmer zu fliehen.

Ich verziehe die Lippen. »Ich meine, *du* musst gehen.«

»Was?« Er setzt sich mit gerunzelter Stirn auf.

»Du musst gehen«, wiederhole ich und sehe an ihm vorbei, damit sich unsere Blicke nicht begegnen. Ich starre auf einen roten Handabdruck auf meinem Kopfteil, und meine Brust schnürt sich zusammen.

»Was ist los, Pix?«

»Gut, dann gehe ich!« Ich werfe eine Hand in die Luft und stampfe aus der Tür wie eine echte Dramaqueen. Ich blicke mich nicht noch einmal um. Ich blinzele nicht. Ich schließe mich einfach ins Bad ein und starre auf die blauen Punkte auf der Tapete und alles verschwimmt.

Liebe – wahre Liebe – das betrifft alles. Sie setzt alles aufs

Spiel. Aber ich darf ihn nicht noch einmal verlieren. Wir haben unsere Freundschaft gerade erst wiederhergestellt, und das – was immer *das* ist – könnte nach hinten losgehen und ihn mir für immer nehmen. Und was geschieht, wenn der Sommer vorbei ist und das College anfängt und das Leben ernst wird? *Oh, Gott, oh, Gott.*

Die Dinge müssen sich wieder normalisieren. Platonisch. Freundschaftlich. Ohne Sex.

Oh Mann, hatte ich wirklich letzte Nacht Sex mit Levi?

Ja.

Heißen Sex. Großartigen Sex. Echten, Sich-in-die-Laken-krallen-und-nach-mehr-flehen-Sex. Und es war genau so, wie es sein sollte. Ich war nicht abgelenkt oder in meinem Kopf gefangen. Ich war eine Verrückte, die nicht dicht genug an Levis Haut, seinen Mund und seine Hände kommen konnte, und es war perfekt. Starker, heftiger, perfekter Sex.

Aber nie wieder. Ich kann es mir nicht erlauben, Levi zu verlieren, also darf ich nicht das Risiko eingehen, ihn zu haben.

Die blauen Punkte verschwimmen noch stärker, meine Augen füllen sich mit Tränen.

56

Levi

Ich klopfe an die Badezimmertür. »Pix?« Ich höre sie drinnen schniefen, und mir wird mulmig. »Bitte, lass mich rein.«

Sie öffnet die Tür, allerdings nur einen Spalt, und blickt aus rasch getrockneten Augen zu mir auf, wobei sie ihr Bettlaken an die Brust drückt. »Leaves, hey«, sagt sie, als sei dies ein ganz normales Gespräch.

Ich zögere. »Alles okay bei dir?«

»Ja, alles okay.« Sie schnieft erneut.

Ich lehne mich ins Bad – näher zu ihr hin –, damit sie mich sieht – wirklich sieht –, als ich sage: »Was ist los? Ist es wegen letzter Nacht?«

»Nein.« Sie schüttelt den Kopf. »Letzte Nacht war perfekt.«

Ich mustere ihr Gesicht, das völlig verloren wirkt.

Sie blickt auf den Boden und schluckt, dann sieht sie wieder zu mir hoch. »Erinnerst du dich, als wir ungefähr elf und zwölf Jahre alt gewesen sind und du mir beigebracht hast, wie man angelt? Ich dachte, Angeln wäre schrecklich, was es auch ist, aber du hast mir beigebracht, wie man einen Köder an den Haken macht und die Angel auswirft und geduldig wartet, bis einer anbeißt. Und wir haben den ganzen Nachmittag geangelt, aber ich habe nichts gefangen. Doch das war uns egal, weil wir den ganzen Tag Spaß hatten, uns vorzustellen, wie es sein wird, wenn wir erwachsen und berühmt sind und schicke Autos fahren und Butler haben.«

Ich nicke langsam.

Sie schluckt erneut. »Das ist es, was ich für immer von dir brauche. Deine Freundschaft.«

»Die hast du.«

»Ja?« Sie schüttelt den Kopf. »Das dachte ich auch, als ich elf war, aber dann habe ich dich verloren, nachdem Charity gestorben ist, und ich … ich darf dich nicht noch einmal verlieren.«

»Du wirst mich nicht verlieren.«

»Aber ich könnte.«

»Das wirst du nicht.«

»Aber ich KÖNNTE.« Sie betont deutlich und mit trotzigem Blick das letzte Wort.

Ich lehne mich zurück. »Was willst du damit sagen?«

»Ich will sagen.« Sie holt Luft. »Ich will sagen, dass wir nur Freunde sein dürfen. Wir dürfen keine komplizierte Sexgeschichte oder Beziehung haben. Das ist zu riskant. Wir könnten einander verlieren. Wir könnten alles verlieren, was wir gerade erst angefangen haben zu reparieren.« Ihre Stimme klingt unglaublich fest, obwohl Tränen über ihre Wangen rollen. Sie wischt sie fort.

In meinem Kiefer zuckt ein Muskel. »Du willst, dass wir nur Freunde sind?«

Sie nickt.

»Pix«, ich beuge mich vor, dichter diesmal. »Wir haben schon aufgehört, nur Freunde zu sein, bevor Charity gestorben ist.«

»Ja.« Sie zuckt heftig die Schulter. »Wenn wir nur Freunde geblieben wären, hätte ich mich in der Nacht vielleicht nicht betrunken, und ich hätte Charity nicht gesagt, dass sie betrunken fahren soll und …«

»So ein Scheiß!«, zische ich.

»Ich meine es ernst.«

»Du suchst nach Ausreden.«

»Für was?«

»Verdammt, wenn ich das wüsste. Du stehst da in einem Laken voll Sex und blauer Farbe und versuchst mir zu erklären, dass wir nur *Freunde* sein sollen?«

»Denk doch mal darüber nach! Was, wenn wir uns in etwas stürzen und alles den Bach hinuntergeht, was dann? Keine Freundschaft mehr. Kein wir mehr. Gar nichts mehr.« Ihre Stimme bricht. »Ich KANN das nicht, Levi. Ich kann nicht.« Sie schüttelt den Kopf. »Bitte erwarte nicht von mir, dass ich riskiere, dich noch einmal zu verlieren.«

»Du wirst mich nicht verlieren.«

»Bitte?«, fleht sie, während eine weitere Träne über ihre Wange rollt.

Schweigend betrachte ich sie eine ganze Weile, einerseits möchte ich schreien, andererseits möchte ich kapitulieren und für immer verschwinden.

»Du möchtest also, dass wir wieder nur Freunde sind.« Ich nicke und trete einen Schritt zurück, mein Kiefer ist noch immer angespannt. »Als hätte die gestrige Nacht nie stattgefunden.«

Ich sehe Schmerz in ihren Augen aufflammen, aber er ist gleich wieder verschwunden.

»Ja«, sagt sie leise.

Ich blinzele, noch immer verwirrt. Aber inmitten meiner Verwirrung und meiner Verletzung und meines stummen Schreis, gibt es einen Teil von mir, der versteht, wovor sie Angst hat, und der ihre Angst teilt.

»Also. Geht das?«, fragt sie. »Können wir nur Freunde sein?«

Ich trete noch einen Schritt zurück und hebe ergeben die Hände.

57

Pixie

Es war die richtige Entscheidung. Bestimmt. Levi und ich brauchen nicht noch mehr Drama oder Komplikationen in unseren Leben.

Ich hole tief Luft, dann klopfe ich an Jennas Tür.

Es war die richtige Entscheidung.

Sie reagiert mit einem überraschten Lächeln. »Hey. Ich wusste nicht, dass du vorbeikommst.«

»Ich habe Angst vor Eidechsen«, platze ich heraus.

Sie starrt mich an. »Okay.«

»Und ich hasse 80er-Jahre Musik. Ehrlich. Ich weiß, das zu sagen, ist Blasphemie, aber so ist es. Ich hasse WHAM und Billy Joel und Cindy Lauper.«

»Cindy Lauper? Wirklich?«

»Und ich habe Angst, Menschen zu verlieren. Abnormale Angst. Ich ängstige mich zu Tode, dass du sterben könntest und dass es ganz genauso wie bei Charity ist und ich mich nie mehr erhole, und ich kann einfach nicht…«

»Ich werde nicht sterben.«

»Aber du könntest.«

Sie zuckt die Schultern. »Klar. Wir könnten alle sterben. Das ist die Realität. Komm rein.« Sie zieht mich in ihre Wohnung und schiebt mich zum Sofa. »Worum geht es hier wirklich?« Wir setzen uns.

»Um nichts. Ich habe nur Angst, dass du stirbst.«

»Ja, aber warum gestehst du mir deine Abneigung gegen WHAM?« Sie zögert. »Hat das etwas mit Levi zu tun?«

»Nein.«

»Sarah.«

Ich schnaufe. »Ja.«

»Ich wusste es.« Sie runzelt die Stirn. »Was ist passiert?«

Ich informiere sie in nicht gerade wenigen Worten über all das Küssen und den Sex und das Malen und Weinen der letzten vierundzwanzig Stunden. Jenna will jedes schmutzige Detail wissen, und das kann sie von mir haben. Dann starrt sie mich einen Augenblick einfach nur an, das Gesicht zu einer Grimasse aus völliger Verwirrung und äußerster Enttäuschung verzogen.

»Damit ich das richtig verstehe«, sagt sie und presst einen Finger auf ihre Lippen. »Du hattest verdammt heißen Sex mit Levi.«

»Ja.«

»Und dann hast du mit ihm Schluss gemacht.«

»Ja.«

»Weil du ihn liebst?«

»Korrekt.«

Jenna blinzelt. »Ich glaube, wir sollten *gute* Gründe haben, wenn wir mit einem Typen Schluss machen.«

Ich seufze erschöpft. »Du verstehst es nicht.«

»Oh, ich verstehe es *absolut.* Du läufst schon wieder weg.«

»Nein, das stimmt nicht. Ich treffe eine präventive Entscheidung, weil ich Angst habe, Levi zu verlieren.«

»So wie du Angst hast, mich zu verlieren?«

Ich ziehe die Nase kraus. »Nun … ja.«

»Feigling.«

Ich setze eine verletzte Miene auf. »Nenn mich nicht Feigling.«

»Dann sei keiner.« Sie sieht mich ernst an. »Liebe ist niemals sicher und das Leben gibt keine Garantien. Ja, ich könnte sterben, und du könntest Levi verlieren, und dein Herz könnte erneut verletzt werden, aber so ist das Leben. Die einzige Alternative – Sarah, sieh mich an –, die einzige Alternative ist, niemanden zu lieben, und das heißt, nicht mehr zu leben.«

Ich finde es furchtbar, dass sie wie ein weises altes Orakel mit mir spricht.

Und noch viel schrecklicher finde ich, dass sie recht hat.

Ich lasse mich auf dem Sofa zurücksinken und stoße die Luft aus. »Ich weiß.«

Sie streckt einen tätowierten Arm nach mir aus, zieht mich zu sich und drückt meine Schulter. »Hab keine Angst zu leben, Pixie.«

Ich erstarre.

Sie hebt eine Braue. »Was? Ich habe dich Pixie genannt. Und? Was willst du jetzt machen?«

Ich öffne den Mund. Niemand anders als Charity, Ellen und Levi haben mich je so genannt, doch wenn Jenna Pixie zu mir sagt, fühlt es sich gut an.

Richtig.

Es fühlt sich absolut, unglaublich, zweifellos richtig an.

»Nichts«, sage ich lächelnd. »Du solltest mich unbedingt Pixie nennen.«

Sie erwidert mein Lächeln. »Ich bin froh, dass du so empfindest, denn ich habe dich nicht um Erlaubnis gebeten.«

Gott, ich liebe Jenna.

58

Levi

»Pixie bricht in ein paar Minuten auf«, sagt Ellen, als sie sieht, wie ich einen kaputten Fensterladen an einem der hinteren Fenster des Inn austausche. »Sie fährt nach Prescott, um ein paar Sachen bei ihrer Mutter abzuholen, dann fährt sie zurück nach Phoenix.«

Wo sie in ein Flugzeug steigen und mich für immer verlassen wird.

»Ja«, sage ich. Ich nehme den kaputten Fensterladen ab und lehne ihn gegen die Wand, dann nehme ich den Ersatzladen zur Hand. »Ich weiß.«

Eine Böe trägt den Geruch von Regen und die Ankündigung eines Unwetters herüber. Ich weiß nicht, warum ich mich heute so leer fühle. Ich habe Pixie nicht verloren. Wir sind noch immer Freunde.

Ich setze den neuen Fensterladen ein, nehme den Hammer und nagele ihn fest.

Wir sind Freunde.

Ellen mustert mich. »Wirst du dich verabschieden?«

Ich nehme einen weiteren Nagel und schlage ihn ein. »Wahrscheinlich nicht.«

Sie nickt bedächtig und mustert einen Augenblick den kaputten Fensterladen. »Du weißt, dass ich bald nichts mehr für dich zu reparieren haben werde und du arbeitslos sein wirst.«

Ich höre auf zu hämmern und blicke sie an. »Ist das eine Drohung?«

»Nein«, sagt sie, mit einem Ausdruck in den Augen, den ich nicht deuten kann. »Nur die Wahrheit.«

Mit einem knappen Lächeln wendet sie sich zum Gehen.

59

Pixie

Ich packe. Ich weine. Ich hoffe, dass Levi an meine Tür klopft und etwas sagt. *Irgendetwas.* Ich packe.

Ich weiß, dass er das nicht tun wird, genauso wenig wie ich es tun werde.

Und ich weiß noch nicht einmal genau, warum ich weine, abgesehen davon, dass ich das Gefühl habe, Levi niemals wiederzusehen. Was lächerlich ist. Ich werde ihn wiedersehen.

Ich presse eine Hand auf meine Brust, wo ich bei jedem Herzschlag einen stechenden Schmerz spüre. Jemanden zu lieben und nicht mit ihm zusammen sein zu können, schmerzt.

In der Ferne grollt Donner.

Ich blicke auf die Wand, die mein Zimmer von Levis trennt. Habe ich die richtige Entscheidung getroffen?

Das Pochen in meiner Brust hält an, und ich muss tief einatmen, um nicht noch stärker zu weinen.

Ich blinzele. Ich schlucke. Mir geht es gut.

Ich blicke mich im Zimmer um. Überall Kartons. Farbflecken am Kopfende des Bettes. Leinwände mit Charitys Porträt am Fenster. Noch mehr Kartons.

Etwas Grünes lugt unter einem der staubigen Kartons hervor, und ich beuge mich hinunter, um es aufzuheben. Es ist die Flagge von unserem Flaggenspiel im letzten Sommer. Ich lasse den alten verblassten Stoff durch meine Hände gleiten und beiße mir auf die Lippe.

Zeit.

Sie vergeht einfach.

Und jetzt muss ich mit ihr gehen.

Dies ist der Beginn meiner Zukunft.

Eine weitere Träne rollt über mein Gesicht, und ich wische sie wütend fort, während ich die Fahne in meinen Koffer stopfe.

Es ist besser so. Ganz bestimmt. Es ist sicherer.

Ich reiße mir das Mal-Shirt vom Leib und ziehe mir ein sauberes Tanktop an, doch als ich im Badezimmer mein Spiegelbild erblicke, halte ich inne.

Ich streiche mit dem Finger über meine Narbe und folge mit dem Blick der gezackten Linie meiner zerstörten, aber verheilten Haut unter meinen Fingerspitzen.

Sie ist ein bester Freund und ein Ort, den ich mein Zuhause nenne. Sie ist eine gelernte Lektion und eine Erinnerung daran, dass das Leben zerbrechlich ist. Sie ist mein erster Vorgeschmack auf den Tod gewesen und meine zweite Chance zu leben.

Sie ist alles, was ich nie vergessen will. Und sie ist schön.

Ich bin froh, dass ich sie Levi gezeigt habe.

Ich habe mich entschieden, und ich bin mir sicher, dass mein Herz zwar gebrochen ist, aber auf eine gute Art und Weise. Es ist gezeichnet, sodass ich nie vergessen werde, aber es wird mit der Zeit heilen, sodass ich erkennen kann, wie weit ich gekommen bin.

Es ist die beste Art, gebrochen zu sein.

Ich berühre erneut meine Narbe.

Genau wie ich.

60

Levi

Ich starre auf meinen Computerbildschirm, der Himmel draußen verdunkelt sich, und erneut zieht ein mächtiges Gewitter auf.

Pixie ist vor zwanzig Minuten gefahren. Ich weiß es nur, weil ich die Räder ihres Koffers vor meiner Tür habe quietschen hören. Ich habe mich nicht verabschiedet.

Ein Freund hätte sich verabschiedet.

Sie ist auf dem Weg nach New York, wo sie ein neues Leben und neue Möglichkeiten erwarten, und ich sitze hier vor einem leeren Computerbildschirm und habe nichts zu sagen.

So hatte ich mir das nicht vorgestellt. So wollte ich das nicht. Auch wenn ich nicht alles verloren habe, fühle ich mich unglaublich geschlagen.

Aber das Spiel ist noch nicht vorüber.

Ich straffe meine Schultern und lasse die Knöchel meiner Finger knacken.

Als Footballspieler kenne ich die Prinzipien und die Strategien des Siegens …

Ich lösche und fange von vorn an.

Der großartige Football-Trainer, Vince Lombardi, hat einmal gesagt: »Wir verlieren nicht das Spiel; uns rennt nur die Zeit davon.« Ich habe diese Haltung immer geschätzt, weil …

Löschen.

Ich beiße mir von innen in die Wangen, starre auf die Wand und denke darüber nach, was ich schreiben will.

Die Trockenwand ist dort, wo ich sie geflickt habe, noch nicht wieder gestrichen, und so erinnert mich ein dunkelgrauer Fleck an der sonst beigen Wand an das Loch, das ich hineingeschlagen habe. Es scheint Ewigkeiten her zu sein.

Ich blicke zurück auf den Bildschirm und tippe. Zunächst langsam, dann immer schneller. Vierzig Minuten später halte ich inne und lese noch einmal, was ich bisher geschrieben habe.

WIE MAN GEWINNT

Gewinnen ist eine Folge von Versuchen. Man muss etwas wirklich wollen, um Schmerz, Disziplin und Rückschläge erleiden und überwinden zu können. Um sich dem Sieg zu stellen. Um ihn einzufordern. Aber vor allem muss man um den Sieg kämpfen. Alles andere bedeutet zu kapitulieren.

Mein Blick zuckt erneut zu dem dunklen Fleck an der Wand, mein Herz pocht laut und heftig in meinen Ohren. Ohne einen weiteren Gedanken sende ich meinen halb geschriebenen Aufsatz ab, schnappe mir meine Schlüssel und stürze aus der Tür.

61

Pixie

Während ich Richtung Süden fahre, wird der Himmel immer dunkler, die Sturmwolken rauben dem Tag das Licht und hüllen die Erde in ein dumpfes Grau. Nachdem ich Prescott verlassen habe, fahre ich über die Canary Road anstatt über den Freeway nach Phoenix. Seit der Nacht des Unfalls bin ich nicht mehr hier gewesen. Sie sieht noch genauso aus.

Es fühlt sich jedoch anders an.

Heftiges Donnergrollen ertönt, ein weißer Blitz schießt durch die violetten Wolken nach unten und trifft nicht weit von der Straße entfernt auf den Horizont. Kurz darauf platschen dicke Regentropfen auf die Windschutzscheibe.

Gewitter sind eigentlich Furcht einflößend, unvorhersehbar, brutal und wild, aber mir geben sie Energie. Sie erinnern mich an das Leben und die Liebe und an das Glück. Die Notwendigkeit zu atmen, das Erstaunen, wenn man mit geschlossenen Augen springt.

Ich erinnere mich an den stürmischen Tag in der kleinen Festung mit Levi. Den Regen. Den Kuss. Die Liebe. Rasch schiebe ich die Erinnerung beiseite.

Die alte Nebenstraße windet sich durch die bewaldete Gegend und ist durch den Regen und das graue Licht kaum noch zu erkennen. Dann reißen die Gewitterwolken auf und senden einen silbernen Sonnenstrahl auf die Erde, er bildet einen seltsamen Hoffnungsschimmer vor dem violetten Regen und dem Unwetter auf der Straße vor mir. Das Licht erleuchtet einen großen Gegenstand, der die Straße blockiert. Er kommt rasch näher. Er ist zu nah und zu groß, um ihn zu ignorieren. Und er befindet sich neben dem verbrannten Waldgebiet. Es ist genau die Stelle, an der Charity gestorben ist.

Als ich näher komme, drossele ich die Geschwindigkeit. Mein Herz schlägt bis in meinen Hals, als ich realisiere, dass es Levis Truck ist, der die regennasse Straße versperrt.

Und vor dem Truck, mitten in der grauen Sintflut, steht Leaves.

Blaue Augen, die auf mich warten.

62

Levi

Irgendwie wusste ich, dass ich Pixie hier finden würde. Nicht auf dem Freeway. Nicht auf der üblichen Nebenstrecke. Sondern auf der Canary Road.

Sie hält am Straßenrand, und bevor sie richtig steht, bin ich an ihrer Tür. Ich reiße sie auf und starre in ihre großen grünen Augen.

»Nein«, sage ich laut genug, dass sie mich durch den stürmischen Wind und den Regen hören kann.

Sie blinzelt. »Nein?«

»Nein, wir können nicht nur Freunde sein.« Der Regen tropft von meinem Gesicht, während mein Herz in der Brust hämmert. »Weil wir mehr als nur Freunde sind und es immer gewesen sind. Und ich spreche nicht von Sex, Pix. Ich spreche von Vertrauen und Trost. Ich spreche von einem *Zuhause.*«

In der Nähe blitzt es, und der Wind frischt auf. Ich erhebe meine Stimme. »Du bist nicht meine Freundin, Pixie. Du bist ein Stück meines Herzens und ein Teil dessen, was ich sein möchte.«

Sie steigt aus dem Wagen und steht im Regen. »Aber, Leaves …«

»Ich liebe dich«, schreie ich und der Donner unterstreicht meine Worte, während der Regen meine Kleidung durchnässt. »Ich liebe dich, wenn du Pixie bist und wenn du Sarah bist und wenn du unordentlich bist und wenn du mich verrückt machst und wenn du mir schreckliche Angst einjagst. *Ich liebe dich,* Pixie. Und ich weiß, dass du Angst hast.« Ich trete dichter an sie heran, sodass ich nicht mehr schreien muss, und nehme ihr nasses Gesicht in meine Hände. Ich blicke ihr in die Augen. »Ich habe auch Angst. Aber du musst keine Angst haben. Ich werde dich nie wieder verlassen. Nie wieder.«

Heiße Tränen fließen aus ihren Augen und mischen sich mit dem kühlen Regen, während ich mit dem Daumen über ihre Wange streiche. »Du kannst nach New York ziehen oder um die Welt fliegen, aber ich möchte mit dir da sein. Wo auch immer du bist. An deiner Seite. Immer«, versichere ich. »Weil ich dir gehöre. Auch, wenn du mich nicht willst. Ich gehöre dir.«

Sie legt ihre Hände auf meine Wangen, unterbricht mich und blickt mir in die Augen, während der Regen auf uns niederprasselt. »Levi, ich liebe dich von ganzem Herzen.«

Ich presse meine Lippen auf ihre und küsse sie leidenschaftlich, noch immer halte ich ihr nasses Gesicht.

Ich spüre, dass sie an meinen Lippen lächelt. »Übrigens …«

Ich löse mich so weit von ihr, dass ich ihre Augen sehe.

»Ich gehe nicht nach New York«, sagt sie. »Das wollte ich nie.«

Ich betrachte ihr Gesicht. »Aber du bist ausgezogen.«

Sie nickt. »Ich bin nach Hause gefahren, um einen Karton mit meinen Sachen bei meiner Mutter abzuholen, aber ich war auf dem Weg nach Phoenix, um wieder mit Jenna ins Wohnheim zu ziehen, damit ich im Herbst an die ASU zurückkehren kann. Ich habe das Angebot der NYU schon vor Wochen abgelehnt.«

»Aber … warum?«

»Weil mir klar geworden ist, dass das hier mein Zuhause ist. Arizona. Ellen.« Sie streicht mit dem Finger über mein

Kinn. »*Du.*« Sie blickt zu mir hoch. »Ich wollte nicht weggehen. Selbst wenn ich dich nicht hätte haben können, wollte ich bleiben, wo du bist.« Sie hält inne. »Weil ich dir gehöre.« Sie lächelt. »Auch, wenn du mich nicht willst …«

Langsam fange ich auch an zu lächeln: »Oh Mann … Ich will dich.«

»Ach, ja?«, fragt sie, begleitet von Donnergrollen.

»Ach, ja.«

Dann küsse ich sie erneut. Pixie – die wunderschöne, wilde Pixie – gehört mir. Ich fühle mich lebendiger als je zuvor in meinem Leben.

63

Pixie

Während der Regen aus schweren Wolken auf uns herabfällt, zieht Levi mich in seine Arme.

Hier, auf dieser kurvigen Straße, wo wir so viel verloren und noch mehr gefunden haben, küssen wir uns zum Geräusch des Regens. Er fällt auf die rissige Erde. Auf diesen tragischen Ort. Wäscht alle schmerzhaften Dinge hinweg und durchnässt die schönen.

Und es blitzt.

Epilog

»Ich kann nicht glauben, dass ich mich von dir habe bemalen lassen, Pixie«, sagt Jenna und reibt über einen kleinen braungoldenen Sun Devil auf ihrer Wange. »Ich habe das Gefühl, meine Haut stirbt ab.«

»Ich finde, es sieht süß aus«, sagt Ellen und lächelt über Jennas Wangenkunst.

Wir drei sitzen im Sun Devil Stadion hoch oben auf der Tribüne, die das hell erleuchtete Footballfeld überblickt, und warten, dass das Spiel beginnt. Ich trage eine alte Trainingsjacke von Levi und habe mir ebenfalls einen Sun Devil auf die Wange gemalt.

»Süß und klebrig«, bemerkt Jenna.

»Man nennt das Schulgeist«, sage ich, dabei fallen mir ein paar widerspenstige blonde Locken ins Gesicht. »Wir sind hier, um Levi und Zack zu unterstützen.«

»Äh, *hallo*? Wir haben Zack schon jede Menge unterstützt.« Jenna deutet auf Marvin, der an meinen Schnürsenkeln knabbert. »Ich weiß nicht, warum du die Ziege überhaupt hier mit hochgebracht hast.«

Ellen rümpft die Nase. »Ich auch nicht.«

Ich zucke die Schultern. »Ihr wisst, dass Marvin ein Schreihals ist. Ich konnte ihn nicht auf dem Parkplatz lassen. Außerdem habe ich Zack versprochen, dass ich gut auf ihn aufpasse.«

Ellen runzelt die Stirn. »Ich dachte, Zack sollte die Ziege

nur bis zum Ende des Sommers behalten. Jetzt haben wir November.«

Ich schnaube. »Nun, das Mädchen, das ihm die Ziege für den Sommer aufgeschwatzt hat, ist nach Argentinien gereist und hat beschlossen, für immer dort zu bleiben. So ist Zack nun Ziegenvater.«

»Ziegenvater. Igitt«, sagt Jenna. »Die Bilder, die mir jetzt durch den Kopf gehen, sind ziemlich verstörend.« Sie keucht. »Marvin! Lass meine Stiefel in Ruhe, oder ich schwöre zu allen Ziegenvatergöttern …«

»Pixie!«, ruft eine fröhliche Stimme.

Ich dreh mich um und sehe Linda Andrews, die sich einen Weg durch die Menge zu uns bahnt. Mark ist direkt hinter ihr. Sie nennen mich jetzt Pixie, genau wie so ziemlich jeder in meinem Leben. Es gefällt mir.

»Hi, ihr zwei.« Ich lächele und umarme beide herzlich. Ich liebe Linda Andrews' Geruch. Und ich finde es wundervoll, dass sie und Mark nach Prescott zurückgezogen sind. Ich sehe sie jedes zweite Wochenende, wenn Levi und ich nach Hause fahren.

Ihre Ehe verlangt ihrer Aussage nach noch eine Menge Arbeit, aber sie leben unter einem Dach und nehmen an Levis und meinem Leben so viel wie möglich Anteil.

»Wie ich sehe, hast du heute Ziegendienst«, bemerkt Mark und krault Marvin hinter den Ohren. Mark beklagt sich zwar über Marvin, aber ich glaube, insgeheim mag er ihn.

»Du und Levi kommt doch zu Thanksgiving nach Hause, oder Liebes?«, fragt Linda mit leuchtenden Augen. Sie liebt Feiertage, und seit sie vor zwei Monaten mit Mark zurück nach Arizona gezogen ist, wartet sie sehnlichst auf einen Familienfeiertag.

Ich lächele. »Das würde ich um nichts in der Welt verpassen.«

»Ihr auch, Ellen und Jenna«, sagt sie und blickt quer über die Bank zu den beiden herüber. »Je mehr Leute, desto besser.«

Jenna entreißt Marvin ihre Tasche und beißt die Zähne zusammen. »Ich wünschte, ich könnte, aber ich muss leider eine Ziege schlachten.«

Ellen wendet sich an Linda. »Ich komme sehr gern.«

»Huu-huu!« Mark steht auf und bejubelt die Spieler, die aufs Feld laufen. Der Rest von uns tut es ihm gleich und brüllt mit ihm.

Das Spiel beginnt, und wir setzen uns alle auf den Rand unserer Sitze. Ich entdecke Levis Nummer und folge ihm mit meinen Blicken. Dekan Maxwell hat ihn, kurz nachdem er seinen Aufsatz erhalten hat, wieder an der Uni aufgenommen. Das ist perfekt, da ich diesen Herbst angefangen habe, hier Kunst zu studieren.

Levi hat in den letzten Monaten wie verrückt Football trainiert, und ich habe mehr bunte Bilder gemalt. Und natürlich sind wir unzertrennlich – genau so, wie es immer hatte sein sollen.

Er ist mein bester Freund, und ich bin seine beste Freundin.

Levi landet einen perfekten Wurf, und ich jubele.

Ich liebe es, ihn spielen zu sehen. Und ich jubele ihm gern zu. Und ich mag die Art, wie er immer in der Menge nach mir sucht und lächelt, wenn er mich gefunden hat. Genau wie jetzt.

Ich sehe zu, wie er den Blick kreuz und quer über die Reihen der Fans gleiten lässt.

Als er mich findet, erscheint ein breites Grinsen auf seinem Gesicht. Er sieht immer so erleichtert aus, wenn ich hier auf der Tribüne sitze und ihm zusehe. Ich weiß nicht, worum er sich sorgt. Ich werde nirgendwohin gehen.

Denn ich gehöre ihm.

Und er gehört mir.

Levis Blick gleitet über den Rest unserer Sippe und sein Gesicht hellt sich auf. Am anderen Ende sitzt Mark und lächelt stolz zu seinem Sohn hinunter. Dann kommt Linda, die immer feuchte Augen bekommt, wenn sie Levi spielen sieht. Dann ich, mit meinem Sun Devil auf der Wange und der riesigen Trainingsjacke, auf der in großen fetten Lettern ANDREWS steht. Zu meinen Füßen steht Marvin, der erneut an meinem Schuh kaut. Ich ziehe meinen Fuß weg, und Marvin meckert laut, doch das Geräusch geht in der Menge unter.

Neben mir sitzt Ellen, die sich bei mir eingehakt hat. Und zuletzt kommt Jenna – mit ihren hochhackigen Stiefeln und ihrem Rockstar-Make-up –, die mich stets auf der richtigen Spur hält und an unsere Freundschaft glaubt.

Ich sehe die Freude in Levis Augen, als er zu uns hochsieht, und ich teile sein Gefühl.

Das ist das Leben. Das ist es, was wir haben. Wir können über das trauern, was wir verloren haben, oder wir können uns an das halten, was uns geblieben ist.

Und das tun wir. Wie verrückt.

Danksagung

Als Erstes danke ich meinen wunderbaren Lesern, die an meine Geschichten glauben. Ich verdanke Ihnen den besten Job der Welt! Ohne Sie könnte ich diese Arbeit nicht machen – und würde es auch gar nicht wollen. Ich danke Ihnen, dass Sie mich auf meiner Reise durch die Geschichten begleiten.

Ich danke Lynsey Newton, die diese Geschichte als Erste vor allen anderen gelesen und mich ermutigt hat, sie zu vollenden. Du ahnst gar nicht, wie unendlich wertvoll du für mich bist.

Ich danke meinen Mädchen in Zimmer 718, Heather Hildenbrand, Angeline Kace, Kate Copsey und Heather Self, die jedes Jahr bei UtopYA mit mir lachen und weinen. Ihr macht aus dieser Sache, die wir als »Arbeit« bezeichnen, einen Riesenspaß.

Ich danke Janet Wallace, die UtopYA gegründet und mir damit einen Ort geschenkt hat, an dem ich wachsen konnte – und natürlich weinen. Du bringst mich jedes Mal zum Weinen! Du bist großartig, und ich hoffe, dass ich eines Tages so wie du die Welt verändern kann. Eins nach dem anderen …

Ich danke meiner fantastischen Agentin Suzie Townsend (der dieses Buch gewidmet ist) für …, na ja, alles eben. Du hast meine Träume wahr werden lassen und das gleich mehrfach. Du bist ein guter Geist. Ein wirklich irrer New Yorker Geist.

Ich danke meiner Lektorin, Megha Parekh, die dieses Buch zu dem gemacht hat, was es ist. Du bist genial, ohne dich wäre ich verloren gewesen.

Ich danke meiner guten Freundin Kristen für ihre jahrelange Freundschaft. Ohne dich würde ich verrückt werden. Na, klar, *mit* dir bin ich es auch, aber das tut nichts zur Sache. DU BIST TOLL!

Ich danke meinen Geschwistern, Kiele, Heath und Jorden, die mir ständig zeigen, was bedingungslose Liebe bewirken kann. Wir sind Gewinner.

Ich danke Cameron, meiner ältesten Freundin. Du hältst zu mir, was nicht immer leicht ist, und du tust es aufrichtig und mit Humor. Ich liebe dich, ich liebe dich, ich liebe deinen Mut.

Ich danke meiner wundervollen Mutter, der besten Mutter der Welt. Du bist immer für mich da gewesen, egal was war. Dir habe ich es zu verdanken, dass ich mit einem so glücklichen Leben gesegnet bin. Ach! Und danke, dass du dieses Buch gelesen und immer an den richtigen Stellen geweint hast, Mama. Du verstehst mich eben!

Ich danke meinen Großeltern Johnny und Milly, die mich ein Leben lang geliebt und ermuntert haben. Danke, dass ich durch die Laken auf eurer Wäscheleine laufen und auf eurer Verandaschaukel große Pläne schmieden durfte. Bei euch hat mein Herz das Fliegen gelernt. Ich verdanke euch mehr als man mit Worten sagen kann.

Ich danke meinen unglaublichen Kindern, Kiana und Caleb, die mich dazu anregen, an alles zu glauben – auch an mich selbst. Habt große Träume, meine Kleinen. Euch gehören die Sterne.

Und schließlich danke ich meinem Seelenverwandten. Brett, du beeindruckst mich immer wieder mit deiner Geduld und deiner Klugheit. Ohne dich könnte ich all das nicht machen. Danke, dass du diese Erfahrung mit mir teilst und mich dazu ermunterst, immer mehr herauszufinden, als ich auf den ersten Blick sehe. Auf alle Abenteuer, die noch auf uns warten!